Das Haus auf der Warft

JOHANNA RITTER

DAS HAUS
AUF DER
WARFT

EIN NORDSEE-ROMAN

BOYENS

Über die Autorin:
Johanna Ritter wurde 1970 in Neustadt a. Rübenberge.
geboren. Viele Jahre war sie in der Welt der Büroange-
stellten zu Hause, bis sie als Gästeführerin in ihrer Heimat-
region ihre Leidenschaft zum Geschichtenerfinden und
Geschichtenschreiben entdeckte. Sie arbeitet als freie
Redakteurin für verschiedene Verlage.

Die Handlung sowie alle Personen sind frei erfunden.
Jegliche Ähnlichkeiten mit lebenden oder toten Personen
wären rein zufällig und sind nicht beabsichtigt.

BOYENS
BUCHVERLAG

ISBN 978-3-8042-1549-8

4. Auflage 2025
© 2021 by Boyens Buchverlag GmbH & Co. KG
Wulf-Isebrand-Platz 1–3
25746 Heide
buchverlag@boyens-medien.de
Alle Rechte vorbehalten
Titelbild: Ingo Lau (www.ingolau.de)
Druck: CPI – Claussen & Bosse, Leck
Printed in Germany

www.buecher-von-boyens.de

PROLOG

Herrschaftlich thronte das riesige Bauernhaus auf seiner Warft. Stolz leuchtete das weiße Mauerwerk aus der Ferne, und unzählige Fenster starrten in die Weite der Eiderstedter Halbinsel. Ein robustes Reetdach, lang gezogene Dachfronten, ummauertes Ständerwerk. Einst geschaffen zum Leben und Arbeiten, für Mensch und Tier, zum Schutz vor Sturm und Überschwemmung.

Lange Zeit folgte das Anwesen seiner Bestimmung. Jedes Jahr aufs Neue trotzte es den Einflüssen von Wind und Wasser, weidete sich am Leben seiner Bewohner und sog ihre Liebe und ihren Hass in sich auf wie ein Schwamm. Standhaft sah es Generationen kommen und gehen und verspürte dann und wann ein befremdliches Zwacken im Gebälk. Doch lag es nicht in der Bestimmung dieses typischen Eiderstedter Bauernhauses zu kränkeln. Gleich einer Trutzburg stand der Haubarg, wie der Haustyp landläufig genannt wird, an seinem Platz. Unerschrocken blickte er über die Marsch hinweg und warb für die Aufgabe, für die er geschaffen war.

Gleichwohl begann er, unaufhaltsam zu altern. Ebenso der Garten, der ihn umgab. Die einstmals zum Windschutz angepflanzten Hausbäume hatten ihre Jugend längst hinter sich gelassen. Ihre Stämme waren knorrig geworden, Äste hingen herab, waren morsch oder trugen keinen Funken Leben mehr in sich. Laub und Astwerk füllte den breiten Wassergraben, der das Anwesen umzog, sodass er verschlammte. Ein verrotteter Bootssteg fristete ein trauriges Dasein im trüben Morast. Die doppelt angepflanzte Buchsbaumhecke, die den Gemüsegarten umschloss, war verwahrlost und aus den Fugen geraten.

Sie flehte geradezu danach, gestutzt zu werden. Die weitläufige Rasenfläche war kaum mehr zu erkennen, so hoch wuchsen die Gräser und Unkräuter, die sich im Jahreslauf nach Herzenslust wild aussäten. Einzig die Bienen erfreuten sich hieran und erklommen Halme, Blätter und Blüten.

Gleich einem Teppich war der ansteigende Weg zum Haus mit blühendem Wildkräutern und Kriechgewächsen überwuchert. Nur hier und da lugte das alte Kopfsteinpflaster unter dem Grün hervor. Zwei vernachlässigte Kopflinden prangten unansehnlich rechts und links der Vordertür. Zunehmend ächzte der Haubarg unter der Last seines anstrengenden Lebens. Zudem hatten Stürme seinem Dach gehörig zugesetzt und altes Reet in alle Windrichtungen getrieben, sodass es hineinregnete. Das Mauerwerk war rissig, der Putz spröde geworden wie alternde Haut. Die Fassade bröckelte. Rankgewächse gruben sich tief in die Gesichtsfalten des alten Hauses und kletterten beherzt die maroden Wände empor. Mehrere Sprossenfenster waren zerbrochen und notdürftig ausgebessert worden.

Gebaut vor mehr als zwei Jahrhunderten, wie die verwitterte, teilweise von Efeu bedeckte schmiedeeiserne Jahreszahl im Giebel über der Eingangstür schemenhaft preiszugeben versuchte, stand es nunmehr schlecht mit dem Bauwerk. All seine Kraft und all sein Stolz schienen von Küstenstürmen gebrochen worden zu sein. Die geräumige Wohnung der Bauersleute lag einsam und verlassen unter einer Staubschicht begraben. Nur im hinteren Teil des Hauses, in einer spartanischen Behausung, regte sich etwas. Doch mit Blick in die Vergangenheit glich diese Regung nur einem Windhauch.

Die Stallungen und naheliegenden Weideflächen standen leer. Hier quiekte, muhte, quakte und krähte schon lange nichts mehr. Allerhöchstens huschten Mäuse vorüber, Katzen schlichen durch das hohe Gras, und Möwen besahen sich das Anwesen aus windiger Höhe. Einstmals genutzte landwirtschaftliche Gerätschaften hingen verwaist an ihren Haken oder verstaubten missmutig an dem Platz, an dem sie vor langen Jahren abgestellt worden waren.

Alles in allem schien das Leben den altehrwürdigen Haubarg besiegt zu haben, er war zu einem Schatten seiner selbst geworden.

1

Es war noch früh am Morgen, als Lennart Eilers von seiner allmorgendlichen Fahrradtour zurückkehrte. Dunst lag über den platten Eiderstedter Wiesen. Regentropfen hingen an Bäumen, Sträuchern und Grashalmen. In der Nacht hatte ein Sommerregen die Julihitze in ihre Schranken gewiesen. Gefolgt von Blitz und Donner, hatte er sich wie aus Kübeln über die Halbinsel ergossen. Gegen Morgen ließ er nach, bis er sein Treiben schließlich ganz einstellte.

Die Einfahrt zum Haubarg, die sich als eine solche kaum mehr zu erkennen gab, war mit dem wilden Grün vieler Jahre überwachsen. Nur an einigen Stellen lugte daraus ein Kopfsteinpflaster hervor. Pfützen standen wie kleine Teiche rechts und links des Weges. Spatzen nahmen ihr morgendliches Bad im Regenwasser der vergangenen Nacht.

Mühelos fuhr Lennart mit seinem E-Bike den leicht ansteigenden Weg zum Haus hinauf. Unweigerlich dachte er daran, dass er diese Steigung vor wenigen Jahren noch mit einem Rad ohne Hilfsmotor bezwungen hatte. Doch mit solcherlei trüben Gedanken wollte er den Tag nicht beginnen. Schließlich war er nicht mehr der Jüngste und hatte ein Recht darauf, motorgetrieben umherzufahren. Wie so oft hatte er sich auch heute Morgen aufs Rad geschwungen, war losgeradelt und hatte sich den Fahrtwind um die Nase wehen lassen. Immer am Deich entlang bis zum Ordinger Strandübergang, denn dort gab es stets viel zu sehen. Urlauber, die ihre Autos auf dem Strandparkplatz abstellten, allerlei Habseligkeiten aus den Kofferräumen heraushievten und sich anschließend einen Strandkorb sicherten. Besitzer von Campmobilen, die auf Klappstühlen zwischen den Autoreihen Platz nahmen. Allesamt sonnen-hungrige Urlauber, die die Sommersaison auf Eiderstedt in vollen Zügen genossen. Manchen Tags war er, wenn ihm danach gelüstete, auch barfuß am Strand in Richtung Westerhever Leuchtturm gewandert oder hatte auf dem Rückweg einen kurzen Zwischenstopp an der St.-Stephanus-Kirche in Westerhever eingelegt, einem alten Gemäuer auf einer Anhöhe, mit gedrungener Kirchentür, hölzernen Kirchenbänken und einem uralten Taufstein, über dem seit dem zwölften Jahrhundert wohl unzählige Kinder getauft worden waren.

Einen Blick auf die Speisekarte im Westerhever Kirchspielkrug warf er auf jeder seiner Touren. Immer im Hinterkopf, tagsüber dort vielleicht einzukehren und es sich gutgehen zu lassen. Doch diesen Luxus leistete er sich nicht allzu oft. Eine andere Strecke fuhr er morgens so gut wie nie. Doch war sie ihm früher kürzer vorgekommen. Andererseits nahm er seit geraumer Zeit auch immer gern sein Fernrohr mit und suchte vom Deich aus die Salzwiesen nach Kiebitzen, Austernfischern und anderem Getier ab. Auch heute hatte er es wieder dabeigehabt und gehörig viel Zeit mit der Beobachtung eines Brandgänspärchens vertrödelt. Noch immer war er fasziniert von deren farbenprächtigen Federkleidern. Durch die Vielzahl dieser morgendlichen Eindrücke vergaß er ab und an sogar, warum er eigentlich unterwegs war, und kehrte ohne frische Brötchen zum Haubarg zurück.

Auf der Kuppe der Warft angekommen, blieb er stehen, besah sich die Front des Bauernhauses und schüttelte seinen Kopf, wie er es jeden Morgen tat. „Der Verfall ist nicht aufzuhalten", drang es in seine Gedanken. Vorsichtig strich er mit der Hand über die abplatzende Farbe eines Fensterrahmens und tätschelte liebevoll das runzelige Mauerwerk. Er spürte, dass noch Leben in dem Haubarg steckte. Noch war er nicht bezwungen. Noch wäre Zeit, ihn zu retten. Doch er, der alte Hofknecht, mit seinen fast achtzig Jahren konnte hier nichts mehr verrichten. Die Kraft, die noch in ihm schlummerte brauchte er, um sich weiterhin um Swantje zu kümmern, mit der er schon über fünfzig Jahre Tisch und Bett teilte. Sie war ihm wichtiger als das Haus. Für sie musste er seine Energie aufsparen. Die vergangenen Tage war es ihr gut gegangen, und sie schien wohlauf. Gleichwohl wusste er, dass sie kränkelte. Ihr Körper war schwach und vom Leben gezeichnet. Daher nahmen sie jeden Tag als Geschenk und freuten sich über jede Minute, die sie zusammen verbrachten.

Am hinteren Teil des Hauses angekommen, lehnte er sein Fahrrad dicht neben der Eingangstür an die Hauswand. Kurz fiel sein Blick auf das mickerige Klingelschild, das er vor elendig langer Zeit unter der gusseisernen Türglocke angebracht hatte. Eilers und Jahn stand dort in Druckbuchstaben. Wieder schüttelte er den Kopf und fragte sich, mittlerweile zum tausendsten Mal, warum um alles in der Welt er seine Swantje nie geheiratet hatte. Immer wieder war etwas dazwischen gekommen, wobei eine Heirat eigentlich das Wichtigste in ihrem Leben hätte sein müssen. Aber noch war ihrer beider Zeit nicht abgelaufen. Obgleich sie den Winter ihres Lebens bereits erreicht hatten, schloss das seiner Ansicht nach jedoch eine Hochzeit nicht zwingend aus. Auch wenn es verrückt klingen mochte, fasste Lennart den Entschluss, ihr noch an diesem Tag einen Heiratsantrag zu machen. Komme, was da wolle.

Dass der Zahn der Zeit nicht nur an den Mauern und dem Dach des Bauernhauses nagte, zeigte sich schonungslos, als sein Haustürschlüssel beim Aufschließen der Haustür im Schloss überdrehte, sich verkeilte und steckenblieb. Lennart drückte gegen die Tür, zog an der Klinke, rüttelte, bis der Schlüssel sich endlich bequemte, seinen Dienst wieder aufzunehmen und sich die Haustür mit einem ungesund knarrenden Geräusch öffnen ließ.

„Bin wieder da!", rief er in die Stille der Wohnung hinein, erhielt jedoch keine Antwort. Ein Liedchen summend, setzte er Kaffeewasser auf und machte sich magenknurrend daran, den Frühstückstisch zu decken. Spätestens durch das Pfeifen des alten Flötenkessels würde sie schon wach werden. Doch auch als der Kessel sein Pfeifkonzert trötete, regte sich im Schlafzimmer nichts. Ein eigentümliches Gefühl beschlich ihn. Mit wenigen Schritten war er an der angelehnten Schlafzimmertür und sah in den Raum.

Swantje schlief tief und fest. Ihre Umrisse zeichneten sich an der Bettdecke ab. Nur ihr silberner Haarschopf schaute ein wenig unter der Bettdecke hervor. Leise schlich er zu ihrer Bettseite, beugte sich über sie und flüsterte ihr zu: „Guten Morgen, meine Liebste". Doch nichts geschah. Sie rührte sich nicht. Normalerweise hatte sie einen leichten Schlaf, wachte bei jedem noch so kleinen Geräusch auf und schlief nur mit allergrößter Mühe wieder ein. Oftmals brauchte sie sogar Tabletten, um in den Schlaf zu finden. Irritiert zog er an der Bettdecke. Doch, keine Reaktion.

„Swantje! Was ist mit dir?", hörte er sich rufen, fasste nach ihrem Arm, woraufhin ihr Körper schlaff zur Seite kippte und ihm den Blick in ihr lebloses Gesicht freigab. Blitzartig schoss das Blut durch seine Adern. Hitze wallte in ihm auf, und kalter Schweiß überzog seinen Körper in Sekundenschnelle. Mit zitternder Hand suchte er ihren Puls, fand ihn nicht, rüttelte an ihr, rief sie beim Namen, doch nichts half. Erneut griff er nach ihrem Handgelenk, tätschelte ihr die Wangen, zwickte sie, letztlich versuchte er, ihr seinen Atem zu schenken. Doch alle Mühe war vergebens. Sie war tot.

Gebannt starrte er in ihre leblosen Augen. Kaum wagte er, seinen Blick von ihr abzuwenden. Seine Beine schienen gelähmt. Nur mit größter Anstrengung schaffte er es, sich auf die Bettkante zu setzen. Was sollte er tun? Sein Kopf war wie leergefegt. Ein Luftzug wehte einen lieblichen Rosenduft durch das spaltbreit geöffnete Fenster in den Raum. Eine kurze Weile saß ein winziger Vogel auf dem Fensterbrett und schaute ins Zimmer. Lennart fragte sich, ob dies alles nur ein böser Traum war, aus dem er gleich aufwachen würde. Lange saß er starr auf der Bettkante und schaute Swantje an, oder sein Blick ging zum Fenster und verschwand gedankenverloren und ziellos im morgendlichen Sommerhimmel.

Allmählich kehrten seine Gedanken zurück, und Schuldgefühle quälten ihn. Gerade heute war er länger fort gewesen als an anderen Tagen. Aber das war ihm erst nach seiner Rückkehr bewusst geworden. Sorglos, ohne Zeitgefühl war er umhergeradelt. Nun schämte er sich dafür, einen solch unbeschwerten Morgen verbracht zu haben, währenddessen Swantje mutterseelenallein dem Sensenmann gegenübergetreten war. Doch wie hätte er so etwas auch erahnen sollen? Schließlich hatte der Morgen sich in nichts von anderen Tagen unterschieden. Als er sich zum Brötchenholen aus dem Haus stahl, hatte sie noch fest geschlafen. Unschuldig und ruhig, umgeben von windschiefen Bäumen, Hecken und Frühnebel, hatte der alte Haubarg auf seiner Warft gestanden. Nur Vogelgezwitscher und leichtes Blätterrauschen waren zu hören gewesen. Sonst nichts.

Sekunden verstrichen, wurden zu Minuten, Minuten zu Stunden, und Lennart saß immer noch auf der Bettkante. Das

Kaffeewasser im Flötenkessel war wieder kalt geworden, die Brötchen auf dem Küchentisch hatten ihre krosse Frische verloren. Sonnenstrahlen griffen mit langen Armen ins Schlafzimmer, doch konnten sie weder ihn noch Swantje erwärmen. „Es ist kein Leben mehr in ihr", wisperte es in seinem Kopf. Die grausame Wahrheit von sich weisend, beobachtete er mit Argusaugen ihren Brustkorb. Auch fühlte er nochmals ihren Puls, wobei er genau wusste, dass das unnütz war. Doch er musste es tun. Als er ihren Anblick nicht mehr ertragen konnte, trat er vor die Haustür, ließ Luft in seine Lungen strömen, ordnete seine Gedanken und rief den Arzt an. Ungläubig nahm er letztlich die unausweichliche Diagnose „Herzversagen" zur Kenntnis.

Was sollte nun werden? Was sollte er ohne sie tun? Der Verzweiflung nahe, setze er sich auf die hölzerne Bank, die neben der Haustür stand. Eine Zigarre paffend, dem aufsteigenden Rauch hinterherschauend, der sich in der Luft auflöste wie zuvor Swantjes Leben.

Doch noch war sie hier, bei ihm. In ihrer beider Wohnung, im Haubarg, den sie so liebten. Wörter wie „leblos" und „Hülle" tanzten in seinen Ohren. Tränen quollen aus seinen Augen. Den Bestatter hatte er informiert, doch der ließ auf sich warten. Wobei das im Grunde genommen auch keine Rolle spielte. So, wie nun nichts mehr für ihn eine Rolle spielen würde. Mit dem Hemdsärmel wischte er sich sein Gesicht trocken, dachte an sie, sah sie genau vor sich, wie sie starr in ihrem Bett lag und wartete. Wartete und dabei minütlich kälter wurde.

Schließlich war er allein. Allein mit sich, mit dem Haus und seiner Trauer. Wie in Trance hatte er das Eintreffen und Abfahren des Bestatters überstanden. Nun wählte er mit zitterigen Fingern die Telefonnummer seines Freundes Fiete.

Eigentlich hieß er Friedrich. Friedrich Brockholm. Er war der Einzige, den er jetzt hören, sehen oder überhaupt ertragen konnte. Fiete wohnte in Tönning, einem kleinen beschaulichen Städtchen mit seinem Hafen an der Eider. Von Münster in Nordrhein-Westfalen war er vor einigen Jahren hierher gezogen. Die Entscheidung an die Küste zu ziehen, war ihm denkbar leicht gefallen. Schließlich hatte seine Tochter vor mehreren Jahren ein Nordlicht geheiratet und wohnte hier. Da ihn in seiner alten Heimat nichts mehr gehalten hatte, besser gesagt, er froh gewesen war, von dort wegzuziehen, um seiner Exfrau und ihrem Neuen nicht über den Weg zu laufen, hatte er eine kleine Wohnung nahe dem Eiderdeich angemietet und wohnte nun nahe bei seiner Tochter in Tönning. Wie Lennart wusste, gab es für Fiete nichts Schöneres, als hier zu leben. Wie er seinen Freund schon oftmals sagen hörte, war es die beste Entscheidung gewesen, die er je in seinem Leben getroffen hatte.

Nur ein Bruchteil von Sekunden verstrich und Fietes knarzend laute Stimme drang an sein Ohr.

„Brockholm", donnerte seine Bassstimme. Dann schien er sich abzuwenden und sagte: „Nun seid doch mal still. Ich verstehe hier ja gar nichts. Einen Moment bitte, ich gehe nach draußen." Dann klappte eine Tür und es wurde ruhiger.

„Fiete? Hörst du mich? Ich bin's, Lennart!"

„Lenne! Klar hör ich dich. Bin ja nicht taub. Was ist los? Sag bloß, du willst auch herkommen und mitfeiern."

Lennart hatte keine Ahnung, wovon sein Freund sprach und fragte nach, wo er denn sei.

„Na, bei Stella, meiner Tochter. Sie hat abgelegt!", und schon lachte er schallend ins Telefon. „Ist ein Mädchen geworden. Ganz hübsch, aber noch ein bisschen spillerig die kleine Nele."

Kurze Zeit sagte keiner von beiden etwas, dann rief Fiete immer noch überlaut in den Hörer: „Komm doch auch her, Lenne. Du weißt, du bist immer ein gern gesehener Gast. Und der Pharisäer ist wirklich eine Wucht. Das kannst du mir glauben. Ist auch noch genug da. Das langt noch für uns beide. Wollen wir die Kleine mal ordentlich hochleben lassen."

Lennart lehnte dankend ab, obwohl ihm beim Gedanken an gesüßten Kaffee mit braunem Rum und Sahnehaube das Wasser im Mund zusammenlief.

„Ach lass mal gut sein. Ich wollte nur …, ist auch nicht so wichtig", stotterte er. Kaum hatte er den Satz beendet, stieg die Geräuschkulisse am anderen Ende der Leitung wieder an. Gläser klirrten, und Fiete posaunte fröhlich in den Hörer: „Prost, mein Guter! Wir sehen uns", dann legte er auf.

Als hätte ihm dieser kurze Anruf seine letzten Kräfte geraubt, sackte Lennart in sich zusammen. Wie ein Häufchen Elend saß er auf der Bank, und die Zeit verstrich.

Wenig später hielt ein Taxi in der Hofeinfahrt, Fiete erschien und marschierte mit strammen Schritten auf ihn zu. Er war bester Laune und strahlte über das ganze Gesicht.

„Da guckst du!", krakeelte er drauflos, klopfte Lennart auf die Schulter und ließ sich neben ihn auf die Bank plumpsen.

„So, mein Lieber! Spuck es aus. Welche Laus ist dir über die Leber gelaufen?"

Doch Lennart gab keinen Mucks von sich.

„Hab ich es doch gewusst. Du hast dich schon am Telefon so bedröppelt angehört. Nun sag, was ist los mit dir", bohrte er weiter.

Aber Lennart hüllte sich in Schweigen. Er wusste einfach nicht, wie er die Erlebnisse dieses Tages über die Lippen bringen sollte. Auf seinen Freund, dem nach allem anderen, als nach schlechter Laune zumute war, wirkte er jedoch sturer denn jäh. Als Fiete merkte, dass er mit seiner Fragerei nicht weiterkam, rief er nach Swantje. Doch alles blieb still. Nichts geschah. Lennart starrte vor sich hin und regte sich nicht. Fiete folgte seinem Blick, konnte aber zwischen den alten Bäumen und Büschen nichts Interessantes erkennen. Schließlich knuffte er seinen Freund in die Seite und fragte: „Ist deine Holde nicht da? Ist sie verreist?"

Da Lennart auch darauf nicht antwortete, fragte er weiter.

„Ihr habt euch auf eure alten Tage doch nicht etwa getrennt? Ist es das, was du mir vorhin am Telefon sagen wolltest? Nun sag doch endlich, was hier los ist. Ist sie dir ausgebüxt?", worauf Lennart gen Himmel sah und mit dem Zeigefinger nach oben deutete.

Ungläubig folgte Fiete seinem Fingerzeig und ahnte, was er ihm wortlos zu sagen versuchte. Doch mochte er seiner Vermutung keinen Glauben schenken. Stattdessen ging er in die Wohnung, um sich vom Gegenteil zu überzeugen. Dort fand er statt Swantje nur leere Räume.

„Heute Morgen, als ich …", begann Lennart, dann stockte er und schwieg. Dieses Mal jedoch nur für einen kurzen Augenblick. „Ich war nicht da, als es passierte. Ich war … ich war … Sie ist tot", stotterte er und spürte die Hand seines Freundes auf seiner Schulter.

„Lass es mal gut sein", sagte Fiete, dem es fern lag, seinen Freund weiter mit Fragen zu malträtieren.

„Ich glaub, ich setz uns erstmal Kaffee auf", bot er stattdessen an. „Den brauchst du jetzt wohl. Oder ist dir mehr nach

Tee zumute?", fragte er, wartete Lennarts Antwort gar nicht erst ab, ging in dessen Wohnung und machte sich lautstark in der Küche zu schaffen.

Nach mehreren Tassen Kaffee kehrte Leben in Lennart zurück, und er berichtete, was in den vergangenen Stunden vorgefallen war. Dabei ließ er seinen Freund wissen, dass er es nicht glauben wollte, dass Swantje an Herzversagen gestorben sein sollte.

„Und? Was gedenkst du nun zu tun?", fragte dieser daher neugierig, woraufhin Lennart kraftlos mit den Schultern zuckte.

„Also, wenn du es ganz genau wissen willst, musst du sie obduzieren lassen. Aber ich nehme an, dass du das nicht unbedingt willst", sagte Fiete vorsichtig.

„Nein. Soweit kommt es noch. Ich lasse doch nicht an ihr herumschnippeln. Das wäre bestimmt nicht in ihrem Sinne gewesen. Und was würde es auch nützen? Davon wird sie auch nicht wieder lebendig", entgegnete er mit fester, fast zorniger Stimme. Damit war das Thema vom Tisch, Lennart zündete sich eine Zigarre an, und Fiete holte seine Pfeife aus der Brusttasche seines Oberhemds und begann sie zu stopfen. Sie saßen und schwiegen, bis es an der Zeit war, sich mit dem notwendigen Tun, den Planungen des Unausweichlichen zu beschäftigen.

2

Während im alten Haubarg auf Eiderstedt die Zeit ins Land ging und die Stimmung einem Weltuntergang glich, glänzten die schmucken Fassaden des Holländerstädtchens Friedrichstadt wie ein Postkartenidyll. Die Treppengiebelhäuser am Markplatz wetteiferten im Sonnenschein und stellten einen farbenfrohen Kontrast zum strahlendblauen Sommerhimmel dar. Leben füllte die Stadt. Menschen eilten zu ihren Arbeitsstellen, der Duft frischer Backwaren und von Kaffee quoll aus so manchem Haus. Urlauber nutzten die Vormittagsstunden, um sich den „Malerwinkel", wie man sagt, den schönsten Teil des Städtchens, mit seiner „Großen Brücke" in Ruhe anzusehen.

Auch Lea Fischer liebte es, frühmorgens auf den Beinen zu sein, wenn die Sonne ihre Kraft noch nicht voll entfaltet hatte und beim Öffnen der Fenster unverbrauchter Gartengeruch ins Zimmer strömte. Wenn Tautropfen an Grashalmen hingen und Spinnen ungestört ihre Netze webten. Das war ihre Zeit. Die allerbeste Tageszeit, um über dieses und jenes nachzudenken oder Ideen nachzuhängen, zu denen sie im täglichen Einerlei nicht kam.

Doch waren ihr diese ruhigen Stunden nur am Wochenende vergönnt. Dann, wenn die Familie noch schlief. Unter der Woche startete sie zügig in den Tag. Ihre quirligen vierjährigen Zwillinge Malte und Svenja forderten ihre volle Aufmerksamkeit. Sie wollten versorgt und in die Kita gebracht werden. Zwischendurch erledigte sie die Hausarbeit, die zum größten Teil an ihr hängenblieb. Auch wenn Holger, mit dem sie schon über sechs Jahre zusammenlebte, in regelmäßigen Abständen beteuerte, sich in Zukunft mehr einzubringen, verliefen seine Versprechungen zumeist im Sande. Doch sie kreidete ihm das nicht an, denn dazu liebte sie ihn viel zu sehr.

So tat sie, was sie konnte, hastete durch den Tag und versorgte ihre kleine Familie. Zwischendurch putzte sie die Wohnung, wenn auch nur oberflächlich. Lieber verbrachte sie ihre Zeit in der Küche, blätterte in neuen und alten Kochbüchern oder saß am Laptop und suchte in Foodblogs nach gesunden Gerichten, die sie noch nicht kannte, um sie in die Tat umzusetzen. So versuchte sie tagtäglich, dem Spagat zwischen Familie, eigenen Belangen und ihrem Beruf gerecht zu werden. Gerade erst vor kurzem hatte sie den Schritt in die Selbstständigkeit gewagt und bot nun in Friedrichstadt und Umgebung ihre gärtnerischen Talente an. Seitdem gab es eine penible Zeitplanung, die manchen Tags nur schwer einzuhalten war. Doch sie stellte sich dieser Herausforderung. Seit der Geburt der Zwillinge war sie keiner beruflichen Tätigkeit mehr nachgegangen. Zwar hatte sie versucht, in ihrem Beruf wieder Fuß zu fassen, als die Kinder noch kleiner waren, jedoch hatte sich ein regelmäßiges Arbeitsleben nicht in ihren Alltag integrieren lassen. Sicher, wäre es machbar gewesen, wenn sie früh einen Krippenplatz für beide Kinder gefunden oder wenn sich Schwiegermutter Vera herabgelassen hätte, die Zwillinge verlässlich zu betreuen. Doch beides war nicht der Fall gewesen. So hatte sie ihren Wunsch, wieder als Gärtnerin zu arbeiten, vor Jahren auf Eis gelegt und erst jetzt damit begonnen, eigenständige Pläne zu schmieden. Endlich der Abhängigkeit, in der sie lebte, ein Stück weit entfliehen, frei sein in der Entscheidung, wann, wo, wie und für wen sie arbeitete. Das war es, wonach ihr der Sinn stand. Außerdem wollte sie wieder mehr an der frischen Luft sein, wie sie es immer gern gewesen war. Natürlich hätte sie auch jeden Tag in Friedrichstadt spazieren gehen können, wie es Vera ihr empfohlen hatte. Oder sie hätte sich regelmäßig mit anderen Müttern treffen und die Zeit verbringen können. Ausflugsziele in der näheren und weiteren Umgebung von Friedrichsstadt gab es zu Hauf. Doch danach war ihr nicht. Sie wollte etwas tun, was sie ausfüllte, ihr Spaß machte und ihr zudem Geld ins Portemonnaie spielte. Da jedoch sämtliche, derzeit offenen Stellenangebote im Gartenbausektor nicht ihren Wünschen entsprachen und sich arbeitszeitmäßig nicht in ihren Alltag integrieren ließen, hegte sie den Gedanken, sich selbstständig zu machen, was bei den Schwiegereltern auf rigorose Abneigung stieß. Andere Friedrichstädter allerdings schienen ihre Idee ganz passabel zu finden. Denn schon kurz nachdem sie eine erste Zeitungsanzeige geschaltet hatte, flatterten die ersten Aufträge ins Haus. Zum überwiegenden Teil waren es betagte Gartenbesitzer, die sich nicht mehr selbst um ihre Gärten kümmern konnten oder schlichtweg lieber im Garten saßen. Etliche Male war sie nun schon unterwegs gewesen, hatte Hecken geschnitten, Rasen gemäht und wilden Kräutern Einhalt geboten. Heute jedoch stand außer dem Kauf einer neuen Astschere und dem Besuch bei ihrer Psychologin Frau Dr. Erikkson nichts weiter auf ihrem Tagesplan.

Mit einem gemütlichen Familienfrühstück startete sie in den Tag. Holger brachte auf dem Weg zur Arbeit die Kinder in die Kita, was ihr Zeit für eine weitere Tasse Kaffee verschaffte. Nebenbei bereitete sie Spaghetti Bolognese für das Mittagessen vor. Wobei es sich um eine selbstentworfene fleischlose Variante handelte, von der die Zwillinge gar nicht genug bekommen konnten. Anschließend machte sie sich auf den Weg zum Baumarkt, um die Schere zu kaufen, danach nahm sie den

Psychotermin wahr. Eigentlich hatte sie im Anschluss an ihre Erledigungen noch vorgehabt, durch die Innenstadt zu bummeln, um sich bei Sonnenschein von den alten Backsteinhäusern des nordfriesischen Holländerstädtchens verzaubern zu lassen. Doch war der Termin bei Frau Dr. Erikkson anders verlaufen als gedacht, und sie verspürte keine allzu große Lust, noch in der Stadt umherzulaufen. Daher besorgte sie nur kurz etwas in einem Schreibwarengeschäft und entschied sich im Weiteren für einen Spaziergang entlang des Treeneufers. Wieder daheim setzte sie sich an den Küchentisch und starrte nachdenklich auf die leeren Seiten des gerade gekauften Schreibblocks.

Wenn sie an der Zukunft etwas ändern wollte, müsste sie erstmal die Vergangenheit bewältigen, hatte Frau Dr. Erikkson ihr geraten. Um dieses Ziel zu erreichen, sollte sie alles aufschreiben, was sie beschäftigte. Ganz gleich was es war und wie lange die Dinge zurücklagen. Sich alles von der Seele schreiben, um in nicht allzu ferner Zeit endlich wieder unbeschwert nach vorne schauen zu können.

„Das Schlimmste, was sie sich selber antun können, ist, ziellos durch ihr Leben zu treiben oder gar andere Menschen für sich entscheiden zu lassen", hatte sie gesagt. Diese Worte hatten Lea zugesetzt, hatten sie aufgerüttelt, und sie fühlte sich geradezu gezwungen, sich mit ihren Gefühlen auseinanderzusetzen. Schon spürte sie wieder diese tiefsitzende Wut, diesen Unmut, insbesondere über sich selbst. Zu lange schon versuchte sie ihren eigenen Weg zu finden, und mit dem Gartenservice meinte sie, nun endlich den ersten Schritt in die richtige Richtung getan zu haben. Doch wusste sie genau, dass es ihr oftmals an Durchhaltevermögen mangelte. Auch meinte sie, den andauernden Herabsetzungen ihrer Schwiegereltern sowie den Anforderungen an sie als Ehefrau und Mutter einfach nicht gewachsen zu sein. So fragte sie sich oft, wie andere Mütter in ähnlichen Situationen klarkamen.

Wieder klangen die Worte ihrer Psychologin in ihr nach. „Schreiben Sie irgendetwas. Irgendetwas ist besser als nichts. Lassen Sie alles raus, ganz gleich, wie unwichtig es Ihnen gerade erscheint."

Schließlich schaffte sie es, die Welt um sich herum zu vergessen und schrieb drauflos.

„Ich komme aus einer Hamburger Kleinfamilie. Mein Vater war Busfahrer, meine Mutter Verkäuferin. Beide verdienten nicht viel. Doch für uns drei reichte es. Zumindest war mir als Kind und später als Teenie nie aufgefallen, dass wir uns etwas nicht hatten leisten können. Auch kann ich mich nicht daran erinnern, jemals irgendetwas vermisst zu haben. Unsere Wohnung war zwar klein, aber sie hatte einen Balkon, und die Aussicht aus dem vierten Stockwerk war wunderschön. Meine Schwiegereltern Vera und Norman würden sagen, ich hätte meine Kindheit in einem Schuhkarton verbracht. Aber was schert es mich, was sie sagen. Sie geben eh immer zu allem ihren Senf dazu.

Denke ich an meine ersten Lebensjahre zurück, sehe ich die Krippe, den Kindergarten, den Hort und die Schule vor mir. Ich sehe mich in meinem Zimmer am Fensterbrett stehen und Blumen und Küchenkräuter in Töpfe einsähen. Schon damals liebte ich alles, was grünte und blühte. Dass ich Gärtnerin geworden bin, war für mich die Erfüllung eines langgehegten Traums. Ich folgte damit dem Wunsch meiner Eltern, einen Zukunftsweg einzuschlagen, der mir Freude bereitete. Daher war meine Berufswahl keine Frage, sondern ein Muss.

Lange Zeit waren meine Eltern für mich die wichtigsten Menschen in meinem Leben. Sie gaben mir ein glückliches Zuhause, lebten mir Bescheidenheit, Aufrichtigkeit und Fairness vor und entließen mich gestärkt und voller Zukunftspläne in mein junges Erwachsenenleben. Genau in das Leben, in dem ich Holger an einem hässlich grauen Morgen vor über sechs Jahren kennenlernte.

Es geschah in der Straßenbahn auf dem Weg zur Arbeit. Er saß mir gegenüber, sah mich an und sein Blick traf mich wie ein Blitzschlag aus heiterem Himmel. Wenige Wochen später klebten wir aneinander wie Zwillingskirschen. Wir waren einfach füreinander bestimmt."

Die Schreiberei entspannte Lea tatsächlich, und ohne es zu merken, hatte sie sogar mehr zu Papier gebracht, als sie sich anfangs zugetraut hatte. Gleichwohl verschwand ihre Entspannung in Sekundenschnelle, als sie auf dem Weg zur Balkontür mehrere Gegenstände im Wohnzimmer entdeckte, die eindeutig morgens noch nicht dagewesen waren. Eine Entenfamilie aus Porzellan stand in absteigender Größe aufgereiht auf dem Couchtisch. Fein drapiert auf einer leuchtend gelben Häkeldecke. Voll aufkeimender Wut packte sie Enten und Deckchen und ließ alles im Küchenabfall verschwinden. Anschließend schnappte sie sich die Mülltüte, polterte die Treppe hinunter, verließ das Haus, stapfte zeternd durch den Vorgarten und schmiss die Tüte in die an der Straße auf Abholung wartende Mülltonne. Schlagartig wackelte hinter einem der unteren Fenster die Gardine.

Kaum hatte sie die Wohnungstür hinter sich zugezogen, klingelte auch schon das Telefon. „Vera" blinkte das Display in unruhigen schwarzen Großbuchstaben. Sie nahm nicht ab.

Um ehrlich zu sein, bereitete es ihr sogar Freude, ihre Schwiegermutter zappeln zu lassen. Wahrscheinlich konnte sie wieder einmal ihre Neugier kaum bremsen und wollte wissen, warum Lea das Haus so hastig verlassen hatte. Hatte sie doch hinter der Gardine nicht viel beobachten können. Das Telefon jaulte erneut und Lea fragte sich, warum diese Irre sie nicht wenigstens einen einzigen Tag in Ruhe lassen konnte. Ohne Zögern nahm sie das Telefon, stopfte es unter ein Sofakissen und türmte zwei Wolldecken darüber.

„Soll sie doch anrufen, so oft sie will. Ich bin nicht da", lamentierte sie genervt vor sich hin, riss eine Packung Schoko-Cookies auf, stopfte sich zwei Kekse auf einmal in den Mund und schaltete den Staubsauger ein.

„Putzen macht glücklich", ging es ihr durch den Kopf. Sie wusste zwar nicht mehr, wo und wann sie das gelesen hatte, was sie jedoch genau wusste, war dies: derjenige, der sich das ausgedacht hatte, musste wohl auch einmal zum Psychiater. Was daran beglücken sollte, hatte sich ihr bisher nicht erschlossen. Grund dafür war möglicherweise, dass sie einfach nie richtig putzte. Allerdings war dies lediglich die Meinung ihrer Schwiegermutter.

„Als ordentliche Ehefrau und Mutter hast du in erster Linie für deine Familie zu sorgen und nicht bei irgendwelchen wildfremden Leuten den Garten zu schrubben. Und wenn Holger endlich zur Besinnung kommen, in die Fußstapfen seines Vaters treten und die Firma übernehmen würde, dann hättet ihr auch genug Geld. Dann würdest du zu Hause bleiben und dich endlich mal wieder vernünftig um die Zwillinge kümmern. Aber nein, der Herr Sohn muss sich ja mit diesen Bekloppten herumschlagen", hatte sie ihr unlängst um die Ohren geschmettert.

Damit hatte sie behinderte Menschen und die Einrichtung gemeint, in der Holger als Heilerziehungspfleger arbeitete und die ihrer Ansicht nach im Leben ihres Sohnes nichts zu suchen hatte. Dass er es als seine Bestimmung ansah, dort zu arbeiten, und die Kinder und jungen Erwachsenen ihn brauchten, schien sie dabei kalt zu lassen. Auf solch einen Gedanken kam sie erst gar nicht. Für sie stand fest, dass es sich bei dieser Beschäftigung wohl nur um einen Ausrutscher oder eine vorübergehende Fehlorientierung handeln konnte und Holger schon bald wieder zur Besinnung kommen würde. Dass er sein Jurastudium längst abgebrochen hatte, schienen weder sie noch Norman wahrhaben zu wollen. Wenn es nach ihnen gegangen wäre, würde er besser heute als morgen in Normans Anwaltskanzlei einsteigen. Auch Leas Arbeit betrachtete Vera nur als Zeitvertreib. Dass es ihr Freude bereitete, vernachlässigte Gärten auf Vordermann zu bringen oder Gartenliebhabern mit Rat und Tat zur Seite zu stehen, interessierte sie nicht. Mehr noch, sie schämte sich dafür, eine Schwiegertochter zu haben, die einer derart schmutzigen Arbeit nachging und damit auch noch beabsichtigte, ihr eigenes Geld zu verdienen. Gerade kürzlich diskutierte sie mit den Damen ihres Kaffeekränzchens über die Notwendigkeit, dass junge Mütter einer regelmäßigen Arbeit nachgingen. Empörte Sprachfetzen wie: „Es ist doch wirklich nicht zu fassen? Meine Schwiegertochter schippt Mist in anderer Leute Gemüsebeet" drangen das Treppenhaus hinauf bis ins Obergeschoss, wobei Lea annahm, dass Vera absichtlich laut gesprochen hatte.

Seit Veras Damenbesuch waren Leas Nerven zum Zerreißen gespannt. Täglich aufs Neue musste sie daran denken, wie ihre Schwiegermutter über sie hergezogen hatte. Auch jetzt, beim Staubsaugen, kreisten ihre Gedanken um das Gesagte, und sie schalt sich dafür, nicht den Schneid gehabt zu haben, dem Kaffeekränzchen einen Besuch abzustatten und Holgers gehässiger Mutter Paroli zu bieten. Oftmals schon war sie in Gedanken durchgegangen, wie sie sich ihr zur Wehr setzen konnte. Ganze Sätze hatte sie sich zurechtgelegt. Doch wusste sie auch, dass jedes einzelne Wort vergebene Liebesmüh war. Vera hätte ihr nicht zugehört, denn das tat sie nie. Daher hatte sie nichts getan und alle Anfeindungen und Besserwissereien, wie ein gescholtenes Schulmädchen über sich ergehen lassen.

Mit Norman verstand Lea sich oberflächlich und auch nur dann, wenn sie ihre Meinung zurückhielt.

Als das Handy in ihrer Gesäßtasche vibrierte, stellte sie den Staubsauger ab. Augenblicklich schob sie Panik, dass es wieder Vera war, die nun versuchte, sie auf andere Weise zu erreichen. Doch sie hatte Glück. Es war Holger, der nur mal reinhören wollte, womit sie den Tag verbrachte. Erleichtert flötete sie in den Hörer.

„Ach, du bist es!"

„Wen hast du erwartet? Doch nicht etwa einen heimlichen Verehrer", witzelte er.

„Nein. Ich dachte, es ist wieder deine Mutter. Die ruft schon die ganze Zeit auf Festnetz an, aber ich gehe nicht ran. Habe einfach keine Lust, mit ihr zu sprechen. Das musst du dir mal vorstellen, sie hat schon wieder in unserer Wohnung herumgeschnüffelt", sagte sie, wobei sie nicht nur lauter, sondern auch wütender wurde.

„Hast Du sie dabei erwischt? Hat sie etwa wieder irgendein Gedöns aufgestellt?", fragte er genervt.

„Gesehen habe ich sie nicht. Sie muss hier gewesen sein, als ich meinen Termin bei Frau Dr. Erikkson hatte. Ist aber auch egal. Auf jeden Fall hat sie eine Entenfamilie aus Porzellan und eine schreckliche Häkeldecke dagelassen", stöhnte Lea.

Genau wie Lea war auch Holger mittlerweile vollkommen genervt davon, was seine Mutter sich Woche für Woche herausnahm. Mal war es kitschiges Porzellan, das sie aufstellte, mal räumte sie die Küchenschränke nach ihrem Ermessen um. Sogar vor dem Schlafzimmerschrank schreckte sie nicht zurück. Mit Engelszungen redete Holger auf Lea ein und versprach ihr, sofort am Abend mit seiner Mutter Klartext zu sprechen und ihr bei der Gelegenheit auch den Wohnungsschlüssel abzunehmen. Denn so konnte und durfte es auf keinen Fall weitergehen.

Wieder und wieder klingelte das Telefon unter den Wolldecken. Es schrie quasi den Namen „Schwiegermutter". Schließlich fasste sich Lea ein Herz und nahm das Gespräch entgegen.

„Fischer", meldete sie sich knapp.

„Nein", flötete Vera in den Hörer, „dass du dich aber auch immer noch mit diesem schrecklichen Namen melden musst. Dann hättet ihr ja auch gar nicht zu heiraten brauchen", stellte sie anmaßend fest.

Schon war Lea im Begriff das Telefonat zu beenden, besann sich und raunte: „Was willst du?" in den Hörer.

„Was soll ich schon wollen. Ich kann doch mal einfach so meine liebe Schwiegertochter anrufen. Oder darf ich das nicht mehr. Ich wollte mich nach deinem Befinden erkundigen. Habe mir Sorgen gemacht, als du vorhin so laut die Treppe heruntergepoltert kamst. Ist was mit dir? Geht es dir nicht gut? Soll ich mal eben zu dir raufkommen?", fragte sie neugierig.

„Nein. Nicht nötig. Du warst ja schon hier", entgegnete Lea schroff.

„Ach, du hast es bemerkt. Und? Nun sag bloß nicht, dass dir die hübschen Entlein nicht gefallen", plapperte sie munter drauflos, verriet ihr im Weiteren noch, wo und wann sie sie gekauft hatte und beklagte sich schließlich darüber, dass Lea wohl kein allzu gutes Händchen für das Herrichten ihrer Wohnung hätte. Mehrfach setzte Lea an, wollte dem etwas entgegensetzen, kam jedoch nicht zu Wort. Als wäre es etwas Belangloses, beendete Vera das Gespräch mit den Sätzen: „Bevor ich es vergesse, da wurde neulich ein Brief für dich abgegeben. Kannst du dir ja mal bei Gelegenheit abholen", dann legte sie auf.

Was das für ein Brief war, wer ihn abgegeben hatte und warum sie ihn ihr nicht schon längst gegeben hatte, darüber verlor Vera kein Wort.

3

Sofort lief Lea die Treppe hinunter und klopfte an der Wohnungstür ihrer Schwiegereltern. Elsa, Veras persönliche Haussklavin, die für gewöhnlich nur frühmorgens ihre Putzrunden durch die Räume im Erdgeschoss drehte, öffnete.

„Wo ist sie?", fragte Lea gehetzt, und Elsa deutete in Richtung Arbeitszimmer.

Die Tür war angelehnt. Lea klopfte an, denn sie wusste, wie ungern Vera es hatte, wenn jemand ungebeten den Raum betrat. Doch Vera reagierte nicht. Daher lugte sie vorsichtig in den Raum und ertappte ihre Schwiegermutter dabei, wie sie am Fenster vor zurückgezogener Gardine stand und einen Brief gegen das hereinfallende Sonnenlicht hielt. Sie wendete ihn hin und her, und da sie scheinbar nichts erkennen konnte, begann sie schließlich, an der Klebepfalz herumzufummeln. Lea räusperte sich und betrat den Raum. Blitzartig verbarg Vera den Umschlag hinter ihrem Rücken und tat, als suche sie irgendetwas.

„Ich möchte den Brief abholen", sagte Lea und schaute Vera auffordernd an. Selbstverständlich gab Vera nicht zu, dass sie gerade versucht hatte, ihn aus Neugier zu öffnen. Daher tat sie, als suchte sie ihn und beteuerte steif und fest, dass sie leider nicht mehr wusste, wo sie ihn hingelegt hatte. Kopfschüttelnd, die Arme auf dem Rücken verschränkt, schaute sie im Raum umher. Dann sagte sie kleinlaut: „Meine Liebe, ich glaube, ich werde älter. Ich weiß doch tatsächlich nicht mehr, wo ich ihn hingelegt habe. Können wir nur hoffen, dass Elsa ihn nicht zusammen mit den alten Zeitungen entsorgt hat. Wenn ich ihn gefunden habe, bringe ich ihn dir sofort nach oben", versprach sie und machte mit einer Hand eine arrogante, wegscheuchende Bewegung.

„Husch, husch", sagte sie, womit sie Lea aufforderte, das Arbeitszimmer zu verlassen. Als diese ihrer Aufforderung nicht folgte: „Na, wird's bald. Ich hab doch gesagt, dass ich ihn dir bringe, wenn ich ihn finde."

Lea meinte, ihren Ohren nicht zu trauen. Wie unverschämt konnte ihre Schwiegermutter eigentlich sein. Noch damit beschäftigt, die richtigen Worte für diese Dreistigkeit zu finden, bückte sich Vera und tat so, als richte sie die bodenlangen Vorhänge der Fensterfront. Als sie wieder aufschaute grinste sie und erklärte, dass es doch an ein Wunder grenzen musste, dass sich der Brief tatsächlich hinter den Vorhängen versteckt hatte.

„Na, das ist aber ein Zufall. Wie er da nur hingekommen ist? Ich glaube, ich muss mal ein ernstes Wörtchen mit Elsa sprechen", und schon rief sie nach ihr und überreichte Lea unwillig den Umschlag. Ohne ein weiteres Wort machte Lea auf dem Absatz kehrt und verließ die schwiegerelterliche Wohnung. Noch im Gehen riss sie den Brief auf. Ihre Wohnungstür ließ sie lautstark hinter sich ins Schloss fallen. Als sie erkannte, um was für ein Schreiben es sich handelte, blieb sie wie vom Donner gerührt stehen. Es war ein amtliches Schreiben, in dem ihr mitgeteilt wurde, dass das Testament einer Swantje Jahn ordnungsgemäß vom Nachlassgericht Husum eröffnet worden war. Mit vollkommener Verwunderung entnahm Lea den Zeilen, dass diese unbekannte Frau sie als Erbin ihres Hauses, eines alten Haubargs, eingesetzt hatte. Dem Schreiben war ein notarielles Testament beigefügt, in dem ihr noch ein weiterer nicht bekannter Name in die Augen sprang. Dort war von einem Lennart Eilers die Rede, der augenscheinlich ein Wohnrecht in eben diesem Haus zugesprochen erhielt. Auch ihn kannte sie nicht.

Bei dem Schreiben konnte es sich nur um eine Verwechslung handeln. Etwas anderes war für Lea nicht vorstellbar. Schließlich hatte sie außer ihrer Mutter, die dement war und in einem Heim in Hamburg lebte, keinerlei Verwandte. Und soweit ihr bekannt war, hatten weder ihre Mutter noch ihr verstorbener Vater Geschwister gehabt. Auch von entfernterer Verwandtschaft hatte sie niemals gehört. Wenn es jedoch wirklich wahr sein sollte, wenn es sich nicht um eine Verwechslung handelte, was dann?

Etliche Male las sie den Brief. Doch seine Zeilen blieben unverändert. Es war kein Traum. Dort stand schwarz auf weiß, dass sie, Lea Fischer, ein Haus in Nordfriesland, auf der Halbinsel Eiderstedt, geerbt hatte. Eiderstedt lag ganz um die Ecke, quasi zu Füßen von Friedrichstadt. Das war unfassbar. Vielleicht war sie schon viele Male mit dem Auto an dem Haus vorbeigefahren oder auf einer ihrer Fahrradtouren daran vorbeigeradelt. In Gedanken begann sie, die Eiderstedter Landstraßen nach einem Haubarg abzusuchen. Doch wie es eben war, wenn man krampfhaft versuchte, sich etwas bildlich vorzustellen, kam ihr kaum etwas in den Sinn. Lediglich der historische Rote Haubarg in Witzwort, in dessen Restaurant sie mit Holger schon mal gegessen hatte, fiel ihr ein. Gleichwohl wusste sie, dass auf Eiderstedt noch weitere Exemplare dieses einstmals dort verbreiteten Bauernhaustyps standen.

Obwohl Lea gebürtig aus Hamburg kam und lange Jahre nur das Großstadtleben gewohnt war, hatte sie sich nach ihrem Umzug nach Friedrichstadt hier schnell eingelebt. Sofort hatte sie sich zu dem beschaulichen Städtchen mit seinen hübschen Kopfsteinpflasterstraßen, dem historischen Stadtkern, den Grachten, die der Stadt den Namen Klein-Amsterdam eingebracht hatten, hingezogen gefühlt. Die waschechten Nordlichter, die hier lebten, hatte sie ebenso in ihr Herz geschlossen. Inzwischen fühlte sie sich selbst als Nordfriesin und konnte sich im Grunde genommen nicht über ihr Leben beklagen. Sie hatte Holger und die Zwillinge und konnte glücklich sein. Wären da nur nicht die Schwiegereltern, die ihr tagtäglich zu verstehen gaben, dass sie nicht genügte, dass sie als Schwiegertochter, wenn überhaupt, nur Mittelmaß war. Lieber heute als morgen wäre sie mit Holger aus seinem Elternhaus ausgezogen, doch hatten sie bisher keine Wohnung gefunden, die ihnen beiden gefiel und die zu ihrem Geldbeutel passte.

Schleichend langsam, still und leise keimte zaghafte Freude in ihr, reifte und wurde größer. Ein Haus am Meer, dachte sie bei sich. Wie ein Stück Schokolade ließ sie sich diese Vorstellung auf der Zunge zergehen. Schon meinte sie, es rauschen zu hören. Dann sah sie sich, Holger und die Kinder an einem Tisch unter einem alten riesigen Baum vor einem reetgedeckten Haus sitzen. Die Sonne schien und Möwen kreischten. Schnell wischte sie diese Träumerei beiseite. Was für eine Spinnerei. Wer sagte ihr, dass das Haus überhaupt gut in Schuss war. Sie musste Klarheit gewinnen und das möglichst schnell. Sie musste es sich ansehen. Am besten gleich morgen oder zumindest in den nächsten Tagen. Schließlich sollte sie sich innerhalb der nächsten Wochen entscheiden, ob sie das Erbe überhaupt antreten wollte.

Auf der Suche nach einem geeigneten Tag blätterte sie die Seiten ihres Terminkalenders durch und stellte mit Schrecken fest, dass die nächsten Wochen ebenso gefüllt waren wie die vergangenen. Geburtstagseinladungen jagten Arzttermine und wurden von Mama-Taxi-Diensten in Schach gehalten. Doch was sollte es, irgendwie würde sie es schaffen, sich ein Zeitfenster freizuschaufeln. Nochmals blätterte sie im Kalender, sah, dass sie am nächsten Tag nur die Kinder in den Kindergarten zu bringen und einen Auftrag zum Krautjäten im Garten einer netten alten Dame angenommen hatte, den sie auch noch einmal verschieben konnte. Gesagt, getan. Aufgeregt wirbelte sie in der Wohnung herum, holte die Kinder aus dem Kindergarten ab, aß mit ihnen zu Mittag, wobei sie sowohl die Spaghetti als auch die vegetarische Soße bis auf den letzten Happen aufaßen. Den Zwillingen schmeckte es so gut, dass sie sogar den Soßentopf mit den Fingern ausschleckten. Danach brachte sie die beiden zu ihrer Spielverabredung. Die kinderlosen Nachmittagsstunden nutzte sie für den dringend erforderlichen Wocheneinkauf und für die Überlegung, was sie zur Feier des Tages zu Abend essen sollten. Passend zu der Glücksbotschaft, ein Haus auf Eiderstedt geerbt zu haben, schwebte ihr vor, ein klassisches Gericht auf den Tisch zu zaubern. Sie entschied sich für Schollenfilets aus der Pfanne und einen süß-sauren Gurkensalat mit extra viel Dill.

Als Holger nach Hause kam, staunte er nicht schlecht, als er Svenja und Malte am festlich gedeckten Küchentisch sitzen und Lea mit Schürze an der großen Familienpfanne werkeln sah. Die Wohnung war in ein herzhaftes Fisch-Butter-Dill-Gurken-Aroma getaucht, dem er sich nicht entziehen konnte und auch gar nicht wollte. Trotz der hochsommerlichen Temperatur und dank der durch die Dachschrägen aufgeheizten Wohnung prangte eine Kerze in der Tischmitte. Augenscheinlich hatten die Zwillinge beim Tischeindecken geholfen, waren für das Serviettenfalten zuständig gewesen und hatten diese über und über mit maritimen Klebebildchen verziert.

„Wenn ich es nicht besser wüsste, würde ich meinen, Weihnachten steht vor der Tür", sagte er belustigt, und sofort fiel

Lea ihm überglücklich um den Hals. Svenja und Malte sprangen von ihren Stühlen auf und tanzten um sie herum, so dass Holger endlich fragte, was das alles zu bedeuten hatte.

„Was ist hier eigentlich los?", fragte er verwundert. „Ist irgendwas passiert? Haben wir im Lotto gewonnen? Hast du einen großen Gartenauftrag an Land gezogen? Oder …"

„Ich habe geerbt", fiel sie ihm ins Wort. „Du glaubst es nicht. Ich habe ein Haus auf Eiderstedt geerbt. Ich kann es selbst kaum fassen."

Dann berichtete sie ihm von dem Brief, welcher dem Poststempel nach schon seit mehreren Tagen bei seinen Eltern in der Wohnung gelegen haben musste und von dessen Existenz Vera ihr erst heute berichtet hatte. Sie erzählte von ihrem Anruf beim Nachlassgericht, in dem ihr versichert wurde, dass es sich bei diesem Brief weder um einen Irrtum oder ein Versehen, noch um eine Verwechslung handelte. Dann las sie ihm den Brief feierlich vor, schließlich las er ihn nochmal selbst, und Lea zitterte vor innerer Anspannung. Voller Unglauben starrte Holger auf das Schreiben.

„Du hast, so wie es hier steht, das ganze bewegliche und unbewegliche Vermögen, wenn ich das jetzt mal in Juristendeutsch ausdrücken darf, von einer Swantje Jahn geerbt. Ihr Haus, das Grundstück und alles, was sich darin und darauf befindet, gehören jetzt dir. Einzige Einschränkung ist, dass ein Lennart Eilers weiterhin in seiner Wohnung, die sich auch in diesem Haus befinden soll, wohnen bleiben darf. Das ist verrückt! Das ist vollkommen verrückt!", rief er glücklich und zugleich fragend aus.

Malte und Svenja hüpften mittlerweile um den Tisch herum und tönten laut: „Ich will eine Schaukel und einen Sandkasten und …", und waren nicht mehr zu bändigen. Von diesem Tumult angelockt, klingelte es an der Wohnungstür und Vera und Norman erschienen.

Es war zu vermuten, dass Vera bereits einige Zeit ihr Ohr an die Wohnungstür gequetscht und vielleicht sogar einiges mitgehört hatte. Sicherlich war es so, denn warum sonst tauchte sie mit Norman zusammen ohne vorherige Ankündigung auf. Das passte so gar nicht zu ihnen. Wenn Lea nicht alles täuschte, war es sogar der Abend, an dem ihr Schwiegervater sonst immer in St. Peter-Ording Golf spielte. Und eine gute Partie Golf am Abend sausen zu lassen, das entsprach ganz und gar nicht seiner Art. Hieß also, sie wussten offenbar schon Bescheid, was sie jedoch, wenn es denn tatsächlich so war, bestens verbargen.

Eigentlich hatte Lea vorgehabt, diese gute Neuigkeit nur mit Holger, Svenja und Malte zu feiern. Auf Vera und Norman hatte sie keine Lust. Aber da sie nun schon mal da waren und sie sich weder einem Wortgefecht mit ihnen aussetzen, noch sich ihre gute Laune verderben lassen wollte, bat sie sie herein.

„Ich wusste es doch, dass hier etwas im Busche ist", schnatterte Vera, den Flur durchquerend, darauf los. „Hab ich es dir nicht gleich gesagt Norman?", und sie schaute ihn durchdringend an. „Das hat bestimmt etwas mit diesem Brief zu tun. Ist es so?", fragte sie und schaute Lea dabei auffordernd an. Gleichzeitig rief sie Holger, der kurzzeitig den Posten an der Bratpfanne übernommen hatte, entgegen: „Und, mein Herr Sohn, wie sieht es aus, bekommen wir jetzt vielleicht auch einen Stuhl, oder sollen wir die ganze Zeit stehen und euch beim Essen zuschauen?"

Wie einem aus Kindertagen antrainierten Mechanismus gehorchend, drückte er Lea den Pfannenwender und die Schürze in die Hand, lief sofort los und holte zwei Stühle, damit seine Eltern sich setzen konnten.

Vera und Norman stand die Neugier ins Gesicht geschrieben.

„Ach Kinder", flötete Vera scheinheilig. „Ihr könnt es glauben oder nicht, aber ich habe den ganzen Tag keine ruhige Minute gehabt. Bin nur in der Wohnung auf- und abgelaufen und habe mich mit nichts richtig beschäftigen können. Ich habe doch tatsächlich diesen seltsamen Brief nicht mehr aus dem Kopf bekommen. Sofort fragte Lea sich, was Vera damit gemeint haben konnte, dass sie sich mit nichts richtig hatte beschäftigen können. Denn solange sie ihre Schwiegermutter kannte, war sie eigentlich nie einer sonderlichen Beschäftigung nachgegangen. Schließlich gab sie zu, es vor Neugier kaum ausgehalten zu haben. Für ihre Verhältnisse war das ein bemerkenswert großer Schritt nach vorn, denn gewöhnlicherweise gestand sie sich solch einen Makel nicht ein.

Norman sah gestresst aus. Wahrscheinlich hatte er in der Kanzlei mal wieder höllisch viel zu tun gehabt. Dass er genervt war, war nicht von der Hand zu weisen. Sein Blick gab unmissverständlich zu verstehen, dass er Besseres vorgehabt hatte, als an ihrem Küchentisch zu sitzen und sich das Gerede über irgendeinen, höchstwahrscheinlich uninteressanten Brief anzuhören. So wartete er nur darauf, dass der Geheimniskrämerei endlich ein Ende gesetzt wurde, Vera Ruhe gab und er sich wieder seinen Angelegenheiten widmen konnte. Andererseits war er extrem hungrig, da er es den ganzen Tag über noch nicht geschafft hatte, etwas zu essen. Ein Besprechungstermin in der Kanzlei hatte den nächsten gejagt, und so war es den ganzen Tag gegangen.

Schließlich waren alle Filets goldgebraten, die Kartoffeln gargekocht, und beides wanderte sofort aus Pfanne und Topf auf die Teller. Ebenso der Gurkensalat. Auf extra Schälchen verzichtete Lea, da weder sie noch Holger darauf Wert legten, was ihnen einen missbilligenden Blick sowohl von Vera als auch von Norman einbrachte. Doch seltsamerweise enthielten sie sich jeglichen Kommentars. Die Gunst der Minuten nutzend, in denen ihre Schwiegereltern mit dem Essen beschäftigt waren, sagte Lea: "Ich habe ein Haus geerbt", woraufhin sich Norman auf der Stelle an der Kartoffel verschluckte, die er sich gerade in den Mund gesteckt hatte.

Treffer! Das saß. Wie vom Donner gerührt, schauten ihre Schwiegereltern sie an, und bevor sie dazu kamen, etwas zu sagen, reichte Holger jedem ein Glas trockenen Weißwein, den Zwillingen Limonade, und dann brachte er einen Toast aus.

„Auf dich, Lea, auf das Haus und ganz besonders auf die unbekannte Frau, die es dir vermacht hat. Ich hoffe, sie hatte ein langes und glückliches Leben."

Lea wusste, dass ihr Erbe die Zukunft ihrer kleinen Familie verändern würde, und sie war mehr als froh darüber. Wie eine Vision tauchte erneut das Bild des reetgedeckten Hauses vor ihr auf. Gedankenverloren schlürfte sie den Wein und malte sich ihren Traum in den schönsten Farben aus. Sie sah einen mit Buchsbaumhecken eingefassten alten Bauerngarten. Pfefferminze, die sie seit Kindertagen schon liebte, wuchs üppig und hoch und umhüllte sie mit einem herrlich erfrischenden Duft. Gleichwohl vernahm sie aus der Ferne den Dreiklang einer Türklingel. Ihrer eigenen Türklingel.

Sie schrak aus ihrem Tagtraum auf, nahm zur Kenntnis, dass Holger sich intensiv mit seinen Eltern über das Erbe unterhielt, stellte ihr Glas ab und eilte zur Gegensprechanlage. Am anderen Ende ertönte die weiche Stimme von Holgers Tante. Mit kleinen, schnellen Schritten flog Dorothea die Treppe herauf. Lea war es wie immer schleierhaft, wie diese allerhöchstens einen Meter sechzig kleine und zudem moppelige Frau in solch einer Geschwindigkeit und dermaßen grazil die Stufen hochfliegen konnte. Alles an ihr wackelte, und sie stöhnte wie eine alte Dampflok. Schließlich stand sie verschwitzt, aber fröhlich vor ihr und quetschte sich an ihre Brust. Lea mochte Doro. Sie war natürlich, authentisch, realistisch und immer geradeheraus. Doch wo immer sie auch erschien, war es mit der Ruhe vorbei. Die Schwester ihrer Schwiegermutter war ein schillernder, quirliger Paradiesvogel. Schwer zu glauben, dass die beiden überhaupt Geschwister waren.

Doro liebte alles, was glitzerte, plüschig oder flauschig war. Sie liebte weite Kleider in Sackform, in denen sie ihre Rollen verstecken konnte, und sie hasste Schuhe mit hohen Absätzen. Sie liebte es, über den Boden zu gleiten oder anmutig umherzutänzeln. Neben ihr fühlte sich Lea immer blass und unscheinbar. Was sicherlich auch daher rührte, dass sie ihrem eigenen Kleiderschrank seit Jahren nur Grau- und Blautöne entlockte. Aber so war sie nun einmal. Sie fühlte sich wohl, wenn sie nicht im Mittelpunkt stand, und sie liebte praktische Bekleidung und bequemes Schuhwerk. Für Schnickschnack hatte sie nicht viel übrig.

Vera hingegen legte größten Wert auf exquisite Blusen, dazu passende Röcke und Blazer sowie Stöckelschuhe mit schwindelerregend hohen Absätzen, die nicht im Mindesten alltagstauglich waren. Aber was hatte Vera schon in ihrem Alltag zu tun. Staubsaugen, Wischen und überhaupt jegliches Putzen erledigte Elsa, die unter Veras Kommando jedes noch so kleine Staubkörnchen zum Teufel jagen musste.

Leichtfüßig schwebte Holgers Tante ins Wohnzimmer. Sogleich fiel ihr Blick auf die Weingläser, und sie zwitscherte: „Gibt es was zu feiern?", ließ jedoch keinen Raum für eine Antwort und fragte weiter.

„Nun macht es mal nicht so spannend, meine Lieben. Ich sehe doch, dass hier etwas ganz Besonderes im Gange ist. Da komme ich wohl gerade zur rechten Zeit."

Sie begrüßte Holger und die Zwillinge, bewunderte augenblicklich das Essen und gab zu, dass sie hungrig war. Da Lea wusste, dass Doro nur zu gerne Schollenfilet aß, rückten alle noch etwas enger zusammen, und auch sie erhielt einen gefüllten Teller, über den sie sich sofort hermachte. Erst als sie den ersten Bissen zu Ende gekaut, den Wein getestet und Lea für ihre Kochkünste gelobt hatte, nahm sie ihre Schwester und ihren Schwager wahr. Was nicht hieß, dass sie die beiden vorher noch nicht gesehen hatte. Was auch gar nicht möglich gewesen wäre, schließlich saßen sie zusammen an einem Tisch. Doch so viel Zuwendung sie Lea, Holger, den Kindern, dem Wein und dem Essen schenkte, so wenig Aufmerksamkeit verschwendete sie für Vera und Norman. Ihnen schenkte sie lediglich ein Kopfnicken. Keine Umarmung, kein Handschlag, kein begrüßendes Wort. Nichts. Stattdessen nahm sie ihr Glas, prostete in die Runde und trank es genussvoll aus.

Hier sah Lea ihre Chance gekommen und nutzte sie.

„Ich habe ein Haus auf Eiderstedt geerbt", sagte sie an Doro gewandt. „Zwei Wohnungen mit Garten."

„Nee, ist nicht wahr. Echt?", fragte sie erstaunt und war ebenso baff wie Vera und Norman zuvor. Doch im Gegensatz zu ihnen strahlte sie übers ganze Gesicht. Sie freute sich aus tiefstem Herzen für Lea, erhob sich sogleich von ihrem Stuhl und quetschte sie erneut an ihre massige Oberweite.

Ob es am Wein gelegen haben mochte oder an dem unglaublichen Glücksgefühl, das sie einlullte: auf jeden Fall fühlte Lea sich frei wie schon lange nicht mehr. Frei, wie ein Vogel, dem die Käfigtür geöffnet wurde. Sie versuchte dieses Gefühl festzuhalten, doch jäh riss Normans Frage sie aus ihrer Träumerei.

„Und? Was ist das nun für ein Haus, was du da geerbt hast?", fragte er fordernd. Dabei verschränkte er abwehrend seine Arme vor dem Körper, schlug die Beine lässig übereinander und wippte mit dem Fuß.

„Vielleicht ist es nur eine alte, verfallene Hütte. Also ich an deiner Stelle würde mich nicht zu früh freuen", gab er ihr grinsend zu bedenken.

In Sekundenschnelle war die schillernde Seifenblase zerplatzt. Wieder einmal hatte es Holgers Vater geschafft, sie rücksichtslos auf den Boden der Tatsachen zurückzuholen. Unangetastet standen seine Worte im Raum. Die antike Standuhr, ein hässliches Erbstück von Holgers Großeltern, tickte gleichsam vor sich hin, als wäre nichts geschehen. Vera kicherte dumm, und ob Doro überhaupt zugehört hatte, war nicht festzustellen. Zornig schaute Holger seinen Vater an. Doch die Zornesfalte, die sich zwischen seinen Augenbrauen aufgetan hatte, verflog, sobald er das Schienenrattern der Holzeisenbahn aus dem Kinderzimmer hörte. Wie so oft hatten es die Zwillinge nicht lange am Essenstisch ausgehalten, ihre Teller nur halbleer gegessen und waren dann zum Spielen verschwunden.

„Du kannst gewiss sein, dass ich mir mein Haus in Kürze ansehen werde. Sei unbesorgt!", sagte Lea zu Normen und versuchte, dabei nicht zu zickig zu klingen.

Doch schon kratzte der pure Neid an seiner Zunge und formte eine neue weitere Ernüchterung.

„Erstens ist es noch gar nicht dein Haus", begann er „und zweitens ist es sehr wahrscheinlich eine Ruine, die zu nichts mehr zu gebrauchen ist. Von solcherlei Bauwerken aus alten Zeiten hört man hier in Nordfriesland ja immer mal wieder etwas. Erst werden sie hochgelobt, und dann sind sie eines Tages in sich zusammengefallen. Solch eine Hütte wird es wohl sein. Und außerdem, von wem willst du schon etwas geerbt haben? Das kann doch gar nicht sein. Meines Wissens hast du keine Verwandten."

„Hier. Schau selbst", sagte Lea und streckte ihm die Unterlagen entgegen, die er ihr sofort gierig aus den Fingern riss. Hochkonzentriert begann er, darin herumzublättern. Schließlich brummelte er leise, aber nicht so leise, dass seine Worte nicht zu hören gewesen wären: „Wusste ich es doch, das die Sache einen Haken hat. Da wohnt noch jemand drin. Wenn du Pech hast, halst du dir noch irgendwelche schmuddeligen Mietnomaden auf. Da wirst du nicht mit glücklich werden, Schwiegertochter, das sag ich dir gleich. Am besten, du schlägst dir die ganze Sache aus dem Kopf. Wozu brauchst du auch ein Haus. Ihr habt hier bei uns doch alles. Besser kann es euch nirgendwo gehen als hier. Na, ich sehe schon, es wird wohl das Beste sein, wenn ich mich der Sache annehme", dabei faltete er den Brief zusammen, und gerade als er im Begriff war, ihn in seine Jacketttasche zu stecken, mischte sich Holger ein und wies seinen Vater in die Schranken.

„Nichts da. Das Schreiben bleibt schön hier. Da kümmern wir uns selber drum", forderte er ihn auf, es zurückzugeben.

„Na dann, seht doch selbst zu, wie ihr damit zurechtkommt", entgegnete Norman spitz. „Aber ohne meinen fachlichen Rat werdet ihr sicher nicht weit kommen." Widerwillig legte er den Brief auf den Tisch, erhob sich und nahm wortlos Kurs auf die Wohnungstür. Im Fortgehen drehte er sich kurz um, warf Vera einen strengen Blick zu, was sie dazu antrieb, ebenfalls aufzustehen und ihm auf dem Fuß zu folgen. Dies tat sie jedoch nicht, ohne vorher noch einmal mit dem ausgestreckten Zeigefinger über die Küchenfensterbank zu streichen, den Staub von ihrem Finger zu pusten und zu Holger zu sagen: „Ganz schön schluderig, deine Frau. Sie sollte sich mehr um ihre Hausfrauenpflichten kümmern, als irgendeinem idiotischen Erbe nachzujagen." Lea schaute Holger an. Holger schaute Lea an. Doro schaute ihrer Schwester und ihrem Schwager hinterher, bis die Wohnungstür hinter Vera und Norman ins Schloss fiel.

4

Lea war glücklich. Einerseits wegen des unverhofften Erbes, andererseits weil Holger sich endlich einmal seinen Eltern widersetzt hatte. Wenngleich es sich auch nur um die Rückgabe des Briefes handelte. Also eigentlich nur um eine Kleinigkeit, die für Lea jedoch von großer Bedeutung war. Für sie zeigte es, dass er zu ihr stand.

Doro war längst gegangen, die Kinder und Holger schliefen tief und fest. Nur Lea selbst fand nicht zur Ruhe. Zu aufregend war der Tag gewesen. Ihre Gedanken flitzen hin und her, sodass es ihr unmöglich schien, weiter im Bett liegen zu bleiben und die Decke anzustarren. Sie stand auf, schnappte sich Stift und Papier, setzte sich, wie schon einmal an diesem Tag, an den Küchentisch und versuchte, ihre Gedanken zu ordnen. Vielleicht nützte es etwas, wenn sie einfach ein wenig schriebe. Vielleicht etwas über das Haus ihrer Schwiegereltern, in dem sie nun schon seit Jahren wohnte.

„Das einzige, was Holger mir zu Anfang unserer Beziehung über sich und seine Eltern erzählte, war, dass er mit ihnen in einem alten Haus in Friedrichstadt in Nordfriesland wohnte. Zwar war ich in meiner Kindheit oft bei meinen Großeltern in Husum gewesen, dass nicht weit von Friedrichstadt entfernt liegt. Aber außer Husum selbst kannte ich in diesem Landstrich nichts. Umso verwunderter war ich, als ich bei meinem ersten Besuch nicht vor einem klassischen norddeutschen Haus mit roten Klinkern stand, wie ich es erwartet hatte, sondern vor einer prächtigen Stadtvilla mit einem Garten, der vor Präzision geradezu strotzte.

Ich kann zwar nicht mehr sagen, was ich an dem Tag anhatte, sehr wahrscheinlich eine Jeans und eine legere Bluse oder einen Pulli, doch wie Vera gekleidet war, das weiß ich noch ganz genau. Rosa Kostüm, schwarze Stilettos und Goldschmuck. Holgers Vater trug einen Nadelstreifenzweireiher. Auch wie sie mich abschätzend von oben bis unten musterten, bekomme ich bis heute nicht mehr aus dem Kopf. Niemals zuvor hatte mich jemand mit so viel Geringschätzung angesehen. An diesem Tag lernte ich das Leben in einem historisch einwandfreien, makel- und staubfreien Haus kennen, in dem sich ein antikes Möbelstück an das andere reihte, alles in Szene gesetzt, antik, wertvoll und einem anderen Jahrhundert entsprungen zu sein schien.

Das Kaffeetrinken im Vorzeigezimmer, wie ich es auch heute noch gerne nenne, kam einer Musterung gleich. Seine Eltern wollten alles von mir wissen. Woher ich kam, wo ich wohnte, warum ich nur Gärtnerin geworden war und mir keinen Beruf mit mehr Zukunftsaussichten ausgesucht hatte. Wie ich mir meine Zukunft vorstellte und welchen Hobbys ich nachging. Obwohl ich ihre Fragen so gut wie möglich beantwortete, ließen sie mich spüren, dass ich keinesfalls die Schwiegertochter war, die sie sich für ihren Sohn vorgestellt hatten. In diesem Bewusstsein trank ich vorsichtig aus einem filigranen Tässchen Kaffee und aß von einer silbernen Kuchengabel mit Monogramm. Zaghaft lutschte ich die Sahnetorte von der Gabel, hoffte, mich an den spitzen Zinken nicht zu verletzen und gab Acht, nicht mit vollem Mund zu sprechen. Ich fühlte mich deplatzierter denn je. Ihr Fragenkatalog war anmaßend und schien mir unerschöpflich. Bei der Frage, wie viele Kinder ich meinte, in die Welt setzen zu wollen, stach ich mir mit der Kuchengabel in die Lippe, und meine Unterlippe begann zu blu-

ten. Sofort presste ich die, einem Holzbrett ähnelnde, gestärkte Serviette an die Lippen. Doch trotzdem landeten einige Tröpfchen auf der blütenweißen Tischdecke und auch auf meinem Kaffeegedeck. In der Hoffnung, dem Kaffeetrinken dadurch ein Ende gesetzt zu haben, wurde ich ungefragt zu einer neuen Tasse Kaffee sowie einem frischen Tortenstück genötigt. Damit nicht genug, musste ich auch noch die Ausführungen von Holgers Vater über mich ergehen lassen, wie er sich unser späteres Leben vorstellte. Dass sein Sohn eines Tages in seine Anwaltskanzlei einsteigen würde, war für ihn Gesetz. Dass Holger das niemals tun würde, wusste ich schon damals. Wir heirateten heimlich, aber das ist eine andere Geschichte."

Dass Krankheiten sich oftmals über Nacht einschleichen, hatte Lea früher immer für Unsinn gehalten. Doch seitdem Svenja und Malte auf der Welt waren, war sie eines Besseren belehrt. Tags zuvor noch quietschfidel, lagen die Zwillinge am nächsten Morgen verdächtig schlapp und weinerlich in ihren Betten. Mäßiges Fieber bahnte sich an, ebenso juckende rote Pusteln. Durch einen Anruf im Kindergarten erfuhr Lea, dass ihre Sprösslinge nicht die einzigen waren, sondern auch andere Kinder mit Windpocken das Bett hüteten. Und auch Holger fühlte sich schlecht. Zwar hatte er weder Fieber noch Ausschlag, doch sein Hals kratzte, und auch er fühlte sich matt. Dass er sich auch mit Windpocken angesteckt hatte, schloss er aus. Schließlich hatte er sie schon als Kind gehabt, genau wie Lea. Wahrscheinlich befand sich eine Sommergrippe im Anmarsch. Es wäre nicht der erste Sommer, in dem er sich damit herumschlug.

Die kränkelnden drei Familienmitglieder durchkreuzten Leas Tagesplan mit voller Wucht. Wenn die Kinder in den Kindergarten gegangen wären und Holger zur Arbeit, hätte sie sofort nach Eiderstedt starten und sich ihr Erbe ansehen können. Jetzt rückte ihr Vorhaben ins Hintertreffen, was mal wieder typisch für sie war. Irgendjemand oder irgendetwas schien in ihrem Leben immer dazwischenzufunken. Doch Vera und Norman hatten dieses Mal nicht ihre Finger im Spiel, ihnen konnte sie nicht die Schuld geben. Für Krankheiten konnte niemand etwas.

So machte sie sich auf den Weg in die Apotheke, holte ein Puder, dass den Juckreiz der Windpocken lindern sollte, sicherheitshalber noch einen Fiebersaft und für Holger eine „bunte Tüte" mit allerlei Medizin gegen eine ausgewachsene Männer-Sommergrippe. Diese war gefüllt mit Hustensaft, Lutschpastillen, Tropfen zum Inhalieren, bis zu Schmerztabletten, Eukalyptusbonbons und Gummidrops in verschiedenen Farben mit Zucker obenauf, die sie selber gerne aß. Dann hetzte sie nach Hause, kochte eine große Kanne Tee, schmierte einen Teller Brote und stellte diesen zusammen mit einer Doppelpackung Butterkekse und der gekauften Arznei auf dem Couchtisch bereit.

Zwischenzeitlich hatte sich Holgers Befinden verschlechtert, und er litt. Betrübt lag er, in eine Wolldecke gewickelt, auf dem Sofa und verfolgte den Ritt eines Cowboyhelden aus einem seiner Lieblingswestern. Dergleichen sah er immer, wenn er meinte, krank zu sein oder zu werden. Von Malte und Svenja hörte sie keinen Mucks. Sie schliefen sich gesund.

Kurzentschlossen rührte Lea noch einen Topf Grießbrei an und streute Zimt und Zucker darüber. Zusammen mit kleingeschnittenen Früchten stellte sie die Mahlzeit auf den Küchentisch, damit sie auch wirklich jeder sah. Auch Teller und Löffel holte sie schon aus dem Schrank hervor und legte sie bereit.

„Da soll noch einer sagen, ich sei eine schluderige Hausfrau", meckerte sie leise vor sich hin. Dann war endlich alles erledigt, und sie konnte sich auf den Weg nach Eiderstedt machen. Doch eigentlich hatte sie diese besondere Erkundungstour nicht ohne Holger antreten wollen. Noch am Vorabend hatte er sie, nach einem Telefonat mit seinem Chef, damit überrascht, sie zu begleiten. Das war nun hinfällig. Stattdessen begann er jetzt auch noch mit ständigem Fiebermessen, einer seltsamen Angewohnheit, die Lea selbst fremd war.

„Kannst du mir wohl eben noch ein Kühlpack bringen. Ich glaube, ich bekomme Fieber", jammerte er und setzte seinen treuen Dackelblick auf, der sofort Schuldgefühle in ihr reifen ließ.

Nun also auch noch Fieber. Schlappe 36,6 Grad. Müde und maßlos besorgt, ob seine Temperatur weiter ansteigen könnte, schaute er Lea an.

„Du hast kein Fieber", hörte sie sich sagen „36,6 Grad ist eine ganz normale Körpertemperatur! Glaub mir."

„Sonst habe ich immer 36,2", krächzte er kleinlaut und schaute überaus besorgt drein.

Sie würde alleine fahren. So viel war klar. Dass sie fahren würde, stand für sie außer Frage. Das schlechte Gewissen, ihre Familie sich selbst zu überlassen, saß ihr zwar im Nacken, doch sie versuchte, es weit von sich zu weisen.

„Ich werde das jetzt nicht verschieben. Ich muss da hin. Vielleicht komme ich auch erst morgen wieder. Ist ja schon Mittag durch und eigentlich wollte ich schon heute früh los. Sicherheitshalber nehme ich mir ein paar Übernachtungssachen mit. Ihr werdet bestimmt auch ohne mich klarkommen. Die Zwillinge werden so und so nur schlafen. Und du kurierst dich hier auf dem Sofa mal richtig aus. Ich habe alles vorbereitet. Ihr seid mit allem, was ihr braucht, versorgt. Außerdem bin ich auch nicht aus der Welt. Wenn also was sein sollte, rufst du mich einfach an", sagte sie und meinte, sich selbst nicht wiederzuerkennen. Richtiggehend stolz war sie, dass sie es schaffte, ihre Interessen nicht wieder hinter denen der Familie zurückzustellen. Es ging doch. Sollte es wirklich so einfach sein, wie Frau Dr. Erikkson versprochen hatte? Sie brauchte nur das zu tun, was sie wollte oder was sie sich vorgenommen hatte, genauso wie es Holger, Vera, Norman und scheinbar die ganze übrige Welt auch taten.

„Ihr packt das schon. Da bin ich mir sicher", sagte sie abschließend, woraufhin Holger sie aus großen traurigen Augen ansah, dass ihr das Herz blutete. Doch sie blieb standhaft, hauchte ihm einen Kuss zu, sah noch einmal nach den schlafenden Zwillingen und zog entschlossen die Wohnungstür hinter sich zu.

Gerade als sie die Autotür ihres altersschwachen roten Polo schloss, hörte sie das ihr bekannte Klappern von Veras Absätzen hinter sich. Nichts Gutes ahnend, schaute sie in den Rückspiegel und sah ihre Schwiegermutter in schickem Fischgrätkostüm und hohen Lacksandaletten, einen Trolli hinter sich herschleifend, die Außentreppe herunterstöckeln. Aufgeregt ruderte sie mit den Armen, wobei ihr ihre Handtasche bis unter die Achsel rutschte.

„Halt! Warte! Nicht losfahren!", rief sie ihr schrill zu.

Überrascht fragte sich Lea, ob sie irgendetwas verpasst hatte. Doch erinnerte sie sich nicht daran, dass Vera in letzter Zeit erzählt hatte, dass sie verreisen wollte. Wo also wollte ihre Schwiegermutter dermaßen aufgebrezelt, als wäre sie Gast auf einem Wohltätigkeitsempfang, mit ihrem Trolli hin?

Schnurstracks stakste sie zur Beifahrertür, öffnete diese und sagte: „Ich komme mit! Du kannst doch nicht alleine fahren. Na, soweit kommt es noch."

Perplex schaute Lea ihre Schwiegermutter an und eine, nur in ihrem Kopf existierende Stimme flüsterte gehässig: „Siehst du! Das hast du jetzt davon. Wärst du zuhause geblieben und hättest dich um deine Familie gekümmert, dann hättest du sie jetzt nicht am Hals." Aus einer anderen Gehirnecke säuselte es: „Gib ihr eine Chance. Sie ist deine Schwiegermutter. Nun stell dich mal nicht so an. Könnte doch auch ganz nett werden!"

Und Lea stellte sich nicht an. Ungläubig, was hier geschah, hievte sie Veras Trolli in den Kofferraum. Dann nahm sie ihren Rucksack, in den sie das Allernötigste gepackt hatte, sowie die Wasserflasche vom Beifahrersitz. Dem Keksgebrösel und den Staubflusen, die sichtlich schon länger in den Beifahrersitzritzen wohnten, schenkte sie keinerlei Beachtung. Vera indes, zog ihre Augenbrauen in die Höhe, kramte in ihrer Queen-Mum-Handtasche, fischte eine Packung Desinfektionstücher hervor und begann in aller Seelenruhe damit, den Sitz zu säubern. Anschließend legte sie ihn mit Taschentüchern aus und erst dann setzte sie sich. Lea sagte nichts. So schmutzig war es in ihrem Wagen nun auch wieder nicht. Zwar strotzte er nicht gerade vor Sauberkeit, aber am Sitz festgeklebt war bisher noch niemand.

Entgegen ihren Erwartungen entpuppte sich die Fahrt als angenehm, was jedoch einzig daran lag, dass Vera kurz nach Friedrichstadt einschlief. Erst als ein Lastwagen sie hupend überholte, wachte sie auf, und vorbei war es mit der Ruhe.

„Ich bin wohl eingenickt", stellte sie fest und fragte, aus dem Beifahrerfenster schauend: „Wo sind wir denn schon?", wobei sie schlagartig nervös wurde und ihren Kopf drehte, als wollte sie mit einem Uhu konkurrieren.

„Lea, du fährst falsch!", stieß sie bestürzt aus.

Doch Lea wusste, dass sie sich nicht verfahren hatte und antwortete in aller Seelenruhe: „Keineswegs. Wir sind gleich da. Nur noch ein paar Minuten."

Unruhig begann Vera auf ihrem Sitz hin und her zu rutschen, drückte ihre Nase gegen das Fenster, öffnete es und schrie in den hereinströmenden Fahrtwind: „Hast du das Schild nicht gesehen? Wir sind auf dem Weg Richtung Westerhever Leuchtturm. Was um Himmels Willen willst du da? Das ist doch in der entgegengesetzten Richtung."

Lea wusste nicht, worauf Vera hinauswollte und frage nach.

„Ich weiß jetzt nicht, was du meinst. In der entgegengesetzten Richtung von was?"

„Nun stellst du dich aber wirklich dumm, Kind. Oder willst du mir etwa Glauben machen, dass Niebüll und der Sylt-Shuttle auf Eiderstedt liegen? Das wüsste ich aber."

Ungläubig sah Lea ihre Schwiegermutter von der Seite an, schüttelte belustigt den Kopf und fragte nach, was sie denn in Niebüll wollte.

„Was willst du denn am Sylt-Shuttle? Da wollen wir doch gar nicht hin."

„Wollen wir nicht?", krähte sie erschrocken, als wären ihr die Worte im Hals steckengeblieben.

„Ich denke, das Haus steht auf Sylt."

„Wer hat dir das denn erzählt?", fragte Lea, wobei es ihr schwerfiel den aufkeimenden Lachanfall zu unterdrücken.

„Weiß nicht. Ich dachte, das hast du gestern Abend gesagt. Ein Haus auf DER Insel", stammelte Vera.

„Nein. Ich habe gesagt, dass das Haus auf Eiderstedt steht. Das musst du falsch verstanden haben", erklärte Lea grinsend.

„Hier bei uns auf Eiderstedt? Dann hast du mich aber schön an der Nase herumgeführt. Also wenn ich das gewusst hätte, dann wäre ich gar nicht erst mitgekommen. Und dafür habe ich mich so ausgehfein gemacht? Es ist doch wohl nicht zu fassen. Da ziehe ich meine besten Sandaletten an, habe ich gerade letzte Woche erst gekauft, und die liebe Schwiegertochter schleppt mich nach Eiderstedt in die Wiesen. Na, was wird das schon für ein Haus sein. Die Butzen, die hier in der Landschaft stehen, kenne ich doch alle. Schließlich wohne ich schon immer hier. Ich würde sagen, wir kehren um, und du bringst mich mal ganz flott wieder nach Hause", sagte sie und schaute Lea trotzig wie ein kleines Kind von der Seite an. Unbeirrt fuhr Lea weiter, bog von der Bundesstraße ab und nach wenigen Minuten begann ihr Herz, höher zu schlagen.

Da stand ihr Erbe. Auf einer Anhöhe leuchtete es verstohlen hinter immens großen Bäumen hervor. Vorsichtig, den Blick auf die unzähligen Schlaglöcher, die sich unter der mit Unkraut überwucherten Auffahrt befanden, lenkte sie den Polo im Schneckentempo hinauf. Es war tatsächlich ein Haubarg, wie es im Testament stand. Ein richtig altes Bauernhaus mit großem Garten, eingefasst von einer Hecke, über die der sonnenbeschienene Deich näher erschien, als er es tatsächlich war.

Das Anwesen vermittelte einen fast herrschaftlichen Eindruck. Allein schon durch die riesigen Rasenflächen, die rechts und links die Zufahrt zum Haus säumten. Wie einladend es wohl aussehen musste, wenn sich im Frühjahr Tulpen und Narzissen einen Weg zum Haus bahnten.

Das Haus selbst musste vor langer Zeit einmal weiß verputzt gewesen sein. Jetzt war es eher grau und über und über mit Efeu bewachsen. Verwunschen schaute alter Putz unter dem grünen Dickicht hervor. Fast sah es so aus, als habe das Haus sich einen grünen Pullover angezogen, der an manchen Stellen bereits löchrig war. Lea fand es charmant, es gab dem Haus etwas Verwunschenes. Eine doppelflügelige Eingangstür guckte ihnen von weitem entgegen.

Sie war begeistert und wusste nicht, wie sie ihrer Freude Luft verschaffen konnte. Am liebsten wäre sie im Garten umhergesprungen oder hätte ihr Glück einfach herausgeschrien. Schade nur, dass Holger nicht bei ihr war. Sicherlich wäre er genauso begeistert gewesen wie sie. Schnell holte sie ihr Handy hervor und schickte ihm ein Foto. Seine Antwort folgte auf dem Fuße. „Wahnsinn! Ich werde verrückt! Zu gerne wäre ich jetzt bei dir", schrieb er zurück.

Vera freute sich nicht. Wie versteinert blieb sie im Wagen sitzen und wagte gar nicht erst auszusteigen. Währenddessen sich Lea fasziniert umschaute, sah Vera angesäuert aus dem Beifahrerfenster, fächerte sich Luft zu und rührte sich nicht vom Fleck. Wahrscheinlich hatte sie Angst davor, sich eine Zecke oder sonst ein Ungeziefer einzufangen, oder sie dachte an ihre neuen Schuhe, die hier mehr als unangebracht waren. Wahrscheinlich erwartete sie, dass irgendjemand kam und sie über das hohe Gras hinwegtrug. Doch da konnte sie lange warten. Nichts dergleichen würde geschehen.

Lea entfernte sich vom Auto, was seitens ihrer Schwiegermutter nicht unkommentiert blieb. Doch sie achtete nicht auf sie und verschwand hinter dem Haus. Dort grünte eine weitläufige Rasenfläche, die augenscheinlich schon eine Ewigkeit nicht mehr gemäht worden war, und ein von Buchsbaumhecken umringter Gemüsegarten wilderte vor sich hin. Gerade neulich hatte sie sich genau solch einen Garten vorgestellt, und nun stand sie hier im kniehohen Gras, und ihr Wunsch schien wie durch ein Wunder in Erfüllung gegangen zu sein. Das war vollkommen irreal, und sie fragte sich, ob es solch einen Zufall wirklich gab.

Lea befühlte die Kräuter, nahm sie zwischen ihre Finger, rieb sie und roch an ihnen. Sie wuchsen überall, kreuz und quer in und neben den Beeten. Es war alles dabei, wonach ihrer Nase gelüstete: Rosmarin, Basilikum, Oregano, Liebstöckel, riesige Schnittlauchbüschel, die bereits lilafarben blühten, mehrere Petersilienarten und Pfefferminze in rauen Mengen. Der Garten war immens und vollkommen ungepflegt. Hier hatte lange Zeit niemand mehr für Ordnung gesorgt. Alte knorrige Apfelbäume ächzten, obwohl die Früchte längst noch nicht ausgereift waren, und gehörten dringend abgestützt. Auch ein Rückschnitt im Frühjahr wäre unumgänglich. Dann fiel ihr Blick aufs Haus und ihr stockte der Atem. Die gesamte hintere Seite war von Rosenbüschen gesäumt. Die wild wachsenden Hundsrosen mit ihrer Vielzahl an weißen und rosafarbenen Blüten schienen die Oberhand gewonnen zu haben, der die Edelrosen mit ihren vereinzelten gelben und tiefroten Blüten nur wenig entgegenzusetzen vermochten. Beetrosen blühten in struppigem Wuchs, und eine Kletterrose hatte die spröde Hauswand für sich entdeckt und war zielstrebig emporgeklettert. Sie blühte und duftete, dass es eine Freude war.

Lea schritt die Länge des Bauernhauses ab und schätzte sie auf über zwanzig Meter. Es war reetgedeckt, vermoost und an manchen Stellen sehr in Mitleidenschaft gezogen. Da musste ein Fachmann ran, das war ihr sofort klar. Einige Fensterscheiben waren kaputt und von innen mit Pappe oder Holz ausgebessert worden. Mit einem Taschentuch begann sie, an einem der Fenster den Schmutz abzuwischen, um hineinzusehen, als ein alter Mann um die Hausecke schaute und mit schlurfenden Schritten auf sie zukam.

„Schön, dass Sie endlich da sind, Frau Fischer", sagte er. „Ich habe Sie schon erwartet", und er streckte ihr freudestrahlend seine knochige, dürre Hand entgegen.

„Ich bin Lennart Eilers", sagte er.

Gerade als sie fragen wollte, woher er wusste, wer sie war, drang Veras kreischende Stimme bis hinters Haus.

„Lea! Hallo! Ich bin auch noch da. Hörst du mich denn gar nicht?"

An ihre Schwiegermutter hatte sie, durch den Überschwang der neuen Eindrücke, tatsächlich nicht mehr gedacht. Besser gesagt, gar nicht mehr denken wollen, denn schon jetzt ging sie ihr vollends auf die Nerven, und sie ärgerte sich, sie mitgenommen zu haben. Des Weiteren war es ihr im höchsten Maße peinlich, dass sie sich nicht einmal wie ein normaler Mensch benehmen konnte. Aber so war sie eben. Sie brauchte ihre Bühne und würde wohl ihr Leben lang im Mittelpunkt stehen wollen.

„Leaaa!", blökte sie erneut.

Entschuldigend sah Lea den alten Mann an und hörte sich sagen: „Ich muss wohl erstmal nach meiner Schwiegermutter sehen. Tut mir leid. Ich bin gleich wieder zurück", und schon eilte sie davon. Noch im Davongehen hörte sie ihn sagen: „Ich setze dann schon mal Kaffee auf. Den werden Sie bestimmt brauchen. Klingeln Sie einfach, wenn Sie soweit sind."

Ungelenk stöckelte Vera auf dem unbequemen Untergrund umher. Für nichts, was sie sah, hatte sie auch nur ein einziges gutes Wort übrig. Sie kommentierte jeden ihrer Schritte, fluchte, fauchte und zischte böse vor sich hin und tat den Ausflug schon jetzt als pure Zeitverschwendung ab. Währenddessen sie ihrer Zunge immer mehr abwertende Worte entlockte, begeisterte sich Lea immer mehr für jeden einzelnen Baum, jeden Strauch und für das alte geschichtsträchtige Haus. Ein Satz, den Frau Dr. Erikkson erst kürzlich zu ihr gesagt hatte, kam ihr in den Sinn. „Sie werden immer nur das sehen, was Sie sehen wollen", womit sie, wie es sich nun zeigte, absolut recht hatte.

Lea war stolz und wusste schon jetzt, dass sie ihre Erbschaft antreten würde, obwohl sie sehr genau ahnte, dass hier eine Unmenge an Arbeit auf sie und ihre Familie zukam. Doch allein die Vorstellung, nicht mehr mit Norman und Vera unter einem Dach wohnen zu müssen, reizte sie. Auch für Holger sollte ein Umzug in den Haubarg kein Problem darstellen. Denn ob er morgens von Friedrichstadt aus zur Arbeit nach Heide im Kreis Dithmarschen startete oder aus dem Westerhever Umland losfuhr, machte nur einen Unterschied von wenigen Kilometern. Das würde nicht der Rede wert sein. Auch für sie selbst war es einerlei, wo sie wohnte, da sie ihren Radius, in dem sie ihre Gartenhilfsarbeiten anbot, so und so ausweiten wollte. Für Malte und Svenja allerdings, würde ein Wechsel in einen anderen Kindergarten anstehen. Doch die kontaktfreudigen Zwillinge würden sich sicherlich binnen kürzester Zeit in einer neuen Umgebung eingewöhnen und schnell neue Freundschaften schließen. Für sie wäre das Leben in diesem Haubarg eine Bereicherung. Hier könnten sie den lieben langen Tag durch den Garten toben, was im schwiegerelterlichen Vorführgarten in Friedrichstadt bisher nicht erlaubt gewesen war und es wohl nie sein würde.

Eine unscheinbare Eingangstür, die Lea fast übersehen hätte, befand sich am Ende des Hauses. Sie war um etliches kleiner und noch ramponierter als die Doppeltür an der Hausfront. „Eilers und Jahn", stand auf dem Klingelschild. Neben der Tür fristete eine Holzbank, auf der jemand einen gefüllten Aschenbecher abgestellt hatte, ein klägliches und morsches Dasein.

Mit mehreren Metern Abstand und allergrößter Mühe, sich auf den Beinen zu halten, schlich Vera hinter Lea her. Hier am hinteren Teil des Hauses gab es keinerlei Pflasterung mehr, und so versanken ihre Stielabsätze bei jedem Schritt im moosigen Gras oder blieben im Boden stecken. Eigenartigerweise verlor sie für einen winzigen Augenblick darüber kein Wort, sodass Lea die Hoffnung hegte, sie habe ihr Gezeter endlich aufgegeben. Doch schon wurde sie eines Besseren belehrt.

„Das ist ja wohl eine Unerhörtheit", schimpfte sie. „Da knapse ich mir meine kostbare Zeit für dich ab und du kümmerst dich gar nicht um mich. Sag mal, siehst du denn nicht, dass ich hier nicht mehr gehen kann? Nun hör doch endlich mal zu", spuckte sie ihr hinterher.

„Ich höre dir die ganze Zeit zu", sagte Lea und drehte sich stöhnend zu ihr um. „Vielleicht ziehst du deine Schuhe einfach aus. Dann hast du das Problem nicht mehr", riet sie ihr zu. Doch dieser Rat stieß auf massivstes Unverständnis.

„Bis du von allen guten Geistern verlassen? Ich laufe hier doch nicht barfuß herum. Hast du dich in dieser entsetzlichen Wildnis schon mal umgesehen? Wer weiß, in was ich da hineintrete? Also wirklich, du hast vielleicht Nerven. Außerdem war ich gerade vorgestern erst bei der Fußpflege. Dann hätte ich mir die ja auch sparen können." Angewidert verzog sie ihr Gesicht, schüttelte den Kopf und stakste weiter.

5

Als Vera ebenfalls die Haustür erreicht hatte, drückte Lea den Klingelknopf. Der alte Mann öffnete, und der Duft von frisch gebrühtem Kaffee drängte sich ihnen auf. Mit einer einladenden Handbewegung bat er die beiden ungleichen Frauen herein, und sie fanden sich nach wenigen Schritten in einer kleinen Kammer, die Küche, Wohnzimmer und Esszimmer zugleich war, wieder. Vera schaute nur kurz umher, dann sagte sie mit gespielter Kurzatmigkeit: „Nein. Also das geht gar nicht. Hier bekomme ich keine Luft. Da kriege ich sicher gleich wieder Asthma", wobei sie sich theatralisch an den Hals fasste, so tat, als ersticke sie, und unverzüglich den Rückzug antrat.

Lea nahm die Einladung auf eine Tasse Kaffee gerne an. Auch die trockenen Kekse schmeckten ihr gut. Dass die Chemie zwischen Lennart Eilers und ihr stimmte, war beiden schnell klar. Nach nur wenigen Sätzen wechselten sie zum „Du" über, und Lea war heilfroh, dass sie einen so freundlichen, wenn auch etwas wortkargen Mitbewohner dazu geerbt hatte. Frohgestimmt bat sie ihn um eine weitere Tasse Kaffee, griff auch bei den Keksen nochmals zu und sah sich schweigend im Raum um. Seine Miniwohnung ähnelte der Wohnung ihrer Husumer Großeltern, die schon vor vielen Jahren verstorben waren. Die niedrige Deckenhöhe, die gedrungenen Fenster, die nur wenig Tageslicht einließen, der Wasserkessel auf dem Herd. Nein, auf dem Kohleofen. Er hatte tatsächlich noch einen alten Kohleofen. Ein Spülbecken, in dem eine große Metallschüssel zum Abwaschen stand, Emaille mit blauem Rand, deren beste Zeit lange vorbei war und die heute ihren zweiten Frühling erlebte. Auf einem Regal stand eine hölzerne

Kaffeemühle, auf einer Kommode dudelte leise ein altes Röhrenradio mit großen elfenbeinfarbenen Stellknöpfen.

Aus dem Nichts heraus sagte er: „Ich bin ein alter Mann. Ich brauche nicht mehr viel", als habe er ihre Gedanken gelesen.

„Ich auch nicht", erwiderte sie.

„Denk ich mir", sagte er und nickte.

Seine Worte irritierten sie, und sie fragte sich, woher er wissen wollte, dass sie ebenso bescheiden veranlagt war wie er, obwohl er sie gerade erst kennengelernt hatte.

Lennart war knappe achtzig Jahre alt. Das wusste sie aus dem Testament. Doch seine silberfarbenen Haare und seine wettergegerbte sonnengebräunte Haut ließen ihn wesentlich jünger aussehen. Gleiches konnte sie von sich selbst nicht gerade behaupten. Zu oft hatte sie sich in den letzten Jahren älter gefühlt, als sie tatsächlich war. Sehr wahrscheinlich, weil sie den Anforderungen, die ihre Schwiegereltern an sie stellten, einfach nicht gewachsen war. Zumindest meinte sie, dass es daran lag. Zu gern hätte sie ihr gemeinsames Leben mit Holger beschwingter und leichter gestaltet. Und auch für die Zukunft hatte sie bis zum Eintreffen des Schreibens vom Nachlassgericht keinen Lichtstreifen am Horizont gesehen. Doch nun waren die Karten neu gemischt worden. Sie hatte dieses riesige Anwesen geerbt, samt Garten und bewohnter Einliegerwohnung. Wer weiß, was im Inneren des Hauses noch auf sie wartete. Doch warum Swantje Jahn gerade sie als Erbin auserkoren, woher sie Lea gekannt und warum sie ihrem Lebensgefährten nur das Wohnrecht in dieser winzigen Wohnung zugesprochen hatte, erschloss sich ihr nicht im Geringsten. Seine Wohnung, in der sie immer noch an dem Tisch saßen, befand sich in einem Anbau, der augenscheinlich erst später als das

Haupthaus gebaut worden war. Lennart, der wahrscheinlich die einzige Person war, der ihre Fragen beantworten konnte, schob ihr, statt eine Erklärung abzugeben, den Haustürschlüssel des Hauptgebäudes zu. Im Grunde genommen machte es ihr nichts aus, dass er nicht der Gesprächigste war, doch brannte sie sehr auf eine Antwort. Dass daraus jetzt noch nichts wurde, merkte sie ihm an. Entweder wollte er nicht darüber sprechen, oder er konnte es nicht, mutmaßte sie. Vielleicht war der Tod von Swantje für ihn einfach noch zu frisch. Vielleicht hatte er sich noch nicht in sein neues Leben hineingefunden. Noch einige andere Erklärungen gingen ihr durch den Kopf, warum er sich in Schweigen hüllte. Daher fasste sie den Entschluss, ihn vorerst nicht mit weiteren Fragen zu quälen.

Durch das Küchenfenster sahen sie Vera. Sie hatte sich aus der Hitze in den Schatten eines Apfelbaumes geflüchtet und sich an dessen Stamm gelehnt. Sie telefonierte und fuchtelte dabei mit einer Hand wild in der Luft herum.

„Was ist mit ihr?", frage Lennart und Lea überlegte, was sie darauf antworten sollte. Da sie keine Lust hatte, mit ihm über die Eigentümlichkeiten ihrer Schwiegermutter zu sprechen, zuckte sie nur mit den Schultern.

„Sie passt nicht hierher", merkte er an, dem sie durch ein schlichtes Kopfnicken zustimmte.

Durch das geöffnete Fenster hörten sie jemanden rufen: „Moin schöne Frau!", dann klingelte es an der Tür, Lennart öffnete, und ein Wortschwall hielt Einzug.

„Wo hast du die Schnitte denn aufgegabelt, Lenne? Hätte ich dir gar nicht zugetraut", und noch bevor Lennart antworten konnte, nahm der Besucher zwei Finger zwischen die Lippen, schaute noch einmal aus der Haustür heraus und pfiff

Vera, die zwischenzeitlich Richtung Bauerngarten stelzte, hinterher.

„Na, das ist ja mal ein heißes Gestell! Nur bisschen arrogant, wenn du mich fragst." Dann sah er Lea und pfiff erneut.

„Meine Güte, das hört ja gar nicht mehr auf mit schönen Frauen. Was ist denn hier los? Willst du mir deinen Besuch nicht vielleicht mal vorstellen?", und bevor Lennart dazu kam, stellte er sich auch schon selbst vor.

„Gestatten, Fiete Brockholm!", sagte er förmlich und deutete eine Verbeugung an. Eigentlich heiße ich ja Friedrich, aber Fiete passt einfach besser zu mir und Tönning. Schließlich heißt der berühmteste Sohn meiner jetzigen Heimatstadt ebenfalls Fiete", erklärte er stolz.

„Tatsächlich", sagte Lea und schaute ihn unwissend an.

„Friedrich von Esmarch, der Begründer des Sanitätswesens, verwandt mit Kaiser Wilhelm dem Zwoten. Noch nie von ihm gehört?"

Immer noch schaute sie ihn fragend an.

„Der Erfinder des Eisbeutels. In Tönning auch Fiete Isbüdel genannt."

„Was Sie nicht sagen. Aber nein, von dem habe ich bisher noch nichts gehört. Tut mir echt leid", gab Lea zu.

„Macht nichts, mien Deern. Du bist ja noch jung und hast noch so viel zu lernen. Da kommt es auf so einen alten Eisbeutel auch nicht an", witzelte er.

Hocherfreut, endlich zu wissen, wer das Haus geerbt hat, ließ Fiete sich auf einen Stuhl fallen und bat Lennart um eine Tasse Kaffee. Mit der Ruhe war es nun vorbei. Fiete war die Gesprächigkeit in Person und schnackte in einer Tour, wobei er gleichermaßen unterhaltsam und freundlich war, nur etwas zu neugierig schien er zu sein.

„Also, da bin ich ja gerade im richtigen Moment gekommen", sagte er und erklärte ihr, dass er schon seit Tagen auf einen Anruf von Lennart wartete. Da er aber von seinem Freund bisher nichts gehört hatte, machte er sich exakt heute auf den Weg zu ihm. Seine Spannung, wer sich in Zukunft um die Geschicke und den Erhalt des Haubargs kümmern würde, stand ihm ins Gesicht geschrieben.

„Das wurde nun auch Zeit, dass sich die Erbin blicken lässt", stellte er fest und zwinkerte Lea zu, die aufgeregt mit dem Hausschlüssel spielte, den Lennart ihr kurz zuvor in die Hand gedrückt hatte. Da sie ihre Neugierde, was sich hinter den alten Mauern verbarg, kaum mehr bändigen konnte, stand sie auf und kündigte an, sich jetzt erstmal nebenan umzuschauen.

„Das machst du ganz richtig", sagte Lennart und nickte ihr zu. „Und wenn du was brauchst, du weißt, wo du mich findest. Ich bin eigentlich immer hier."

Daraufhin nahm sie noch einen kleinen Schluck des mittlerweile kalten Kaffees, der in ihrer Tasse schwappte und verabschiedete sich. Gerade im Begriff die Wohnung zu verlassen, beschlich sie ein eigentümliches Gefühl, das sie dazu antrieb noch einmal in den Raum zurückzusehen. Sofort fiel ihr Blick auf das Bild, das über dem Sofa hing. Augenblicklich fragte sie sich, warum es ihr nicht schon beim Hereinkommen aufgefallen war. Es zeigte einen Reiter auf einem weißen Pferd, an dessen Umhang ein tosender Sturm zerrte. Dunkle Wolkenfetzen bedeckten den Himmel und grelles Mondlicht versuchte, die Wolkendecke zu durchbrechen. Das Pferd scheute. Es war ein düsteres Bild, das sie frösteln ließ. Wie versteinert stand sie im Türrahmen, starrte auf den Reiter im hölzernen Rahmen und schwieg. Entfernt drang Lennarts Stimme zu ihr.

„Das ist der Schimmelreiter. Gefällt er dir?", fragte er und schien sie mit Argusaugen zu beobachten.

Ihr stockte der Atem. Genau solch ein Gemälde, ob in Öl oder auf andere Weise gemalt, hatte vor einer gefühlten Ewigkeit im Wohnzimmer ihrer Großeltern in Husum gehangen. Sogleich überlegte sie, wie lange es her sein mochte, dass sie die Novelle „Der Schimmelreiter" von Theodor Storm zuletzt gelesen hatte. Auf jeden Fall war es lange her. So lange, dass sie nicht mehr wusste, wo sich das schöne alte Buch mit dem leinenen Einband, an das sie sich noch genau erinnerte, überhaupt befand. Sie nahm an, es zuletzt als Jugendliche bei ihren Großeltern auf dem Bücherregal stehen gesehen zu haben. Es war ein Gesamtwerk gewesen, mit Gedichten, Novellen und einem Abriss von Storms Leben in Bildern. Oftmals hatte sie darin gelesen, manchmal auch nur darin herumgeblättert oder die darin abgedruckten Gemälde und Zeichnungen angesehen. Vom Schimmelreiter allerdings hatte sie nie genug bekommen können. Auch andere Geschichten wie „Pole Poppenspäler" oder „Immensee" begleiteten sie durch ihre Ferienzeiten in Husum. Als kleines Kind, erinnerte sie sich, hatten die Großeltern ihr immer den „Kleinen Häwelmann" und natürlich in der Weihnachtszeit „Knecht Ruprecht" vorgelesen. Und was hatte sie bisher getan? Was hatte sie davon ihren eigenen Kindern weitergegeben? Die erschütternde Erkenntnis traf sie wie ein Schlag ins Gesicht. Nichts hatte sie ihnen bisher von Storm und seiner sagenumwobenen grauen Stadt am Meer erzählt. Schweren Herzens riss sie sich vom Anblick des Reiters los, stolperte ungelenk über die einzige Stufe der Eingangstür und war gerade noch imstande, den Männern einen kurzen Gruß zuzuwerfen.

Vera saß mittlerweile auf einer Bank vor einem knorrigen Baum. Aufrecht und darum bemüht, sich nicht am Stamm anzulehnen, wahrscheinlich um sich an ihm nicht die Bluse zu beschmutzen. Ihren Blazer hatte sie ausgezogen, ihre Füße steckten immer noch in den Stilettos. Als sie Lea sah, entrüstete sie sich, solange warten zu müssen und fragte, was sie mit dem Tattergreis, wie sie Lennart betitelte, nur so lange zu besprechen gehabt hätte. Dann beschwerte sie sich über die elendige Hitze, sagte, dass sie nun endlich mal ins Kühle müsste und mokierte sich, schon seit der Abfahrt in Friedrichstadt nichts mehr getrunken zu haben. Außerdem langweilte sie sich. Langeweile war überhaupt kein Ausdruck für den Zustand, in dem sie sich befand. Der Akku ihres Handys war zwischenzeitlich leer, weil sie mit all ihren Kaffeedamen hatte telefonieren müssen, um ihnen einen Einblick zu geben, auf was für eine grauenvolle Spritztour sie sich eingelassen hatte. Ihren pinken Nagellack hatte sie sich vor lauter Überdruss von den Nägeln gepult. Damit nicht genug, war ihr beim Versuch, eines der nur angelehnten Doppelfenster im vorderen Teil des Hauses zu öffnen, um hineinzuschauen, ein Nagel abgebrochen. Das Unheil war mit ihr. Der Stich einer Hornisse hätte ihr keine größeren Schmerzen bescheren können. Zu allem Überfluss gab es rund um den Hof, außer dem Deich mit seinen unzähligen Schafen, den kuhbestandenen Wiesen, dem unüberhörbaren Möwengeschrei, der salzigen Luft und der weiten Sicht, nichts. Kein Beautysalon und keine Bar befanden sich in unmittelbarer Nähe. Was für Vera einen unhaltbaren Zustand darstellte, war für Lea der Himmel auf Erden.

Umso dramatischer, dass nun auch noch ein Unwetter aufzog. Wind frischte in Böen auf, der Himmel verdunkelte sich, und es begann zu regnen. Lea lief zum Haupteingang, Vera humpelte schimpfend hinter ihr her. Auch von innen war der Haubarg riesig. Schon beim Eintreten in die Diele schlug ihnen ein unvergleichlicher Geruch entgegen. Ein Duft nach altem Stall. Nach Pferden, Kühen oder anderen Tieren, obwohl die Ställe sicher lange schon leerstanden. Aber dergleichen Gerüche verflüchtigten sich nicht so schnell. Die Stallungen grenzten direkt an die Diele und die Diele mündete in die Küche. Von hier gingen verschiedene Räume ab, die zu mehreren kleinen Kammern sowie zur Wohnstube führten. Aus diesen an der Rückseite des Hauses gelegenen Zimmern sah Lea direkt in den Garten.

Sie öffnete die Fenster und ließ frische Luft ins Haus. Alle Räume waren komplett möbliert. Lea befreite sie von den weißen Laken, unter denen sie wohl unzählige Jahre versteckt gestanden hatten. Alles in allem waren die Räume zwar einfach, aber geschmackvoll eingerichtet. Rustikale Eichentische-, Stühle und Kommoden. Sogar an Geschirr und Bettwäsche mangelte es nicht. Es war tatsächlich alles vorhanden. Fast sah es so aus, als wäre die Familie, die hier einst gewohnt hatte, nur verreist.

Grau, mürrisch und tief hingen die Wolken über der Halbinsel. Regentropfen klatschten an die dünnen Fensterscheiben.

„Einmalverglasung. Das ist das Einfachste vom Einfachen", meckerte Vera, und Lea sah aus dem Fenster in den verwunschenen Garten und beobachtete die Regentropfen, die am ungemähten Gras hängenblieben, es schwerer werden ließ, bis die Halme nachgaben und platt am Boden lagen. Ganz im Sommer-Regen-Meer-Modus versunken und in Gedanken noch beim Schimmelreitergemälde, das bei Lennart über dem Sofa hing, entging es ihr, dass Vera auf eigene Faust im Haus herumstöberte. Erst als ein hysterisches Kreischen ertönte, gefolgt von einem „Oh nein! Verdammt!", erinnerte sie sich an sie. Doch weigerte sie sich zu reagieren, da Vera bei so ziemlich jeder kleinen Spinne, Mücke oder sonstigem Ungeziefer durchdrehte. Und da die Zimmer schon seit langen Jahren nicht mehr bewohnt waren, war davon auszugehen, dass sich hier wohl etliche Tierchen ihr Terrain erobert hatten.

„Leaaa!", krakeelte Vera.

Dieser fiese Ton war nicht zu überhören, und Lea machte sich auf die Suche nach dem Ursprung allen Übels. Dabei überlegte sie erneut, warum sie so irre gewesen war, Vera mitzunehmen. Auf jeden Fall hatte sie sich mit ihr einen mörderisch vollen Topf schlecht schmeckender Suppe bereitet, den sie nun ganz alleine auszulöffeln hatte. Sie wusste, dass es nur eines einzigen Wortes bedurft hätte, sich sie vom Hals zu halten. Ein knappes und überzeugtes „Nein" wäre ausreichend gewesen. Aber gerade dieses winzige Wort war ihr, wie so oft, natürlich nicht über die Lippen gekommen. Auch wusste sie nicht, ob sie es jemals schaffen würde, es auszusprechen. Ebenso fraglich war, ob sie in Veras Anwesenheit Zeit zum Schreiben finden würde. Denn das hatte sie sich für diesen Kurztrip eigentlich vorgenommen. Doch nun musste sie die feine Dame erstmal finden.

„Leaaa!", quakte es in gedämpften Tonfall irgendwo hinter ihr.

„Lea! Ich bin hier! Hier unten! Nun komm doch endlich und hilf mir hier raus!"

Lea fand ihre Schwiegermutter in einem kleinen Kellerloch, in das sie hinabgestürzt war. Dort saß sie und jammerte vor sich hin.

„Wo bin ich denn hier nur? Mach doch mal Licht an!"

Lea ahnte sofort, wo Vera da hineingefallen war. Schließlich hatte sie sich über das Leben in einem Haubarg in früheren Zeiten schon etwas schlaugemacht. Daher wusste sie auch, was es alles für Zimmer, Kammern, Verschläge und Stallungen geben konnte. Vera saß auf dem kalten steinernen Fußboden eines kleinen Kellerraumes, der sich unterhalb einer hochnehmbaren Fußbodenklappe als Vorratskammer, Upkammer genannt, befand. In Ermangelung eines Lichtschalters leuchtete sie mit ihrer Handytaschenlampe zu ihr hinunter, und eine zu groß geratene Maus, eventuell war es auch eine Ratte, huschte vom Lichtkegel aufgescheucht an Vera vorbei, woraufhin diese in ein ohrenbetäubendes Geschrei ausbrach.

„Hol mich hier raus. Hörst du! Hol mich hier auf der Stelle raus! Keine Sekunde bleibe ich mehr in diesem Horrorhaus!"

Lea tastete sich zu Vera hinunter und versuchte, sie wieder auf die Beine zu stellen, was gar nicht so leicht war, denn die Torten, Kekse und anderen Leckereien der letzten Monate hatten sich massiv an ihren Hüften festgesetzt. Dieser Extraspeck stand ihr zwar nicht schlecht, erschwerte es Lea jedoch, sie die Treppe hinaufzubugsieren.

„Nun stell dich doch nicht so an. Du wirst mir ja wohl hochhelfen können. Oder hast du immer noch keine Mukkis? Wozu rennst du dann bloß andauernd in dieses Sportstudio? Aber ich hab es ja von Anfang an gesagt, dass das Humbug ist", meckerte Vera und half mehr schlecht als recht mit, wieder ans Tageslicht zu gelangen.

Lea bündelte ihre Kräfte, stellte Vera so unsanft sie konnte auf, als wäre sie ein umgekipptes Möbelstück, und schaffte es schließlich, sie die Stufen heraufzuschleppen, was diese ihrerseits mit: „Na, es geht doch!" kommentierte.

Lea schwitzte und war sauer. Auf ihre Schwiegermutter, dass sie so war, wie sie war, auf sich, dass sie diesen doch so besonderen Tag bisher nicht hatte genießen können, wie sie es vorgehabt hatte. Doch in erster Linie brachte sie Veras dummes Gequatsche und ihr permanentes Herumnörgeln an den Rand des Wahnsinns.

„Danke hätte auch gereicht", sagte sie daher spitz.

Vera, die es auf den Tod nicht leiden konnte, einmal nicht das letzte Wort zu haben, konterte sofort.

„Was erlaubst du dir? Was glaubst du, wer du bist?" Sie fuchtelte wild mit ihrem Zeigefinger herum, machte eine Vierteldrehung auf dem Dielenfußboden, und schon stand sie wackelig und unsicher direkt vor einem milchigen Wandspiegel, was einen neuerlichen hysterischen Anfall nach sich zog.

„Oh, mein Gott! Wie sehe ich aus? Meine Frisur! Ich brauche meine Handtasche. Jetzt! Sofort! Den Kamm und die Puderdose. Schnell! So kann ich doch nicht herumlaufen. Nun mach schon!"

Sie war irre. Jetzt wusste Lea es mit Bestimmtheit. Gerade eben war sie noch froh gewesen, dass sie sich nicht das Genick gebrochen hatte, nun musste sie sich zwingend notwendig das Gesicht neu verspachteln. Es war unfassbar.

Ihr Geplapper ignorierend, schob Lea Vera näher an die Wand heran und hörte sich sagen: „Halt dich hier fest und warte. Ich hole dir schnell einen Stuhl, dann kannst du dich setzen." Selbstverständlich tat Vera das nicht, sondern humpelte schwankend Richtung Wohnzimmer. Dort ließ sie sich aufs Sofa fallen. Insgeheim fragte Lea sich, wie sie ihre nörgelnde Schwiegermutter am schnellsten wieder loswerden konnte, da abzusehen war, dass sie ihren Platz auf dem Sofa vorerst nicht verlassen und sie wie ihre persönliche Hausklavin umherschicken würde. Der vielleicht verstauchte Knöchel kam ihr dabei gerade recht.

Lea spielte mehrere Varianten durch. Holger musste kommen und sie abholen. Schließlich war es seine Mutter. Doch ihn konnte sie nicht fragen, dazu war er zu krank. Norman würde sich sicherlich auch nicht auf den Weg machen, um sie nach Hause zu fahren. So vielbeschäftigt wie er war, hatte er für derlei Kinkerlitzchen weder Zeit noch Lust.

Blieben nur noch Doro oder Elsa. Doch beide gingen nicht an ihre Telefone. Zu dumm aber auch!

Obwohl Leas Nerven blank lagen, versorgte sie Vera nach bestem Wissen. Sie holte die Flasche Mineralwasser aus dem Auto und brachte ihr ein volles Glas. Ihr Gemecker, wie sie ihr so eine warme Plörre anbieten konnte, ließ sie über sich ergehen. Wie gewünscht, brachte sie ihr daraufhin ein Glas mit kühlem Leitungswasser, obwohl Vera Leitungswasser verabscheute. Sie stellte ihr eine Schale mitgebrachter Kekse in Reichweite, bettete ihren Fuß hoch, holte ihr mangels eines Kühlpacks ein nasses Handtuch, das sie ihr auf den Knöchel legte. Dann brachte sie ihr eine Wolldecke, da sie zu frieren begann, steckte ihr Kissen in den Rücken, damit sie gut sitzen konnte. Letztlich schaltete sie den vorsintflutlichen Fernseher ein, der - Gott sei es gedankt - auch funktionierte. Sehr wahrscheinlich hatte Lennart dafür gesorgt, dass sie Strom hatten und das Wasser angestellt war. Dann war endlich Ruhe. Der Fernseher brabbelte, und Vera schlief binnen Sekunden auf ihrem Kissenberg ein. Fernsehen wirke bei ihr wie eine Droge, hatte Norman einmal gesagt. Wenn er wollte, dass seine Frau schliefe, dann brauchte er nur den Kasten anzustellen.

Endlich fand sie Zeit, ihr Haus auf eigene Faust zu erkunden. Staunend schaute sie sich um. In den Schlafzimmern gab es nicht viel zu sehen. Sie waren mit je einem Wandbett und zusätzlich mit einem großen Ehebett, Schrank, Waschtisch und mit je einer hölzernen Truhe bestückt. Die Truhen waren randvoll mit Tisch- und Bettwäsche. Sie inspizierte die Schlafnischen in der Wand, die mit Holztüren vom übrigen Raum abgetrennt waren. Sogleich fragte sie sich, wie es möglich war, in solch einer Enge die Nacht zu verbringen, ohne zu ersticken oder Platzangst zu bekommen. Kurzerhand stieg sie hinein, schloss die Türen, und Dunkelheit umfing sie. Außerdem stellte sie fest, dass sie wohl zu groß geraten war, da ihre Füße an die Wand stießen und sie nur in gekrümmter Haltung oder in halb aufrechter Sitzposition hätte schlafen können. Dennoch konnte sie dem Wandbett eine große Portion Gemütlichkeit abgewinnen.

Ins Wohnzimmer traute sie sich vorerst nicht mehr. Um nichts in der Welt wollte sie es riskieren, dass Vera aufwachte. In der Küche stöberte sie längere Zeit herum. Hier gab es viele interessante Dinge zu sehen, und genau wie in Lennarts Küche stand auch hier ein Kohleofen. An der Wand war eine Stange angebracht worden, an der diverse Küchenutensilien hingen. Suppenkelle, Schöpfkelle, Kartoffelquetsche, Reibe, Sieb, Messerschärfer und ein Rillenglasöffner, mit dem Einkochgläser geöffnet werden konnten, wenn das Einmachgummi schadhaft war. An einer Wand stand ein schmaler Tisch, an dessen Tischplatte ein Fleischwolf angeschraubt war. Eine Brotmaschine mit Kurbel, eine Waage mit kleinen gusseisernen Gewichten und ein alter Steinguttopf mit verschiedenen Kochlöffeln weckten Leas Interesse. So sehr ihr die edlen Antiquitäten, auf die ihre Schwiegereltern schworen, auch egal waren, so sehr hatte sie diese einfachen alten Gerätschaften schon jetzt in ihr Herz geschlossen. Die dem Fenster entgegengesetzte Wand schmückte ein blaubestickter Wandbehang aus Leinen. „Am häuslichen Herd sei Glück dir beschert", war darauf zu lesen. Inmitten der Küche stand ein robuster Tisch mit sechs Stühlen.

Auch wagte sie sich nochmals in den Kellerverschlag, aus dem sie Vera befreit hatte. Hier war es kühl, wenn auch nicht wirklich kalt. Regale waren an den Wänden angebracht, auf denen Einkochgläser standen. Gläser mit grünen, gelben und dicken Bohnen sowie mit allerlei eingekochtem Obst standen in Reihe. Etiketten zeigten Jahreszahlen der letzten Jahrzehnte. Unter den Regalen standen verschiedene Steinguttöpfe. Ein Krauthobel war an die Wand gelehnt. Nur gut, dass sich in keinem der Töpfe mehr altes Sauerkraut befand. Dann ging es wieder nach oben. Über dem Keller war eine weitere Vorratskammer. Auch sie war mit Regalen ausgestattet. Hier lagerten alle möglichen Vorratsbehälter aus Holz, Metall, Glas, Körbe sowie Töpfe, Pfannen, ein Butterfass und viele weitere Dinge, die sich Lea später unbedingt genauer anschauen wollte. Eine andere Tür führte in die Tenne, auf der in früheren Zeiten das Getreide gedroschen wurde. Hier hingen allerlei alte Arbeitsgeräte an den Wänden. Angefangen bei Schaufeln, Spaten und Sensen bis zu Handsicheln und Geräten, die Lea in ihrem bisherigen Leben noch nie gesehen hatte. Eine riesige Werkbank mit einem Schraubstock, auf der Hobel unterschiedlicher Größe verstaubten, stand linksseitig. Der verbleibende Dielenbereich war mit einem museumsreifen Fuhrpark vollgestellt. Von hier ging es beidseitig über schmale Holzleitern zum Heuboden, die nicht sehr vertrauenserweckend aussahen. Daher wagte sich Lea nur so viele Stufen empor, dass sie einen Blick auf den Boden werfen konnte. Sie sah etliche aufgetürmte Kisten und Kästen und hatte damit fürs Erste genug gesehen. Außerdem war es schon Abend geworden, und sie war hundemüde. Da Vera immer noch schlief, entschied sie, bis zum nächsten

Tag im Haubarg zu bleiben und erst am nächsten Morgen nach Hause zu fahren. Ein Anruf milderte dabei ihr schlechtes Gewissen. Holger, Svenja und Malte ging es soweit gut. Die Sommergrippe hatte sich nicht verschlimmert, und die Windpocken hatten sich nicht vermehrt. Zu ihrem Glück riet Holger ihr sogar dazu, noch einen weiteren Tag dranzuhängen, damit sie sich ein genaueres Bild vom Haus machen konnte.

„Schlaf dich aus und melde dich morgen früh, damit ich weiß, wie deine erste Nacht in dem alten Haus war und ob du gut schlafen konntest", sagte er. „Und mach dir um Mutter keine Gedanken. Wenn die erstmal schläft, dann schläft sie. Wenn sie sich an den Umstand gewöhnt hat, dass sie auf deine Hilfe angewiesen ist, wird sie morgen bestimmt handzahm sein", versuchte er Lea zu beruhigen, schaffte es jedoch nur geringfügig. Lea war sich sicher, dass Vera auch am nächsten Tag herumzetern würde, wie sie es von ihr gewohnt war.

Die Regenwolken hatten den Nachtwolken Platz gemacht, und eine warme Sommernacht brach über Eiderstedt herein. Ein leichter Windhauch schlich um den Haubarg, und süßlicher Rosenduft drang durchs geöffnete Schlafzimmerfenster.

Lea kuschelte sich ins Federbett, das sie mit einem Bettbezug mit hellrotem Karomuster bezogen hatte. Ein Glas Wasser und zwei Brote, die sie am Morgen geschmiert hatte, hauchten ihr neuen Lebensgeist ein. Die übrigen Brote legte sie in den Kühlschrank. Mit angewinkelten Beinen saß sie im Wandbett, dessen hölzerne Türen sie bis auf einen schmalen Spalt zugezogen hatte, zückte ihre Handytaschenlampe und legte sich ihren Schreibblock auf die Bettdecke. Doch schaffte sie es nicht, auch nur eine einzige Zeile zu schreiben, sondern schlief augenblicklich ein.

6

Der Morgen begrüßte die Halbinsel mit unverbrauchtem Sonnenschein. Fordernd drangen einzelne Sonnenstrahlen durch die schmutzigen Fensterscheiben des Haubargs. Lea war wach, lag noch im Wandbett und ging ihre Handynachrichten durch. Holger hatte noch nicht angerufen. Eine Nachricht geschrieben hatte er auch nicht. Wahrscheinlich schlief er noch, schließlich war es gerade erst sechs Uhr durch. Entspannt wie selten, lauschte sie den Geräuschen in ihrem neuen Heim. Sie hörte Vogelgezwitscher und entferntes Meeresrauschen. Haus, Hof und Vera schienen noch zu schlafen. Geradezu göttlich. So könnte es immer sein. So stellte Lea sich ihr Leben in Zukunft vor.

Als irgendwo im Haus eine Tür mit Wucht ins Schloss fiel, schreckte sie hoch. Entfernt hörte sie Veras schrille Sopranstimme. Was sie rief, verstand sie nicht. Dann klappten Autotüren, ein Motor heulte auf und ein Wagen entfernte sich mit quietschenden Reifen vom Haus. Blitzartig sprang sie aus dem Bett, riss das Fenster auf, sah hinaus, doch konnte sie aus diesem Raum nur in den Garten schauen. Noch immer hörte sie das Motorengeräusch, doch es entfernte sich. Sie flitzte ins Wohnzimmer, fand es leer vor, dann rief sie nach Vera, obwohl ihr klar war, dass sie nicht mehr im Haus war. Ihr Rufen verhallte unbeantwortet. Augenblicklich fragte sie sich, was passiert und wo, mit wem und warum ihre Schwiegermutter weggefahren war.

Veras Trolli stand geöffnet im Wohnzimmer. Alles was zuvor akkurat zusammengelegt im Koffer gelegen hatte, lag nun verstreut auf dem Wohnzimmerfußboden. Sie flitzte durch die

Diele nach draußen und fand vor der Haustür die High Heels ihrer Schwiegermutter, Blut schoss durch ihre Adern, und vor Schrecken zitterte sie am ganzen Körper. Sollte Vera vielleicht entführt worden sein, währenddessen sie selbst ruhig geschlafen hatte? Allein der Gedanke schien ihr mehr als unvorstellbar. Zumal so gut wie niemand wusste, dass sie und Vera sich hier auf Eiderstedt aufhielten. Außer mit Holger, den Zwillingen, Norman und Doro hatte sie mit keinem darüber gesprochen. Obwohl … ihre Kaffeekränzchendamen hatte Vera eigenhändig am Vortag vom Haubarg aus über ihren Aufenthalt informiert. Somit wüsste nun wahrscheinlich halb Friedrichstadt darüber Bescheid, dass Lea ein Haus von einer Unbekannten geerbt hatte. So hatte sie ungefragt für eine Unmenge an Gesprächsstoff in Friedrichstadt gesorgt. Diese Erkenntnis beiseite schiebend, fragte sie sich, wer so verrückt sein konnte und ein Interesse daran haben würde, ihre Schwiegermutter zu entführen. Wer täte sich diese Frau freiwillig an? Doch Tatsache war, Vera war wie vom Erdboden verschluckt. Lea suchte nach Spuren, die darauf hinwiesen, dass sich jemand Zugang zum Haus verschafft hatte. Aber die Haustür war unbeschädigt und auch im Haus schien alles in Ordnung zu sein. Sie entdeckte nichts, was auf einen Einbruch hinwies. Voller Aufregung rief sie Holger an.

„Ja?", nuschelte er verschlafen in den Hörer.

Hektisch redete sie auf ihn ein.

„Ich bin's. Vera ist weg", sagte sie knapp.

Augenblicklich war er wach.

„Wie? Mutter ist weg?", fragte er.

„Ich weiß es auch nicht", krächzte sie vollkommen außer sich in den Hörer. „Ich bin aufgewacht, dann habe ich Türenknallen gehört und kurz darauf fuhr ein Auto vom Hof. Jetzt ist sie weg und nur ihr Koffer ist noch da. Alle ihre Sachen liegen wild verstreut in dem Zimmer in dem sie geschlafen hat. Sieht fast so aus, als habe jemand etwas gesucht. Nur ihre Handtasche konnte ich nicht finden. Ach, bevor ich es vergesse. Ihre Stöckelschuhe lagen vor der Haustür."

„Oh Gott! Waren Einbrecher im Haus? Ist da noch wer drin bei dir?", fragte er besorgt.

„Nein, ich bin mir sicher, ich bin allein. Ich habe schon in alle Räume geguckt. Und die Türen und Fenster sind auch alle in Ordnung. Die habe ich auch überprüft."

Schon sah sie ihre Schwiegermutter gefesselt und geknebelt, barfuß auf dem schmutzigen Boden eines dunklen Lieferwagens liegen. Die Vorstellung, Vera für einige Zeit los zu sein, behagte ihr zwar durchaus. Doch schnell holte ihr Gewissen sie wieder ein. So sehr sie ihr auch auf die Nerven fiel, etwas Böses wünschte sie ihr nicht.

„Hast du schon die Polizei angerufen?", fragte Holger gehetzt.

„Noch nicht. Mache ich jetzt gleich, und dann melde ich mich sofort wieder bei dir."

„Halt, stopp, warte!", rief er in den Hörer. „Hast du es schon auf ihrem Handy versucht?"

„Nein bisher noch nicht. Ich habe als erstes dich angerufen", und bevor er noch etwas erwidern konnte, brach sie das Gespräch ab und wählte mit hektischen Fingern Veras Telefonnummer.

Und tatsächlich. Sie ging sofort ran und flötete: „Moin Schiegertochter", in den Hörer. Aus ihrem Tonfall war zu schließen, dass sie bei bester Laune war.

„Vera! Geht es dir gut? Wo bist du? Ist dir was geschehen?", kreischte Lea in ihr Handy.

„Bist du irregeworden? Warum brüllst du mich denn am frühen Morgen so an? Ich bin doch nicht taub", unterbrach Vera sie erbost.

„Wo du bist, will ich wissen?", schrie Lea aufgebracht.

„Meine Güte. Kind! Was ist denn in dich gefahren?", fragte sie und konnte ein Kichern nicht unterdrücken. „Wo soll ich schon sein? Im Auto natürlich."

„In welchem Auto?", zischte Lea.

„Na, was glaubst du?", fragte sie und antwortete zugleich selbst. „In Elsas natürlich. Oder dachtest du, ich brenne mit deinem alten Karren durch? Da müsste ich ja Angst haben, dass er mir während der Fahrt unter dem Sitz wegrostet", amüsierte sie sich.

Lea verstand die Welt nicht mehr. Sie verstand weder, warum ihre Schwiegermutter ohne ein Wort das Haus verlassen und ihre Schuhe auf dem Hof liegengelassen hatte, noch warum Elsa sie in aller Herrgottsfrühe durch die Weltgeschichte kutschieren musste. Doch bevor sie dazu kam, sie danach zu fragen, wendete sich die Laune ihrer Schwiegermutter, und sie blaffte: „Also, da rufe ich die ganze Nacht nach dir, aber die gnädige Schwiegertochter gibt keinen Ton von sich".

Dann hörte Lea eine endlose Abhandlung über Wünsche, die sie in der Nacht für Vera hätte erledigen sollen, da die Gute nicht hatte schlafen können. Angefangen von neuer Kühlung für ihren geschundenen Fuß bis hin zum Schließen des Fensters, da Vera die unbekannten Eiderstedter Nachtgeräusche unheimlich erschienen waren. Auch hatte sie Hunger und Durst verspürt, auf die Toilette gemusst und war nicht imstande gewesen, den Fernseher auszustellen, der seit ihrem Einschlafen lief. Doch Lea habe nicht auf Veras Rufen reagiert.

Daher war sie von Schmerzen gepeinigt, wie sie behauptete, ohne Schuhe durch die Wohnung gehumpelt, hatte nach ihr gesucht, sie aber nirgends finden können.

„Das Bett im Schlafzimmer war unberührt", empörte sie sich „und andere Betten habe ich in keinem der Räume gesehen. Für mich sah es danach aus, dass ich ganz allein in dieser Bruchbude war", ereiferte sie sich. Ein Blick auf die in Klarsichtfolie eingewickelten Käsesandwiches, die Lea nach ihrer beider Ankunft in den Kühlschrank gelegt hatte, mussten ihr den Rest gegeben haben.

„Die waren wabbelig, und der Käse klebte an der Folie. Sowas esse ich nicht, und wenn ich verhungern muss", moserte sie. Auch nach einem weiteren Glas Leitungswasser hatte ihr ebenfalls nicht mehr der Sinn gestanden.

„Wer weiß, wie lange durch diese alten Rohre schon kein Wasser mehr geflossen ist. Nachher hätte ich mir da noch irgendeine Krankheit eingefangen", mokierte sie sich.

Während Vera ungezügelt herumlamentierte, wartete Lea mit unaufhaltbar weiter ansteigendem Blutdruck auf das Ende dieses Monologs.

„Und meine guten Sandaletten, die kannst du in den Müll schmeißen. Wie du gesehen haben müsstest, ist einer der Absätze abgebrochen. Das habe ich dann ja wohl auch dir zu verdanken. Weiß der Himmel, ob ich die nochmal nachkaufen kann."

„Ich habe einige Zimmer weiter in einem Schrankbett geschlafen", begann Lea zu erklären. „Da waren Holztüren davor. Deswegen hast du mich wahrscheinlich nicht gesehen. Und … sorry …", begann sie sich zu verteidigen. „Ich habe geschlafen wie ein Stein. Ich habe dich echt nicht rufen gehört."

Doch selbst wenn sie Vera gehört hätte, gestand sie sich ein, wäre es sehr fraglich gewesen, ob sie ihren sicheren Posten im Schrankbett aufgegeben hätte, um nachts wie ferngesteuert durchs Haus zu laufen, nur um ihrer verrückten Schwiegermutter jeden erdenklichen Wunsch von den Lippen abzulesen. Wahrscheinlicher wäre es gewesen, dass sie sich die Bettdecke über die Ohren gezogen hätte. Letztlich war sie einfach froh, so fest geschlafen zu haben. Einzig Elsa tat ihr leid. Denn für sie war ein Entrinnen aus Veras Fängen sicherlich kaum möglich. Wahrscheinlich drohte Vera ihr sogar, wie schon so oft, mit einer sofortigen Kündigung, wenn sie nicht tat, was sie von ihr verlangte. Nun musste die Ärmste auch noch an ihrem freien Tag das zynische Gequatsche ihrer Chefin ertragen.

Zudem war es Veras Wunsch, nicht sofort nach Friedrichstadt zurückzukehren, sondern in einem adäquaten Eiderstedter Hotel zu frühstücken. Ob Vera ihr für die Verschwendung ihres freien Tages eine Gegenleistung angeboten hatte, stand dabei in den Sternen. Eher sah sie es als selbstverständlich an, dass Elsa sich den Morgen für sie um die Ohren schlug und ihre Tankfüllung für sie verfuhr. Die Kosten für das Frühstück würde Vera ihr sicherlich auch nur vorstrecken, um es ihr am Monatsende wieder vom Gehalt abzuziehen.

Bevor Vera das Telefonat beendete, ließ sie Lea wissen, dass sie von ihr erwartete, unverzüglich nach Hause zu fahren und den für sie vorgesehenen Platz als treusorgende Ehefrau und Mutter wieder einzunehmen. Wobei sie mit Worten nicht gerade zimperlich umging. „Schluderige Schwiegertochter und aufstrebende Emanze", knallte sie ihr an den Kopf. Auch teilte sie ihr mit, dass Norman schon informiert sei, dass es sich bei dem Erbe um einen abgewrackten alten Bauernhof handele und sie ihn darum gebeten habe, schon einmal seine Kontakte zum Nachlassgericht spielen zu lassen, was er auch sofort in die Tat umsetzte.

Mit spitzer Zunge und offensichtlicher Genugtuung setzte Vera Lea davon in Kenntnis, dass Norman an betreffender Stelle bereits angekündigt habe, dass die Ehefrau des einzigen Sohnes der Familie Hansen solch ein fragwürdiges Erbe ganz sicher nicht antreten werde. Damit hatten Vera und Normen dem Fass vollends den Boden ausgeschlagen, und Lea drückte das Gespräch weg, ohne einen weiteren Kommentar abzugeben. Jeder weitere Satz wäre überflüssig gewesen, weil sie nur zu gut wusste, dass ihre Schwiegereltern so und so nur das taten, was sie wollten.

Lea konnte sich nicht daran erinnern, schon jemals in ihrem Leben derart wütend gewesen zu sein. Sie war stinksauer und hasste ihre Schwiegereltern, zumindest in diesem Moment, abgrundtief. Schon jetzt konnte sie sich nicht vorstellen, auch nur einen weiteren Tag unter einem Dach mit ihnen zu leben. Am liebsten wäre sie sofort mit Holger und den Zwillingen in den Haubarg gezogen. Dass das so einfach nicht möglich war, war ihr klar. Schließlich gingen die Kinder noch in Friedrichstadt in den Kindergarten, und der Haubarg war in einem ziemlich desolaten Zustand. Derzeit konnten sie also noch nicht umziehen.

Des Weiteren stand noch ein klärendes Gespräch mit Lennart aus. Schließlich hatte er ihr bisher immer noch nicht verraten, warum sie das Haus geerbt hatte. Dass er es wusste, stand für sie unzweifelhaft fest. Und Holger musste sich das Anwesen auch noch ansehen. Natürlich erst, wenn es ihm wieder besser ging. So hieß es vorerst, trotz aller Widrig- und Gehässigkeiten Ruhe zu bewahren und alles abzuklären, um die Dinge schließlich in die richtige Richtung zu schieben.

Nachdem sie Holger Entwarnung gegeben und ihm berichtet hatte, wo sich seine Mutter gerade aufhielt, lehnte sie sich an die Wand neben der Haustür und atmete tief durch. Nur langsam wurde sie ruhiger, und ihr Atem hetzte nicht mehr.

Erst jetzt nahm sie ihre Umgebung wahr, spürte, wie sich ihre Nerven entspannten, und genoss den herrlichen Morgen. Ein befreiendes Gefühl breitete sich in ihr aus. Endlich zickte und zeterte niemand mehr herum, und sie gestand sich ein, so aufregend diese Morgenstunden auch gewesen waren, im Grunde genommen hätte der Tag gar nicht besser beginnen können.

Am Ende des Hauses öffnete sich ein Fenster, und Lennarts Kopf erschien. „Moin! Frühstück gibt's um acht", schmetterte er ihr frohgestimmt entgegen und schloss das Fenster.

Bei Kaffee, Vollkornbrot mit Rührei und Krabben, obenauf mit gartenfrischem Schnittlauch, saßen Lea und Lennart kurze Zeit später genüsslich speisend an seinem Küchentisch. Unter dem beobachtenden Blick des Schimmelreiters, der es in seinem hölzernen Bilderrahmen immer noch mit den Widrigkeiten eines Nordseeunwetters aufnahm, ließen sie sich ihr Frühstück schmecken.

Im Gegensatz zum Vortag legte Lennart ein äußerst ausgeschlafenes Mitteilungsbedürfnis an den Tag. Noch gestern hätte sie sich nicht vorstellen können, dass er imstande war, überhaupt so viel zu erzählen. Doch da hatte sie sich getäuscht. Sie sprachen über dieses und jenes. Vorrangig erst einmal über das Zubereiten eines gehaltvollen Krabbenrühreis und das Kaffeekochen nach herkömmlicher Art, so wie es Lennart zeitlebens zelebrierte. Mit Wasserkessel, angewärmter Kaffeekanne und separatem Filter.

Leas Schwiegermutter erwähnte Lennart mit keinem Ton, obwohl er den Zirkus, den sie am Morgen veranstaltet hatte, sicherlich mitbekommen hatte. Anderes schien ihm jedoch wichtiger zu sein. Unaufgefordert erzählte er, dass Swantje seit über fünfzig Jahren die Frau an seiner Seite gewesen war, was Lea die ganze Testamentsgeschichte nur noch unverständlicher erscheinen ließ. Daher fragte sie nach, warum nicht er selbst Erbe des Hauses geworden war, was ihrer Ansicht nach eigentlich das Naheliegendste gewesen wäre. Aber darüber wollte er sein Schweigen nicht brechen. Ebenso wenig gab er preis, wo er Swantje einstmals kennengelernt hatte. Stattdessen begann er von den verstorbenen Hausbesitzern Thordis und Enno Bossen und der Geschichte des Hauses zu berichten. Davon, dass der Hof seit Generationen in deren Familienbesitz gewesen war und Enno Bossen ihn von seinen Eltern übernommen hatte. Auch meinte er, dass das Baujahr des Haubargs und der Türspruch unter dem efeubedeckten Giebel der Vorderseite des Hauses verborgen sein sollten.

Nach seinen Erzählungen war der Bossenhof vor vielen Jahren ein sehr prachtvolles Anwesen gewesen, und der weitläufige Garten hatte auf der Halbinsel seinesgleichen gesucht. Kühe und Pferde hatten in den Stallungen, Schafe auf den umliegenden Wiesen gestanden. Hier hatte es alles gegeben, wonach einem Bauern verlangte. Ein festes Dach über dem Kopf, landwirtschaftliches Gerät, Werkzeug, Tiere, das ganze Jahr über genug zu tun, eine zufriedenstellende Ernte und eine Familie, die zusammenhielt.

Die Bossens hatten in der Hauptwohnung des Hauses gewohnt. Soweit er sich erinnerte, war Thordis ein Einzelkind gewesen, und Enno hatte einen erheblich jüngeren Bruder gehabt, der Sören hieß. Seines Wissens waren die Brüder zerstritten gewesen. Worum es bei dem Streit gegangen war, verschwieg er, doch Lea ahnte, dass es etwas mit dem Haubarg zu tun gehabt haben musste.

Dann schwenkte er um, und Lea erfuhr, dass er in jungen Jahren selbst hatte Landwirt werden wollen und dass er sich nichts sehnlicher gewünscht hätte, als irgendwann einen eigenen Hof zu bewirtschaften, wenn auch nur einen kleinen. Doch war es dazu nie gekommen. So war er ein einfacher Hofgehilfe geblieben, und sein Platz auf Erden war zeitlebens hier, im Haubarg, gewesen. Offensichtlich hatte er mehr geplaudert, als er vorgehabt hatte. Abrupt begann er, den Tisch abzuräumen, was einem Rausschmiss glich.

Zurück in ihrer Wohnung, überlegte Lea, um was sie sich als Erstes kümmern musste. Dabei fiel ihr der Dachboden ein, den es noch zu erkunden galt. Sie beäugte die nicht gerade stabil ausschauende hölzerne Treppe und wagte sich erneut Schritt für Schritt voran. Staub bedeckte die Stufen und machte Schuhprofile sichtbar. Irgendjemand musste vor nicht allzu langer Zeit die Treppe benutzt haben. Doch wer sollte das gewesen sein und warum? Vorsichtig setzte sie einen Fuß vor den anderen, hörte das mürrische Knarren der alten Holzbretter unter sich und meinte zu spüren, dass sie unter ihrem Gewicht ein wenig nachgaben.

Die Dacheindeckung war marode. An unterschiedlichen Stellen waren handtellergroße Löcher im Reet, die dem Regen des Vortages freie Bahn gelassen hatten. Augenscheinlich hatten Winde und Stürme vieler Jahre hier ihr Unwesen getrieben. Nasses und glitschiges Laub bedeckte den Fußboden. Kisten und Kästen, die unter der Dachschräge aufgetürmt waren, moderten vor sich hin. Konzentriert auf ihre Schritte achtend, bewegte sie sich vorwärts, als ein hölzernes Klopfen von unten zu ihr heraufdrang. In der Annahme, dass es Lennart war, der an der hinteren Küchentür, die in den Garten hinausging, klopfte, machte sie kehrt und stieg die Treppe vorsichtig wieder hinab. Das Klopfen ertönte erneut, ging jedoch nicht von der Küchentür aus, sondern kam aus Richtung Haustür. Der Türklopfer in Form eines verwitterten rostigen Fischkopfes, der mangels einer Türklingel an der Haustür angebracht war, fiel ihr ein. Offenbar schlug ihn jemand mit Wucht gegen die Haustür. Besorgt um die Stabilität der maroden Tür, um den metallenen Fischkopf sorgte sie sich nicht, lief sie durch die Diele und öffnete.

Vor ihr standen zwei Männer mittleren Alters. Augenscheinlich zwei Versicherungstreter, die auf Haustürgeschäfte aus waren. Das kannte Lea schon aus Friedrichstadt. Es schien eine neue Masche in diesem Sommer zu sein. Mehrfach hatte sie in den vergangenen Wochen in Anzug und Krawatte gehüllte Typen des schwiegerelterlichen Grundstücks verwiesen. Mit offensichtlich gespielter Freundlichkeit stellten sie sich ihr vor und streckten ihr sogleich ihre Visitenkarte entgegen, die sie dankend ablehnte.

„Ich kaufe nichts. Diese Mühe können Sie sich sparen", sagte sie sogleich und schon war sie im Begriff, die Tür zu schließen. Doch da hatten sie sich schon zu ihr in die Diele gedrängt und sahen sich um. Leas Herz klopfte wild, fast galoppierte es und sie überlegte krampfhaft, wie sie es anstellen konnte, die beiden fragwürdigen Personen schnellstmöglichst wieder nach draußen zu verfrachten. Kurzentschlossen trat sie selbst vor die Haustür und hoffte, die beiden würden es ihr gleichtun, womit sie richtig lag.

Im Freien fühlte sie sich wohler und nahm auf ein erneutes Angebot hin die Visitenkarten entgegen. Besser, sie wusste, mit wem sie es zu tun hatte. Obwohl ihr solch ein kleines Stück Papier auch keine Gewissheit gab, wer sich hinter dem Namen verbarg. Wer wusste schon, ob das, was darauf stand, der Realität entsprach. Derartige Karten konnte jeder für wenig Geld drucken lassen. Allem Anschein nach handelte es sich nicht um Versicherungsvertreter, sondern um einen Hamburger Hotelier namens Helge Wittensen und einen Architekt mit Namen Marius Schreiber, der ebenfalls aus Hamburg kam. Was sie auf dem Grund und Boden des alten Eiderstedter Haubargs zu suchen hatten, war Lea ein Rätsel. Alles in ihr sträubte sich dagegen, sich mit diesen Schlipsträgern abzugeben, deren Freundlichkeit ihr nur aufgesetzt erschien. Für sie sahen die beiden aus wie zwei Schwindler. Oder es waren zwei Emporkömmlinge, die sich einen feinen Anzug geborgt hatten und nun auf hochwichtig taten.

„Junge Frau ... oder ... dürfte ich Sie vielleicht beim Vornamen nennen? Nun ja, das wäre wohl persönlicher", begann Wittensen, streckte ihr die Hand zum Gruß entgegen und sagte: „Helge Wittensen. Sie können Helge zu mir sagen."

„Für Sie bitte Frau Fischer. Schließlich kennen wir uns nicht", entgegnete sie.

Es war ihm anzusehen, dass ihm das ganz und gar nicht in den Kram passte. Prompt änderte sich sein Tonfall. Präzise und abgehackt schoss er ihr entgegen: „Dann kommen wir eben gleich zur Sache", wobei er sie eingehend von oben bis unten musterte.

„Die Sache steht so. Ich werde Ihnen Ihren Hof, das Grundstück und alles, was dazugehört, abkaufen", schoss es aus ihm heraus.

„Ach ja? Werden Sie das?", blaffte Lea ihn an.

„Ja, ich denke schon. Da bin ich mir ziemlich sicher. Sie können doch mit diesem alten Kotten hier gar nichts anfangen. Sie wohnen doch in Friedrichstadt viel feudaler, stehen gerade in den Kinderschuhen mit ihrer Gartenfirma und, ganz ehrlich, ich denke nicht, dass Sie als Mutter von zwei Kindergartenkindern so schnell umziehen werden. Da müssten Sie erstmal einen Platz in einem neuen Kindergarten finden. Und Kindergartenplätze sind auch auf Eiderstedt nicht an jeder Ecke zu finden. Also denke ich, wird Ihnen mein Angebot wahrscheinlich mehr als gelegen kommen", erklärte er grinsend und sah sie mit schmierigem Blick durch die getönten Gläser seiner offensichtlichen Designerbrille an.

„Machen wir es also kurz", sagte er und überreichte ihr einen Briefumschlag. „Prüfen Sie die Unterlagen einfach genau und überlegen Sie in Ruhe. Wenn Sie Interesse haben, rufen Sie mich an. Meine Karte haben sie ja. Sie können mich immer anrufen. Ob Tag oder Nacht. Ich bin jederzeit erreichbar."

Dann machten sie auf dem Absatz kehrt, stiegen in ihre Limousine, die sie direkt vor der Haustür geparkt hatten und verließen das Grundstück.

7

Gerade als Lea den Umschlag aufriss, düste Fiete auf seinem E-Bike die Auffahrt hinauf.

„Moin, mien Deern! Ich hab Fischbrötchen mit. Willst auch eines?", rief er ihr im Vorbeifahren zu.

Und ob sie wollte. Doch vorher musste sie noch nachsehen, ob das im Umschlag war, was dieser Wittensen ihr angekündigt hatte. Sie beförderte eine schwarze Mappe mit der Aufschrift „Kaufvertrag" zu Tage. Gespannt schlug sie die erste Seite auf. Sofort sprang ihr das fettgedruckte Wort „Kaufangebot" ins Auge. Einige Zeilen weiter fand sie ihren Namen als den der Verkäuferin. Helge Wittensen war als Käufer eingetragen. Gebannt las sie jedes Wort peinlichst genau. Als ein vollkommen lächerlicher Kaufpreis von einhundertfünfzigtausend Euro sie angaffte, brach sie in schallendes Gelächter aus. Augenblicklich fragte sie sich, warum sie ihr Erbe zu solch einem Preis verschleudern sollte. Wenn sie überhaupt darüber nachdenken würde, müsste schon eine ganz andere Summe unter dem Strich stehen. Doch wollte sie das überhaupt? Wollte sie dieses schöne alte Haus verkaufen? Hinzu kam, dass ein ganz entscheidender Part in dem Vertrag fehlte. Das Wohnrecht von Lennart. Darüber stand nichts darin.

Nur mit Mühe konnte sie ihre Gedanken beruhigen. Von aufkommender Panik ergriffen, fragte sie sich immer noch, woher dieser ominöse Hotelier so viel von ihrem Leben wusste. Sie zermarterte sich den Kopf, überlegte, woher er sie kannte und ob sie ihm irgendwo schon mal über den Weg gelaufen war. Womöglich war er ein Stalker und beobachtete sie schon seit längerer Zeit. Oder er versuchte diese Masche nicht nur bei ihr, sondern auch bei den anderen Haubargbesitzern auf Eiderstedt. Alles konnte möglich sein. Verwirrt griff sie zum Handy und rief Holger an. Mittlerweile wünschte sie sich nichts sehnlicher, als dass er bei ihr wäre.

„Bist du noch dort?", fragte er sofort, als er sie hörte. „Ich dachte, du hast heute Nachmittag einen Gartentermin hier in Friedrichstadt und kommst danach nach Hause!"

„Daran habe ich überhaupt nicht mehr gedacht. Aber hast du nicht gesagt, ich soll ruhig noch einen Tag länger bleiben, um mich noch ein bisschen umzusehen, oder habe ich das geträumt?", fragte sie nach.

„Ja, sorry, stimmt. Das habe ich gesagt. Habe in deinen Terminkalender geschaut und einen Termin bei einer Freda Karlsen gesehen", erklärte er.

Zu sehr hatten die Ereignisse des Tages Lea in den Bann gezogen. Nun hatte sie nur noch knappe zwei Stunden, bis sie in einen der Friedrichstädter Gärten Chic bringen musste. Natürlich konnte sie den Termin auch absagen, was für ihr weiteres Fortkommen jedoch nicht gerade förderlich wäre. Unzuverlässigkeit sprach sich schnell herum, das wusste sie. Damit war nicht zu spaßen. Außerdem musste sie unbedingt nach Holger und den Zwillingen sehen. Auch wenn er ihr versicherte, dass zuhause alles in Ordnung war, ging es ihr doch besser, wenn sie sich selbst davon überzeugte. Also wurde nichts aus dem Fischbrötchenessen mit Fiete und Lennart. Stattdessen machte sie sich unverzüglich auf den Weg zurück nach Friedrichstadt. Zu allererst, um bei der guten Freda Karlsen dem Garten neuen Schliff zu geben, und dann um anschließend in das Haus, in dem sie nicht gerne lebte und in dem ihre

Schwiegermutter schon mit spitzer Zunge hinter einer der Gardinen nach ihr Ausschau hielt, zurückzukehren.

Gut, dass es keine schwierige Arbeit war, die Lea in Fredas Garten zu erledigen hatte. Sie mähte den Rasen, schnitt die Rasenkanten und bepflanzte mehrere Blumenschalen mit leuchtendroten Geranien, weißen Margeriten und gelben Husarenköpfchen, die Freda so sehr liebte. Die Arbeit tat ihr gut. Sie bescherte ihr gute Laune, und während des Unkrautjätens hatte sie genug Zeit, in Ruhe über die Geschehnisse der letzten Tage nachzudenken.

Wie immer, wenn Lea in Fredas Garten zu tun hatte, ließ Freda sich draußen kaum blicken. Lediglich ab und zu streckte sie ihren Kopf durch die Terrassentür und fragte, ob Lea etwas brauchte.

Freda nahm Leas Hilfe schon seit längerer Zeit in Anspruch. Besser gesagt, sie war eine der Ersten gewesen, die sich auf ihre Gartenkünste eingelassen hatte. Mittlerweile war sie Lea ans Herz gewachsen und zu einer guten Freundin geworden. Zu einer Freundin, die spürte, wann Lea Redebedarf hatte. Zwar war sie mindestens vierzig Jahre älter als sie selbst, doch das spielte für beide keine Rolle. So war es nicht verwunderlich, dass es, als Lea die Gerätschaften ins Gartenhaus geräumt und den Gartenabfall in Säcke verstaut hatte, nach Kaffee und frischgebackenem, noch warmem Kuchen roch. Denn während Lea im Garten unter den Büschen herumgekrochen war, hatte Freda nicht auf der faulen Haut gelegen, sondern Teig geknetet und einen leckeren Apfelkuchen mit Zimtsahne gebacken.

„So, und nun verrätst du mir endlich, was mit dir los ist", sagte sie und schenkte ihr Kaffee ein. Sie selbst trank lieber Tee, weshalb sie sich einen klassischen Schwarzen aufbrühte.

„Ich sehe doch, dass du etwas hast. So geistesabwesend wie heute habe ich dich noch nie bei der Gartenarbeit gesehen. Also schieß los!", forderte sie Lea auf, sodass ihr gar keine andere Wahl blieb, als zu erzählen.

So erfuhr Freda zwischen Kaffee, Tee und Kuchen, was sich in den letzten Tagen zugetragen hatte. Obwohl sie kaum glauben konnte, was sie hörte, war sie sofort hellauf begeistert. Lea erzählte alles haargenau und versuchte, nichts auszulassen. Sie begann bei dem Brief, der ihr die Freudenbotschaft, geerbt zu haben, überbracht hatte. Dann berichtete sie ihr von ihrem Kurztrip nach Eiderstedt, den sie unglaublicherweise zusammen mit Vera angetreten hatte. Sie erzählte Freda so anschaulich von dem Anwesen, dass ihre Freundin meinte, es genau vor Augen zu haben. Auch von dem Schrecken, den ihre Schwiegermutter ihr am Morgen eingejagt hatte, berichtete sie. Ebenso beschrieb sie ihr Lennart und Fiete, die Freda unbedingt, am besten sofort, kennenlernen wollte. Als sie jedoch auf den Kaufvertrag und den Namen Helge Wittensen zu sprechen kam, hielt Freda, die gerade im Begriff war Kaffee nachzuschenken, in der Bewegung inne.

„Was sagst du da? Wie heißt dieser Hotelier? Wittensen? Und da bist du dir wirklich ganz sicher?", fragte sie erstaunt.

Sofort holte Lea die Visitenkarte, die noch in der Gesäßtasche ihrer Hose steckte, hervor und streckte sie Freda entgegen.

„Helge Wittensen", murmelte Freda vor sich hin. „Wenn mich nicht alles täuscht, habe ich den Namen schon mal gehört. Ist lange her, aber da war mal was. Lass mich überlegen."

Gespannt hing Lea an ihren Lippen und wartete, was Freda über diesen angeblichen Hotelinhaber wusste. Die Antwort ließ nicht lange auf sich warten.

„Es gab hier in der Gegend vor vielen Jahren mal einen Oke Wittensen. Der wohnte auf Eiderstedt, da bin ich mir sicher. Ich glaube, er war sogar Bürgermeister in einem der Orte. Aber ob der etwas mit diesem Helge Wittensen zu tun hat", dabei hielt sie die Visitenkarte in die Höhe, „kann ich natürlich nicht sagen. Jedenfalls war dieser Oke, soweit ich mich erinnere, ein ziemlich unangenehmer Zeitgenosse. Der war damals sogar hier in Friedrichstadt Stadtgespräch."

„Inwiefern unangenehm?", fragte Lea, und Freda überlegte angestrengt, als versuchte sie, die richtigen Worte zu finden.

„Man erzählte sich, dass er immer sehr auf seinen Vorteil bedacht gewesen war, ohne Rücksicht auf Verluste. Aber wenn du mehr über ihn wissen willst, dann frage ich hier und da mal vorsichtig herum. Ich habe ein paar Freundinnen, die wissen sehr gut über Eiderstedt und das Umland Bescheid. Die sind besser als eine Chronik zwischen Buchdeckeln, das kannst du wissen."

Lea willigte in ihr Angebot ein, und Freda versprach ihr, sie sofort anzurufen, wenn sie etwas in Erfahrung gebracht haben würde.

Zuhause war tatsächlich alles im Lot. Die Kinder hatten glücklicherweise nur wenige neue juckende Pusteln dazubekommen, und sie fieberten kaum mehr. Sie saßen an ihrem Kindertisch in ihrem Zimmer und malten. Außer dass sie etwas müde wirkten, war ihnen fast nicht mehr anzusehen, dass sie krank waren. Holger schien innerhalb der letzten vierundzwanzig Stunden wie durch ein Wunder genesen.

„Deine bunte Tüte hat es wirklich in sich gehabt", sagte er zu Lea. „Ich bin schon wieder ganz der Alte", freute er sich.

Offenbar hatte die Sommergrippe ihm in diesem Jahr tatsächlich nur einen minimalen Streifschuss verpasst. Natürlich hätte er sich den Haubarg am liebsten auf der Stelle mit Lea gemeinsam angesehen, so gespannt war er. Doch wollte er es nicht aufs Spiel setzen, einen Rückschlag zu erleiden. Zu froh war er, dass er sich dieses Mal so schnell wieder aufgerappelt hatte. Daher hatte er sich vorgenommen, sich bis zum nächsten Tag noch Ruhe zu gönnen und dann erst die Erkundungstour in Angriff zu nehmen.

„Wie wäre es mit morgen?", fragte er Lea. „Ich glaube, dann bin ich wieder fit. Außerdem habe ich morgen sowieso frei. Da könnten wir doch zusammen nach Eiderstedt fahren und uns das Haus angucken. Ich weiß, du bist gerade erst von dort zurück. Aber ..."

„Liebend gerne. Ich würde mich so freuen, dir alles zeigen zu können", erwiderte Lea fröhlich.

„Dann brauchen wir nur noch jemanden für die Kinder", stellte Holger fest. „Ich könnte meine Mutter fragen ..., aber das wird, denke ich, nichts", sagte er zögerlich.

„Und warum nicht?", fragte Lea. „Jetzt sag bloß nicht, sie zieht ihren Frauentreff oder irgendeine Maniküre unseren beiden Kleinen vor."

„Nein. Sie meint, sie habe zu viel Angst, sich bei ihnen anzustecken, und deswegen wird sie erst wieder mit ihnen Kontakt haben, wenn sie auch wirklich wieder gesund sind. Kranke Kinder gehören zu ihren Eltern, hat sie gesagt", erklärte er.

„Ach, was sie nicht sagt. Mir erzählte sie, dass sie die Windpocken schon hatte. Also ist es doch eher unwahrscheinlich, dass sie sie ein zweites Mal bekommt. Aber lassen wir das. Was sie nicht will, will sie nicht", sagte Lea und überlegte, wen sie bitten konnten, auf die Kinder aufzupassen.

„Deinen Vater brauchen wir gar nicht erst zu fragen, der hat so und so keine Zeit. Was ist mit deiner Tante? Hatte die schon Windpocken?", fragte sie.

„Keine Ahnung. Ich rufe sie gleich mal an", sagte er und tat es.

Doro hatte die Windpocken zusammen mit ihrer Schwester Vera in Kindertagen gehabt. Daran erinnerte sie sich noch sehr genau, weil sie damals eine gefühlte unendlich lange Zeit das Bett hatte hüten müssen und nur Haferschleim zu essen bekam. Gerne wäre sie sofort nach Friedrichstadt gekommen und hätte auf die Kleinen aufgepasst, doch steckte sie gerade in einer Probe für eine Theateraufführung des Laientheaters, für das sie sich seit einiger Zeit engagierte.

„Das tut mir in der Seele leid. Ihr wisst, ich bin immer für euch da und mache alles möglich. Aber morgen bin ich noch unabkömmlich. In ein paar Tagen ist es kein Problem, dann kann ich Euch aushelfen", erklärte sie.

Lea und Holger überlegten, wen sie noch fragen konnten, kamen jedoch zu dem Schluss, dass sie niemanden mehr fragen wollten.

„Dann muss der Haubarg eben noch ein wenig auf uns warten. Auf ein paar Tage kommt es nun auch nicht mehr an", sagte Lea zerknirscht und traurig zugleich.

Doch Holger hatte es sich bereits anders überlegt.

„Weißt du was", begann er, „wir machen es anders. Du bleibst schön hier bei den Kindern, und ich fahre alleine hin und schaue mich um. Gleich morgen früh. Du musst nur dem … wie heißt der alte Mann noch gleich?", fragte er.

„Du meinst Lennart", sagte Lea.

„Ja, genau. Du musst ihm Bescheid geben, dass ich komme. Nicht dass er sich erschrickt, wenn da auf einmal ein Fremder herumschleicht. Das ist doch besser, als wenn wir jetzt noch warten, bis wir beide fahren können. Außerdem bin ich echt neugierig auf das Haus. Und dem Lennart würde ich nur zu gern mal auf den Zahn fühlen."

Zwar hatte Lea es sich anders vorgestellt, musste aber Holger Recht geben. Gemeinsam würden sie erst fahren können, wenn entweder Doro wieder Zeit hatte oder die Kinder wieder kerngesund waren und sie sie mitnehmen konnten. Vera und Norman würde sie jedenfalls nicht um Hilfe bitten, so viel war ihr klar.

„Gut. Ich bin einverstanden. Aber heute ruhst du dich noch aus. Du fährst erst morgen los."

Spätabends, die Kinder schliefen schon längst und auch Holger war ins Reich der Träume eingetaucht, machte Lea es sich auf dem Sofa im Wohnzimmer bequem. Das Erlebte der vergangen Tage hielt sie wach, und sie konnte kein Auge zutun. Immer wieder überlegte sie, warum ihr Lennart auf ihr vermehrtes Nachfragen, warum sie das Haus geerbt hatte und nicht er, keine Antwort gegeben hatte. Auch dachte sie darüber nach, warum er und Swantje wohl nicht verheiratet gewesen waren und wie ungewöhnlich das war, gerade für ein Paar ihres Alters. Sie kam zu dem Schluss, dass sie dafür gute Gründe gehabt haben werden. Wer weiß, vielleicht hatte ihnen immer jemand Steine in den Weg gelegt. Es lag Lea fern, dies zu verurteilen.

Dabei kam ihr ihre eigene Hochzeit in den Sinn, die ihr zeitlebens wohl nicht nur positiv in Erinnerung bleiben würde. Sogleich zückte sie ihren Schreibblock und begann damit, diese Episode aus ihrem Leben zu Papier zu bringen.

„Wir heirateten heimlich und in der schönsten Umgebung, in der man sich das Jawort geben kann. Im Westerhever Leuchtturm. Es war himmlisch. Allein der Fußmarsch vom Deich bis zum Turm war wunderbar. Holgers Freund Peter und meine Freundin Beate waren dabei. Ansonsten wusste niemand von unseren Plänen. Zumindest dachten wir das. Doch die Friedrichstädter Buschtrommeln funktionierten schon damals einwandfrei, und Vera und Norman bekamen natürlich Wind davon. Was das anbelangte, war Friedrichstadt eben auch nur ein Dorf. Nur gut, dass sie erst davon erfuhren, als wir schon verheiratet waren. Gott weiß, was sie veranstaltet hätten, um uns diesen Tag zunichte zu machen. Somit pfuschten sie uns zumindest nicht an unserem Hochzeitstag ins Handwerk, sondern nahmen erst am nächsten Morgen Fahrt auf.

In aller Herrgottsfrühe riss uns ein lautes Klopfen an unserer Wohnungstür aus dem Schlaf, und wir bereuten es, unsere Hochzeitsnacht nicht in einem Hotel verbracht zu haben. Doch hatten wir so wenig Aufsehen wie möglich erregen wollen. Und eine Übernachtung in einem Hotel in der Umgebung hätten die Schwiegereltern ganz sicher spitz bekommen, schließlich pflegten sie überall im Umland ihre Kontakte. Eine Kurzreise war auch nicht in Frage gekommen, auch das fanden wir damals zu auffällig. Heute würden wir sicher anders entscheiden. Aber das spielt nun keine Rolle mehr.

Dank der viel zu kurzen Nacht reagierten wir auf die frühe Störung nicht. Es war der Morgen nach unserer Hochzeitsnacht, an dem wir von niemandem gestört werden wollten. Uns stand der Sinn nach weitaus besserem. Als jedoch jemand unsere Wohnungstür aufschloss, sprang Holger aus dem Bett. Noch bevor er die Schlafzimmertür erreichte, flog diese auf, und Vera stand kampfeslustig im Raum.

Ich weiß noch, wie ich mir die Bettdecke bis zum Kinn zog und nichts anderes mehr denken konnte, als dass meine Schwiegermutter eine Wahnsinnige war. Sofort machte sie sich an unserem Kleiderschrank zu schaffen und warf Holger ein paar Anziehsachen entgegen, wobei sie ihn angeekelt musterte, da er vollkommen nackt vor ihr stand und sich Nacktheit nicht schickte, wenn man Besuch bekam. Dann befahl sie ihm, sich auf der Stelle anzuziehen und in Normans Arbeitszimmer zu erscheinen. Daraufhin verschwand sie genauso unerwartet, wie sie gekommen war.

Dem folgte ein Streit zwischen Holger und seinen Eltern, der sich gewaschen hatte. Sie machten ihm Vorwürfe, da sie nichts von heimlichen Hochzeiten hielten. Letzten Endes drohten sie ihm sogar mit Enterbung und dem sofortigen Rausschmiss aus der Villa. Sie klopften ihn klein, wie sie es immer getan hatten, und erzwangen seine Einwilligung zu einem rauschenden Hochzeitsfest, das Vera für uns auszurichten gedachte. Schließlich war der Name Hansen in Friedrichstadt und dem Umland bekannt, und man hatte einen Ruf zu verlieren.

Es wurde ein rauschendes Fest. Alles, was Rang und Namen hatte, war eingeladen. Vera und Norman waren in ihrem Element, ich wurde herumgeführt und fühlte mich wie ein Kunstobjekt auf einer Vernissage, und zwei unscheinbare Menschen fristeten ein vollkommen deplatziertes Dasein zwischen hochtoupierten Steckfrisuren und Lackschuhen. Meine Eltern. Arne und Tessa Fischer. Gestrandet wie Fische auf einer Sandbank, warteten sie auf die nächste Welle, um wieder in heimische Gewässer zu gelangen. Ich war stolz auf sie, denn sie gaben ihr Bestes, überlebten den Abend und die Nacht. Eine Woche später starb mein Vater an einem Herzinfarkt. Einfach so. Aus und vorbei. Anfangs dachte ich, mir würde der Boden unter

den Füßen entrissen werden. Dachte, mein Herz müsste auf-
hören zu schlagen. Dachte, die Welt würde den Atem anhalten.
Doch nichts dergleichen geschah. Ein Tag reihte sich weiterhin
an den anderen, die Sonne schien und der Mond leuchtete ge-
nau wie zuvor. Zurück blieb eine Lücke, die nie mehr geschlos-
sen werden würde. Zurück blieb meine Erinnerung an einen
großartigen Vater.

Fast zeitgleich verschwand meine Mutter in ihrer Demenz.
Zunehmend fühlte ich mich wie ein Buch, dem ganze Seiten,
schließlich ganze Kapitel entrissen wurden. Wobei ich beim
Kapitel „Mutter" auch heute noch zusehe, wie die Zeilen ver-
blassen und bald ganz verschwunden sein werden.

Doch auf jedes Ende folgt bekanntlich ein neuer Anfang. So
schlichen sich meine Eltern aus meinem Leben, während in mir
zwei winzige neue Leben heranwuchsen. Svenja und Malte."

Müde und zufrieden klappte Lea den Schreibblock zu und
ging schlafen.

8

Der Haubarg mit all seiner verwunschenen Schönheit, den versteckten Geschichten unter dem Efeu, dem verwilderten Garten und dem maroden Mauerwerk traf Holger mitten ins Herz. Sonnenbeschienen thronte das alte Haus auf seinem heckenumsäumten Hügel, und die knorrigen Obstbäume schienen ihm entgegenzuwinken, als er die Einfahrt zum Haus entlangfuhr. Sogartig fühlte er sich von dem Anwesen angezogen. Sofort begann er mit seinem Erkundungsgang. Als Erstes klingelte er bei Lennart, der jedoch nicht öffnete. Stattdessen drang von der Rückseite des Hauses eine Stimme zu ihm heran.

„Bin im Garten. Kommen Sie einfach rum!", rief ihm jemand zu.

Kurze Zeit später saß Holger neben dem alten Mann auf dessen hölzerner Gartenbank, wärmte sich den Rücken an der von der Sonne aufgeheizten Hauswand und hielt eine Tasse Kaffee in der Hand. Es war ihm, als habe Lennart ihn bereits erwartet, was eigentlich gar nicht sein konnte, da Lea ihn bis zu seiner Abreise nicht erreicht hatte. Aber möglicherweise war es ihr ja doch noch gelungen. So mag es gewesen sein. Nach einem kurzen Anfangsgeplänkel und der Feststellung beiderseitiger Sympathie gingen sie schnell zum Du über, was das weitere Gespräch erleichterte.

„Wie kam es denn nun eigentlich dazu, dass Lea den Haubarg geerbt hat?", fragte Holger neugierig, woraufhin Lennart einen tiefen Zug aus seiner Pfeife nahm, infolgedessen sich der Duft der Beet-, Kletter- und Heckenrosen mit dem des Wildkirschtabaks vermischte.

„Schwierig. Das ist nicht ganz so einfach zu erklären", antwortete er. Mehr sagte er nicht zu dem Thema.

„Also ich habe heute nichts weiter vor. Du kannst Dir mit der Antwort auch Zeit lassen", sagte Holger, schaute Lennart an und wartete gespannt auf dessen Antwort. Doch das mit dem „Zeit lassen" hätte er vielleicht besser nicht sagen sollen, denn damit nahm Lennart ihn beim Wort.

„Du sagst es. Ich lasse mir Zeit. Das ist für mich alles nicht so einfach. Danke, dass ihr mich zu nichts drängt." Dann paffte er seine Pfeife zu Ende, klopfte sie aus und ließ in aller Seelenruhe den Pfeifenputzer zwecks Säuberung mehrmals durch Mundstück und Holm gleiten. Danach stand er auf, erklärte, dass er noch so einiges zu tun habe, und ließ Holger irritiert auf der Bank sitzen.

Eigentlich hatte Holger von sich gedacht, dass er eine gute Menschenkenntnis besaß, doch gab ihm Lennarts Verhalten Rätsel auf. Dabei hatte er sich fest vorgenommen, etwas aus dem alten Herrn herauszubekommen. Jetzt allerdings gestaltete sich diese eine Frage als ein schwierigeres Unterfangen, als er angenommen hatte.

So begann er vorerst damit, sich das Haus anzusehen. Ebenso wie Lea zuvor war auch er vom Haus fasziniert. Natürlich wurde ihm sofort klar, dass das Haus sowohl von innen als auch von außen einer massiven Grundüberholung bedurfte. Doch versprühte das Anwesen sogar in diesem schlechten Zustand einen ganz eigenen Charme.

Nach dem Erdgeschoss und den Kellerkammern nahm er sich den Dachboden vor. Von Lea wusste er, dass er hier besondere Vorsicht walten lassen musste, da sowohl das reetgedeckte Dach als auch die Dielenbretter des Fußbodens in Mitleidenschaft gezogen waren. Nun konnte er sich ein eigenes Bild davon machen. Tatsächlich klafften mehrere Löcher in der Dacheindeckung, altes nicht verrottetes Laub überdeckte den Fußboden, der aufgrund des Regengusses in den vergangenen Tagen unter seinen Füßen glitschte. Vorsichtig bewegte er sich voran, kam jedoch schnell zu der Erkenntnis, dass er schon lebensmüde sein müsste, hier auch nur einen Schritt weiterzugehen, da er sonst Gefahr liefe, durch den morschen Holzfußboden zu brechen. Doch hatte er Lea versprochen, sich einen Überblick zu verschaffen, was in den Kisten und Kästen verborgen war, die unter der Dachschräge standen. Noch in der Überlegung, ob er es nicht doch wagen sollte weiterzugehen, schließlich waren es nur noch ein paar Meter, kamen ihm die Werkzeuge und die Bretter in den Sinn, die er beim Durchqueren der Diele gesehen hatte. Wenig später schleppte er mehrere lange Planken die wackelige Treppe hinauf und versuchte, sein lediglich aus Büchern angelesenes handwerkliches Wissen in die Tat umzusetzen. Als erstes verschloss er die für ihn erreichbaren Löcher im Dach mit einigen kurzen Brettern. Dann machte er sich an den Fußboden, der nach kurzer Zeit zwar nicht vorzeigbar aussah, jedoch nach dem Befestigen der Planken zumindest einen Pfad bis zu den Kisten und Kästen bot, den er sicheren Fußes nutzen konnte.

Dank der Reparaturen mangelte es jedoch nun an Helligkeit, denn durch die Giebellöcher, die wahrscheinlich als Euleneinfluglöcher gedacht waren, fiel nur wenig bis gar kein Tageslicht herein. Mit dem Lichtkegel seiner Handytaschenlampe beleuchtete er das Sammelsurium an zerlegten Möbeln und unzähligen Kisten. Eine ganze Zeit wühlte er in mehreren einfach zu öffnenden Kästen herum, fand aber nichts wirklich Aufregendes. Nur noch älteres Geschirr als im Untergeschoss, viele weitere gusseiserne Töpfe und Pfannen, zerschlissene alte Bekleidung. Aller Wahrscheinlichkeit nach handelte es sich um die Aussteuersachen mehrerer Generationen ehemaliger Haubargbesitzer. Denn eine derart große Menge Leinenhandtücher mit Monogramm, bestickter Tischwäsche und Decken konnte sich schlechterdings nicht im Besitz eines einzigen Ehepaares befunden haben.

Schließlich stieß er auf eine große zugenagelte Holzkiste, die nicht besonders alt aussah. Die Nägel glänzten silbern, und die Kiste selbst umgab ein frischer Holzgeruch. Sie musste hier oben auf dem Dachboden angefertigt worden sein, mutmaßte Holger. Er konnte sich beim besten Willen nicht vorstellen, dass irgendjemand dieses Format die Treppe hätte hochwuchten können. Mit einem Schlitzschraubenzieher probierte er, den Deckel an verschiedenen Stellen hochzuhebeln, doch der Versuch scheiterte. Die Nägel saßen felsenfest, und das Holz gab kein Stück nach.

Vielleicht hätte er bei richtiger Beleuchtung mehr Glück. Dann könnte er sehen, ob es eine Stelle gab, an der es sich lohnte, mit einem Hebel anzusetzen oder nachzusehen, ob er einen der Nagelköpfe mit einer Zange zu fassen bekam. Vorsichtig bewegte er sich zur Treppe, wo er den Lichtschalter für den Dachboden vermutete, fand jedoch keinen. Dass es einen geben musste, stand außer Frage, da mehrere ovale Lampen an den Dachbalken angebracht waren.

Gerade leuchtete er mit seiner Handytaschenlampe die Wände ab, als Lea ihn auf seinem Handy anklingelte.

„Und", fragte sie aufgeregt drauflos „wie findest du es? Hast du dir schon alles angesehen? Der Garten ist eine Wucht, oder? Und diese Schrankbetten. Hast du die schon entdeckt?"

„Ist alles super hier", begann er. „Gerade bin ich auf dem Dachboden. Habe erstmal das Dach provisorisch geflickt", sagte er stolz.

„Sowas kannst du?", fragte sie prompt.

„Offenbar", antwortete er, von sich selbst überrascht.

„Hast du dir die Kisten, die unter der Dachschräge stehen, schon angesehen?", fragte sie gespannt.

„Bin gerade dabei. Habe eine ziemlich große, zugenagelte Kiste entdeckt. Gerade suche ich den Lichtschalter für den Dachboden, damit ich sie mir genauer ansehen kann. Es ist nämlich ziemlich dunkel hier oben, nachdem ich die Löcher im Dach mit Brettern zugenagelt habe."

„Ich meine, mehrere Drehschalter im Flur unter der Treppe gesehen zu haben. Vielleicht ist es einer von denen", hoffte sie, worauf Holger sofort die Treppe herabstieg und vier Schalter dicht neben einer alten Garderobe erblickte, die er sofort ausprobierte. Drei von ihnen waren für den Flur und die Kellerräume, als er den vierten herumdrehte, ertönte ein Knall und die Glühbirnen der Dachbodenlampen explodierten.

„Das war es dann wohl erstmal mit der Dachbodenerkundung", raunte er in sein Handy. „Die Birnen sind soeben explodiert. Wahrscheinlich haben sie Feuchtigkeit gezogen. Wäre kein Wunder bei dem ganzen Regen, der durch das kaputte Dach gerauscht ist. Ich hoffe nur, dass jetzt nicht die ganze Elektrik im Eimer ist", erklärte er ihr.

„Das hoffe ich auch. Schau doch mal schnell nach", sagte sie und wartete, bis er Entwarnung gab.

„Nein, im übrigen Haus geht der Strom noch."

„Gut. Dann nehmen wir nächstes Mal ein paar Strahler mit, wenn wir da oben rumgucken, oder wir schaffen es, die alten Lampen zu reparieren."

Dann schwenkte sie um und erkundigte sich, ob er sich schon mit Lennart bekanntgemacht hatte und ihm irgendetwas Interessantes entlocken konnte. Doch auch dahingehend wartete Holger nicht mit Neuigkeiten auf.

Unverrichteter Dinge fuhr Holger zurück nach Friedrichstadt. Zu seinem Bedauern war er nicht mehr in den Genuss eines weiteren Gesprächs mit Lennart gekommen, da dieser sich allem Anschein nach auf eine Fahrradtour begeben hatte. Ein Zettel mit der Aufschrift: „Bin mit dem Rad unterwegs. Bin bald wieder zurück. Gruß Lennart" hatte er an seine Haustür gepinnt. Warum er nicht am Haupteingang geläutet und Holger persönlich informiert hatte, dass er für ein paar Stunden unterwegs war, wusste Holger nicht. Natürlich war ihm der alte Herr keine Rechenschaft schuldig, wo er sich aufhielt. Doch meinte er eine leise Ahnung zu verspüren, dass Lennart damit einem neuerlichen Gespräch mit ihm aus dem Weg zu gehen versuchte. Wie dem auch sei. Er konnte daran nichts ändern. Er hatte versucht, was in seiner Macht stand, aber seine Bemühungen waren im Sande verlaufen. Irgendwie und irgendwann, vielleicht sogar schon bald, würden sie schon herausfinden, was es mit diesem geheimnisvollen Erbe auf sich hatte.

Zuhause in Friedrichstadt wurde er sehnlichst erwartet. Noch bevor er dazu kam, Lea und die Kinder zu begrüßen, fingen ihn seine Eltern an der Haustür ab, und wenig später fand er sich in seines Vaters Arbeitszimmer wieder. Unwohl rutschte er auf dem Jugendstil-Armlehnstuhl hin und her. Dieser Stuhl verhieß nichts Gutes. Auf ihm hatte er schon in Kinder- und Jugendtagen unzählige Male gesessen und Standpauken seines Vaters über sich ergehen lassen.

„Ich denke, du hast uns einiges zu berichten", begann Norman das Gespräch.

„Wenn du meinst. Was wollt ihr wissen?", fragte Holger.

„Nun stell dich nicht so dumm", mischte Vera sich ein.

„Nun sag schon, dass dieses Haus dort auf Eiderstedt nichts für euch ist. Du hast das alte Gemäuer doch nun mit eigenen Augen gesehen."

Aber genau das Gegenteil war der Fall, denn Holger fühlte sich von dem Haubarg magisch angezogen.

„Also ich finde ihn klasse, diesen Haubarg", erklärte er seinen Eltern. „Ich kann mir wirklich sehr gut vorstellen, dort zu wohnen. Natürlich ist da noch vieles dran zu machen, aber wir haben doch Zeit. Es drängt uns ja niemand. Wir könnten hier in Friedrichstadt solange wohnen bleiben, bis wir dort alles in Schuss haben. Für die Kinder wäre es jedenfalls ein Paradies. Der große Garten, die vielen alten Bäume, die Nähe zur Nordsee. Also für mich klingt das perfekt, und Lea denkt genauso. Eigentlich ist es nur noch reine Formalität, dass sie der Annahme des Erbes zustimmt.

„Das halte ich nicht aus", sagte Vera spitz. „Unser Sohn will in diesem alten Kasten wohnen. Das ist doch nicht zu fassen. Also ich weiß nicht, was wir mit dir falsch gemacht haben", sagte sie und schaute ihn grimmig an.

„Das sind doch alles Hirngespinste. Dein Platz und der deiner Familie ist hier, in Friedrichstadt. Unsere Familie wohnt seit Generationen in diesem Haus, und so wird es auch bleiben", sagte Norman mit scharfer Stimme. „Außerdem habe ich beim Nachlassgericht schon bekanntgegeben, dass Lea das Erbe nicht annehmen wird. Wo kommen wir denn hin, wenn du als unser einziger Sohn dermaßen aus der Reihe tanzt. Es reicht doch wirklich schon, dass du immer noch nicht in meine Fußstapfen getreten bist. Aber auch das ist nur noch eine Frage der Zeit. Das bekommen wir wohl auch noch zusammen hin. Nicht wahr?", wobei er ihn mit seinem durchdringendem Geschäftsblick anstarrte.

Alles in Holger war auf Krawall gebürstet, und er hörte sich ein lautes „Nein" in die abgestandene Arbeitszimmerluft schmettern. Selbstverständlich blieb seine Antwort nicht unkommentiert. Sofort versuchten seine Eltern, ihn auf ihre Seite zu ziehen. Vera hielt ihm sämtliche Vorteile eines Lebens in Friedrichstadt vor Augen. Sie sprach von Kindergartenplätzen und Grundschulstandorten, Einkaufsmöglichkeiten und Verkehrsanbindungen. Sie ließ kaum etwas aus und hätte sicherlich noch zahlreiche weitere Beispiele für Friedrichstadt als den perfekten Wohn- und Arbeitsort aufgezeigt, wenn Norman ihr nicht ins Wort gefallen wäre. Er versuchte, Holger mit anderen Mitteln zur Vernunft zu bringen und versprach ihm eine gewinnbringende Zukunft in seiner Anwaltskanzlei. Dann schwang er eine Lobrede auf sich selbst und seine langjährigen Leistungen. Letztlich prahlte er mit den Geschäftszahlen des vergangenen Jahres, die horrende Gewinne aufwiesen.

Mit Gewinnermine schauten Vera und Norman ihn schließlich an. Es war für sie undenkbar, dass er sich für ein anderes Leben als das, was sie für ihn vorgesehen hatten, entscheiden würde. Doch genau das tat er.

„Ihr könnt sagen, was ihr wollt. Das ist jetzt unsere Chance. So eine kommt sicherlich nur einmal im Leben. Und die werden wir am Schopf packen", erklärte er, sah in die entrüsteten

Gesichter seiner Eltern und versuchte augenblicklich zu retten, was noch zu retten war.

„Das heißt ja nicht, dass wir nie hier sein werden. Natürlich werden wir euch oft besuchen, ist ja nur ein Katzensprung von Eiderstedt nach Friedrichstadt. Und die Kinder könnt ihr natürlich auch so oft sehen, wie ihr wollt. Sie könnten die Ferien bei euch verbringen. Oder ihr kommt uns mal ein paar Tage am Stück besuchen. Also ich stelle mir das ganz prima vor."

„Ist das dein letztes Wort?", fragte Norman knapp.

„Ich werde mich natürlich nochmal mit Lea zusammensetzen, und wir werden alles durchsprechen. Aber eigentlich ist die Sache schon so gut wie klar."

„Na dann", sagte Norman, „werden wir jetzt unsere Konsequenzen ziehen und unser Testament entsprechend ändern. Ein Hansen, der kein richtiger Hansen sein will, erbt nichts. Das muss dir doch wohl klar sein", woraufhin Vera auf der Stelle den Raum verließ und die Arbeitszimmertür mit einem Knall hinter sich zuschlug.

Ungläubig sah Holger seinen Vater an, setzte noch mehrmals an, sich zu erklären, doch Norman nahm keine Notiz mehr von ihm und vertiefte sich in einem Aktenordner.

Die Enttäuschung über seine Eltern saß tief. Doch eigentlich hatte Holger genau diese Reaktion von ihnen erwartet. Alles andere hätte an ein Wunder gegrenzt, und an Wunder in Bezug auf seine Eltern glaubte er nicht mehr. Sie waren gekränkt in ihrer Eitelkeit und würden sich noch lange in ihrem verletzten Stolz suhlen. Auch war anzunehmen, dass sie nun von ihm und seiner kleinen Familie auf absehbare Zeit nichts mehr wissen wollten. All dies führte er sich und Lea vor Augen, als sie abends gemütlich zusammensaßen. Dabei überlegten sie, wie ihr Leben aussehen würde, wenn Vera und Norman daran nicht mehr teilnahmen. Überlegten, wer ihre Unterstützer sein würden, wer ihnen zur Seite stünde, wenn sie Hilfe bei der Sanierung des Hauses brauchten. Überlegten, wer ihre wirklichen Freunde waren und wer nicht.

„Meine Mutter sagte früher, als sie noch gesund war, immer, dass sich in solchen Situationen die Spreu vom Weizen trennt", sagte Lea.

„So wird es wohl sein. Wir werden schnell merken, wer noch zu uns steht", war sich Holger sicher.

Gerade als Holger die Weingläser auf den Couchtisch stellte und eine Flasche Rotwein öffnete, erschienen die Zwillinge im Wohnzimmer und jammerten, nicht schlafen zu können. Sie quengelten herum, bettelten um eine weitere Gutenachtgeschichte, obwohl Holger ihnen bereits mehrere vorgelesen hatte. Aber so war es oft. Sie konnten einfach nicht genug bekommen vom Geschichtenerzählen, genau wie Lea, als sie klein war. Unweigerlich musste sie an die Ferienzeiten bei ihren Großeltern in Husum denken. Geschichten, die tief in ihr schlummerten, gewannen die Oberhand und warteten nur darauf, abgerufen zu werden.

Wenig später saß sie auf der Bettkante im Kinderzimmer. Svenja und Malte hatten sich zusammengekuschelt und sahen sie aus müden Augen an. Das Storm'sche Gedicht „Hinter den Tannen" kam ihr in den Sinn, und schon sprudelten die Verse aus ihr heraus.

„Sonnenschein auf grünem Rasen,
Krokus drinnen blau und blaß;
und zwei Mädchenhände tauchen
Blumen pflückend in das Gras.

Und ein Junge kniet daneben,
gar ein übermütig Blut;
und sie schaun sich an und lachen –
O wie kenn ich sie so gut!

Hinter jenen Tannen war es,
jene Wiese schließt es ein –
schöne Zeit der Blumensträuße,
stiller Sommersonnenschein!

Svenja und Malte lauschten dem Klang ihrer Stimme, und fast meinte Lea, sie würden gleich einschlafen. Doch da hatte sie sich getäuscht. Sofort, als sie endete, wollten sie mehr von ihr hören. „Mehr, mehr", riefen sie, was sie an die Geschichte vom kleinen Häwelmann denken ließ. Unzählige Male hatten ihre Großeltern ihr diese Geschichte aus dem großen alten Theodor-Storm-Buch vorgelesen. Sie hatte diese Geschichte so oft gehört, dass sich deren Anfang unauslöschlich in ihr Gedächtnis eingebrannt hatte.

„Es war einmal ein kleiner Junge, der hieß Häwelmann. Des Nachts schlief er in einem Rollenbett und auch des Nachmittags, wenn er müde war; wenn er aber nicht müde war, so musste seine Mutter ihn darin in der Stube umherfahren, und davon konnte er nie genug bekommen. Nun lag der kleine Häwelmann eines Nachts in seinem Rollenbett und konnte nicht einschlafen; die Mutter aber schlief schon lange neben ihm in ihrem großen Himmelbett. „Mutter", rief der kleine Häwelmann, „ich will fahren!" Und die Mutter langte im Schlaf mit dem Arm aus dem Bett und rollte die kleine Bettstelle hin und her, und wenn ihr der Arm müde werden wollte, so rief der

kleine Häwelmann: „Mehr, mehr!", und dann ging das Rollen wieder von vorne an ... "

Ihre langsame einlullende Stimme hatte ihre Wirkung nicht verfehlt. Svenja und Malte schliefen. Voller Zuneigung schaute Lea die beiden an. Zwei feine kleine Kindergesichter, deren zufriedene Gesichtszüge etwas Beruhigendes ausstrahlten. Zwei Kinder, die außer Friedrichstadt von der großen weiten Welt noch nichts gesehen hatten. Ihre Kinder, die ein Abbild von ihr und Holger waren. Zwei kleine Erdenbürger, die die Natur liebten und nur zu gerne an der frischen Luft herumsprangen. Kinder, die ihren Freiheitsdrang im Hause Hansen niemals würden ausleben können. Somit stand für Lea fest, dass sie ihr Erbe annehmen würde. Sie war fest davon überzeugt, dass es ihnen allen gut zu Gesicht stand, das Haus der Schwiegereltern zu verlassen.

Währenddessen Lea am Bett der Kinder saß, hatte Holger den Anruf von Freda Karlsen entgegengenommen.

„Sie klang sehr aufgeregt", sagte er zu Lea, als sie zurück im Wohnzimmer war.

„Sie sagte, du sollst sie unbedingt noch heute zurückrufen. Ganz egal wann. Sie meinte, sie wird solange wachbleiben, bis sie mit dir gesprochen hat."

„Und dir hat sie nichts erzählen wollen?", fragte Lea.

„Nein. Leider nicht. Nur so eine Andeutung hat sie gemacht. Dass es um den Wittensen geht, der dir dein Erbe abschwatzen will."

Sofort hängte sich Lea ans Telefon, und schon nach dem ersten Freizeichen war Freda am Apparat und wartete mit Neuigkeiten auf.

Sie hatte sich bei ihren Freundinnen umgehört und einige alteingesessene Friedrichstädter befragt. Des Weiteren hatte sie unter Zuhilfenahme eines guten Bekannten, bei dem sie noch etwas gut hatte, im Zeitungsarchiv gestöbert. Dabei wurde ihr von ihren Freundinnen nach und nach zugetragen, dass Oke Wittensen und seine Frau Thea einen Sohn namens Helge hatten. Auch, dass die Familie lange Jahre auf einem Bauernhof auf Eiderstedt gelebt haben soll, den schon die Vorfahren von Oke bewirtschaftet hatten. Ferner hatte sie erfahren, dass Okes Vater durchaus warmherzig gewesen war, er diesen Wesenszug jedoch nicht an seinen Sohn weitervererbt hatte.

„Oke, so wurde mir erzählt, soll immer nur auf seinen Vorteil bedacht gewesen sein. Sogar seine Frau soll er nicht aus Liebe, sondern nur wegen ihrer großzügigen Mitgift geheiratet haben. Das muss du dir mal vorstellen!", sagte Freda erschüttert. „Das ist doch furchtbar. Da denkt so ein junges Mädel, sie wird geliebt, und dann will dieser Tunichtgut nur an ihr Geld. Aber das ist alles nur Hörensagen. Das kann stimmen, muss aber auch nicht. Was nicht heißen soll, dass ich meinen Freundinnen nicht glaube. Aber du weißt doch, wie das ist. Wenn über viele Jahre über etwas gesprochen wird, kommt am Ende eine ganz andere Geschichte dabei heraus."

„Gut möglich", sagte Lea und lächelte in den Telefonhörer. „Du sagst, du bist im Zeitungsarchiv gewesen. Hast du dort auch noch etwas herausgefunden?"

„Kannst du wissen, meine Liebe. Gerade heute erst. Daher bin ich auch noch so aufgeregt. Mein Bekannter, der Schorse, ich glaube den kennst du nicht, aber das tut jetzt nichts zur Sache. Der hat gleich mal Fotokopien von den Artikeln gemacht, die wir gefunden haben", sagte sie, und Lea hörte ein entferntes Knistern, als Freda die Kopien auseinanderfaltete.

„Hier steht: ‚Eiderstedter verliert Haus und Hof beim Glücksspiel' und ‚Ehedrama auf Bauernhof' und dann noch ein kleiner Artikel über einen bekannten Betrüger, der auf der Halbinsel versuchte, älteren Hofbesitzern ihren Grund und Boden abzukaufen. Natürlich steht da nicht direkt sein Name. Es ist immer nur die Rede von einem Oke W. Aber das ist er. Das ist ganz sicher der Vater von deinem Helge Wittensen."

Gerne hätte Lea sich sofort sämtliche Zeitungsberichte von Freda am Telefon vorlesen lassen oder wäre zu ihr gefahren. Andererseits hatte sie sich auf einen gemeinsamen Abend mit Holger gefreut. Und durch die Kinder, die erst nicht in den Schlaf fanden, war vom Abend eh nur noch wenig übriggeblieben. Daher verabredete sie sich mit ihr für den nächsten Vormittag.

9

Während über das Holländerstädtchen die Nacht hereinbrach und Lea und Holger mit einem Glas Rotwein auf
dem Sofa saßen und sich ihre Zukunft rosarot malten, kämpfte
Lennart auf dem Fußboden des ehemaligen Kuhstalls gegen
aufkommenden Brechreiz an. Süßer, muffiger Geruch nach
Schweiß, Blut und altem Stallmist stieg ihm in die Nase. Sein
Kopf schmerzte. Verkrümmt lag er auf dem staubigen Boden
und japste nach Luft. Seine Nase blutete, seine Hände und
Knie waren aufgeschürft. Er versuchte aufzustehen, was ihm
auch fast geglückt wäre. Doch mangelte es ihm an Kraft, und
er stürzte erneut.

Er wusste, so würde er liegen bleiben, bis irgendjemand ihn
fand. Er hoffte auf Fiete, mit dem er sich für den nächsten
Morgen verabredet hatte, um in aller Herrgottsfrühe die Vo-
gelwelt in den Salzwiesen zu beobachten. Doch bis zum Mor-
gengrauen waren es noch mindestens sechs Stunden, und er
hatte keine Ahnung, ob er solange durchhalten würde. Er
konnte nicht mehr, und er wollte auch nicht mehr. Seine Gedanken kreisten wirr, sein Atem röchelte. Bleischwer senkte
sich sein Brustkorb, und nur mit allergrößter Mühe schaffte er
es, ihn wieder mit Luft zu füllen. Einige Atemzüge später wurde es dunkel um ihn.

Die Zeit verrann. Als er wieder zu sich kam, fragte er sich,
wo er war. Schließlich kehrte seine Erinnerung zurück. Vorsichtig schaute er sich nach allen Seiten um, mutmaßte, dass es
bald Morgen werden würde, da schon ein Fünkchen Tageslicht
zu ihm hereindrang. Mit schwindender Kraft schob er sich zur
offenstehenden Stalltür, lehnte sich erschöpft an den Türrah-

men und versuchte, um Hilfe zu rufen. Doch seine Kehle war wie ausgetrocknet, und er brachte kaum einen Ton hervor. Sein Mund bewegte sich fast tonlos. „Swantje! Swantje", flüsterte er vor sich hin. Dass sie ihn nicht hören konnte, war ihm klar. Sie war ja tot. Dahingerafft. Herzversagen. Lennarts Gedanken kreisten um sie, seine große Liebe. Er fühlte sich ihr so nah, wie lange nicht mehr. Fast meinte er, ihre Hand auf der seinigen zu spüren. Schon hoffte er, sie bald wiederzusehen. Hoffte, endlich seine Ruhe zu haben. Mit letzter Kraft kämpfte er gegen die abermals aufkommende Ohnmacht an, versuchte, wach zu bleiben und rief sich erneut Swantje vor Augen. Fast bildlich sah er sie vor sich. Eine einfache Frau mit reellen Vorstellungen vom Leben. Bescheiden und genügsam hatte sie sich mit allem zufriedengegeben. Hatte ihre Liebe zu ihm gehütet wie ihr eigenes Leben. Und er? Er hatte sie bedingungslos geliebt. Sie war das Beste, was ihm jemals passiert war.

Seine Erinnerung stockte an dem Tag, der das Leiden über sie gebracht hatte. Dem Tag, seitdem nichts mehr so gewesen war wie zuvor. Seit dem Tag war Swantje nicht mehr dieselbe gewesen. Obgleich Lennart nicht daran denken wollte, trieben ihn seine Gedanken immer wieder genau in diese Richtung. Zu diesem einen schwarzen Tag.

Er stöhnte. Immer noch hatte das Morgenlicht nicht vollends von Eiderstedt Besitz ergriffen. Immer noch saß er auf dem Boden vor der Stalltür. Sein Rücken schmerzte, seine Beine waren steif. Erneut floss ein feines Rinnsal Blut aus seiner Nase. Er befühlte seine Augen. Sie schienen zugeschwollen. Starr saß er da, wartete, dass der Morgen die dunklen Schatten der Nacht vertrieb. Versuche aufzustehen, unternahm er nicht mehr. Stattdessen hoffte und wartete er, dass ihn jemand fand. Nur schemenhaft nahm er den Garten wahr. Meinte, die mit Buchsbaum eingefassten Beete zu erkennen. Ein feiner Windzug wehte den Duft von Rosen und Pfefferminze zu ihm herüber. Als er meinte, näherkommende Schritte zu hören, die vor ihm zum Stehen kamen, er aber durch seine geschwollenen Augen niemanden sah, begann sein Blut panikartig zu pulsieren. Seinen Kopf gesenkt, saß er regungslos da, hörte seinen Herzschlag lauter denn je, und ein Brausen gleich einem Herbststurm fegte durch seinen Gehörgang. Schließlich verließen ihn seine Kräfte, und er sackte nach Luft ringend zur Seite und schlug mit dem Kopf auf der steinernen Türschwelle auf.

Erst als sich die feine Nadelspitze einer Spritze vorsichtig in seinen Oberarm bohrte, wachte er auf. Wie hinter einem Nebelschleier sah er einen Sanitäter, der sich dicht über ihn beugte. Neben ihm am Boden kniete Fiete, der seine Hand hielt, was ihm mehr als peinlich war. Letztlich durchzog Wärme seinen Körper und er fiel dank der Mixtur, die ihm verabreicht wurde, in einen tiefen Schlaf.

Der Friedrichstädter Morgen begann, wie der Abend zuvor geendet hatte. Mit einem Telefonanruf. Ein aufgeregter Fiete Brockholm überschlug sich fast beim Sprechen und polterte ein Wort nach dem anderen ins Telefon.

„Bist du das, Lea?", haspelte er drauflos.

„Tut mir leid, dass ich so früh anrufe. Habe ich dich geweckt?", wobei er ihre Antwort gar nicht erst abwartete. „Hier ist vielleicht was los! Du musst sofort kommen."

Für einen Moment schwieg er und schien zu überlegen, dann berichtigte er sich. „Nein, vielleicht ist das auch keine gute Idee. Bleib lieber, wo du bist. Hier ist es wohl zu gefährlich für eine Frau."

„Fiete! Was ist los bei dir? Wo bist du?", fragte sie ihn voller Sorge.

„Ich bin bei Lennart. Er liegt in Husum im Krankenhaus", antwortete er.

„Was ist passiert?", fragte sie nochmals.

„Das wüsste ich auch zu gerne. Ich habe keine Ahnung. Wir hatten uns für heute Morgen verabredet. Wir wollten in der Frühe die Salzwiesen beobachten. Doch als ich zur abgesprochenen Uhrzeit mit meinem Fahrrad am Haubarg ankam, war Lennart nicht da. Seine Haustür stand offen und drinnen war ein ziemliches Durcheinander. Ich fand ihn, irgendwelchen Unsinn brabbelnd, an der alten Stalltür sitzend. Du weißt, das ist die hölzerne Doppeltür hinten am Haus. Er sah übel zugerichtet aus. Ich habe sofort den ärztlichen Notdienst gerufen. Jetzt sitze ich hier im Krankenhausflur und …"

„Wie geht es ihm? Was sagen die Ärzte?", fiel Lea ihm ins Wort.

„Sie sagen, er hat nochmal Glück gehabt. Alles nur Platzwunden. Sein Gesicht sieht etwas matschig aus. Sie sagen, er muss schlafen und sich erholen, dann wird er wieder."

„Und du weißt noch nichts darüber, was ihm zugestoßen ist? Was hat er denn nachts im Stall zu suchen gehabt? Ist er gefallen oder …", sie sprach nicht weiter.

„Lea", sagte Fiete, „ich habe echt keinen blassen Schimmer, was er da gewollt hat und was geschehen ist. Ich hoffe, er wird es uns erzählen, wenn er wach ist."

„Soll ich kommen? Ich fahre sofort los", schlug sie vor.

„Nein. Das brauchst du wirklich nicht. Wir können ja doch nichts für ihn tun. Ich bleibe hier und warte. Das macht mir nichts aus. Ich habe mir schon die Tageszeitung und einen Kaffee vom Krankenhauskiosk geholt. Damit bin ich erstmal beschäftigt. Wenn er aufwacht, werde ich bei ihm sein. Und wenn es etwas Neues gibt, rufe ich dich gleich an, wenn es dir recht ist."

„Natürlich ist es das, welche Frage", sagte Lea und gab ihm vorsichtshalber ihre Handynummer, damit er sie jederzeit und überall erreichen konnte.

Nachdem sie den Vorgartenrasen einer Neukundin in Windeseile gemäht und sämtliche Beete durchgehackt hatte, machte sie sich eilends auf den Weg zu Freda. Diese fand sie am Küchentisch sitzend, und mehrere offensichtlich fotokopierte Zeitungsartikel lagen ausgebreitet vor ihr. Im Hintergrund zischte die Kaffeemaschine und gab damit die Beendigung ihrer Tätigkeit kund. Mit einer zackigen Handbewegung tippte Freda mit dem Zeigefinger auf einen der Zeitungsberichte.

„Hier! Das musst du lesen", sagte sie auffordernd, stellte im Weiteren zwei große Tassen auf den Tisch und schenkte Lea Kaffee und sich, wie gewohnt, schwarzen Tee ein.

„Lies den Artikel mit dem Ehedrama bitte mal laut vor. Dann höre ich diesen Irrsinn auch nochmal aus deinem Munde", bat sie Lea, die der Aufforderung kopfnickend nachkam.

„Also, hier steht ...", begann sie:

„Ehedrama auf Eiderstedter Bauernhof
Zum wiederholten Mal kam es auf dem ländlichen Anwesen von Oke W. in K. zu Ausschreitungen. Bereits mehrfach riefen Nachbarn in den vergangenen Wochen die Polizei (wir berichteten), um dessen Ehefrau und deren gemeinsamen Sohn zur

Hilfe zu eilen. Oke W., der in Vergangenheit dem Glücksspiel zusprach und seine Familie damit in den finanziellen Ruin trieb, brachte sein Versagen jetzt mit ehelicher Gewalt zum Ausdruck. Zuguterletzt erprobte er sich als Feuerteufel auf seinem eigenen ländlichen Betrieb.

Aufgrund der Trockenheit der vergangenen Monate war die Feuersbrunst, die er mit seinem Zündeln heraufbeschwor, nicht zu verhindern. In Windeseile ergriffen die Flammen die reetgedeckten Dächer von Scheune, Stall und Wohnhaus. Binnen kurzer Zeit war das Anwesen bis auf die schwelenden Grundmauern herabgesetzt. Auch die Feuerwehr, die unverzüglich herbeieilte, konnte den Schaden nicht mehr begrenzen … Die Polizei nahm ihn in Gewahrsam … "

„Das ist doch wirklich unglaublich", sagte Freda. „Das muss ja ein ganz schöner Hornochse gewesen sein, dieser Oke Wittensen. Da hat er eine Familie und ein schönes Haus und sein Auskommen, und dann kann er seine Finger nicht vom Glücksspiel lassen. Das muss man sich mal vorstellen. Dann kann es mit der Liebe zu seiner Frau ja nicht so weit her gewesen sein. Und an seinen Sohn hat er wohl auch nicht gedacht", ereiferte sie sich.

„Und du sagst, das ist jetzt wirklich der Vater von dem Helge Wittensen?", fragte Lea neugierig.

„Da kannst du Gift drauf nehmen. Das habe ich alles abgeklärt. Ich habe, wie gesagt, meine Kontakte zu diesem und jenem", sagte sie grinsend.

Dann schob sie die Zeitungsartikel zusammen, sagte: „Du kannst die alle gerne mitnehmen. Ist eine interessante Lektüre. Aber ich kann dir das auch flott jetzt gleich schon mal in Kurzform erzählen, wenn du willst", schob sie nach.

„Gerne", entgegnete Lea mit einem Blick auf ihre Armbanduhr „ich habe ja noch etwas Zeit, bevor ich bei Solveigh Meberson, die kennst du sicher, den Staketenzaun anbringen muss."

„Natürlich kenne ich die alte Solveigh. Eine wirklich piekfeine Dame. Bei der ist im Garten immer alles blitzeblank. Wusste gar nicht, dass ihr alter Vorgartenzaun schon das Zeitliche gesegnet hat", wunderte sich Freda. „Naja, ist ja auch egal. Sie wird schon ihre Gründe dafür haben, warum nun ein neuer her muss. Auf jeden Fall hast du dir damit eine mächtig schwierige Arbeit vorgenommen. Kannst du sowas denn? Ist das nicht ein bisschen zu schwer für eine Frau? Also ich stelle mir das sehr kompliziert vor. Aber Solveighs Ehemann Hannes ist ja auch noch da. Der geht dir sicher ein wenig zur Hand, oder?"

„Besser nicht", lachte Lea „das schaffe ich schneller ohne ihn. Außerdem möchte sie auch nur ihr Gemüsebeet umzäunt haben. Mit einem Zaun, der aufgerollt geliefert wird. Das ist halb so schwer. Das habe ich schon des Öfteren gemacht."

„Na, dann bin ich beruhigt", sagte Freda und nippte an ihrem Tee, bevor sie im Schnelldurchlauf zu erzählen begann, was in den Zeitungsartikeln stand. Woraufhin Lea feststellte, dass Freda, trotz ihres fortgeschrittenen Alters, immer noch eine ausgeschlafene Auffassungsgabe besaß. Sie gab den Inhalt der Artikel derart in Einzelheiten wieder, dass Lea selbst nicht mehr viel Neues aus den Berichten herauslesen würde.

Schließlich wusste sie, dass Oke Wittensen ein jähzorniger, gewaltbereiter Glücksspieler gewesen sein musste, der sogar vor Handgreiflichkeiten an der eigenen Familie nicht zurückgeschreckt hatte. Dass seine Frau viele Jahre unter seiner Herrschaft gelitten haben musste, erklärte sich von selbst. Auch, dass sein Sohn, der namentlich nicht in den Zeitungsartikeln benannt war, einst ein fröhliches Kind und später ein verschlossener junger Mann gewesen sein sollte, hatte der Zeitungsredakteur in Worte verpackt.

„Später hat es zwischen den Eltern ein richtiges Gezerre um den Sohn gegeben. Der hat dann eine Zeitlang bei der Mutter gewohnt und ist später zum Vater gezogen. Dieses Szenario wiederholte sich noch einige Male. Dann kam Oke irgendwie wieder zu Geld. Wie, habe ich nicht herausbekommen. Auf jeden Fall soll er dann wieder auf einem ziemlich hohen Ross gesessen und begonnen haben, den Leuten auf und um Eiderstedt herum ihre Häuser madig zu machen. Aber das hat überwiegend nicht gefruchtet, was mich nicht wundert. Die Leute hier im Norden lieben ihr Hab und Gut. Die trennen sich nur im Ausnahmefall davon. Gerade, wenn so ein Haus schon seit Generationen in Familienbesitz ist", berichtete Freda.

„Woher weißt du das alles so genau?", fragte Lea neugierig.

„Ich habe dir doch von meinen Freundinnen erzählt ..."

„Stimmt", sagte Lea „die, die besser Bescheid wissen über die Gegend als eine Chronik es jemals könnte", erinnerte sie sich.

„Ja, genau. Die wussten das alles auch ohne Zeitungsberichte. Eigentlich hätte ich mir die Arbeit mit dem Zeitungsarchiv auch sparen können. Aber so sind wir wenigstens auf der sicheren Seite und wissen, dass das alles auch Hand und Fuß hat."

„Und was mache ich jetzt mit meinem neuen Wissen und diesem ominösen Helge Wittensen? Der wird ja irgendwann wieder auftauchen. Zumindest hat er das angekündigt", stellte Lea fest. Diese Frage konnte Freda ihr natürlich nicht beantworten, außerdem wollte sie ihre junge Freundin auch nicht beeinflussen. Daher riet sie ihr, einerseits nochmals genau zu überlegen, ob sie die Erbschaft auch wirklich annehmen wolle, und andererseits sich klar darüber zu werden, was dieser Schritt für ihr weiteres Leben bedeuten würde.

„Wenn du dich endgültig für das Haus entscheidest, dann ist die Sache mit dem Kaufangebot ja vom Tisch", gab sie Lea zu bedenken, die, statt darauf einzugehen, den eingehenden Handyanruf von Fiete entgegennahm, der mit Neuigkeiten daherkam.

„Ist es denn zu glauben", empörte er sich „der alte Knabe hat nur ein paar Stunden geschlafen und sich dann sofort auf eigene Verantwortung aus dem Krankenhaus entlassen. Ich konnte ihn nicht davon abhalten. Jetzt sitzt er auf dem Sofa in seiner Wohnküche, sieht aus, als hätte er gerade einen Box-kampf überstanden und sagt kein Wort. Aber das ist ja nichts Neues, das kennen wir ja schon von ihm. Wenn ihn etwas be-wegt, dann ist erstmal nichts aus ihm herauszubekommen. Aber irgendwann wird er schon reden", stöhnte Fiete, bevor er seine weiteren Gedanken aussprach.

„Ich sag mal, er wäre im Krankenhaus besser aufgehoben gewesen. Doch der alte Dickschädel lässt sich ja nichts vor-schreiben", brummte er zerknirscht.

„Vielleicht wäre es jetzt doch ganz gut, wenn du hier wä-rest. Frauen kommen mit solchen Situationen meiner Meinung nach einfach besser zurecht. Ich bin da wohl etwas überfordert gerade. Aber das ist deine Entscheidung, ich will dich um Himmels Willen nicht beeinflussen. Schließlich kennst du ihn ja erst seit Kurzem."

„Ich komme", hörte Lea sich, ohne zu überlegen, sagen, be-endete das Telefonat, steckte die zusammengefalteten Zeitungsartikel in ihre Tasche und verabschiedete sich von Freda. Auf dem Weg zu ihrem Wagen rief sie Solveigh an und sagte kurzerhand und mit schlechtem Gewissen den anstehenden Termin ab. Glücklicherweise zeigte die Dame vollstes Verständnis für die junge Unternehmerin. Zudem meinte sie, dass es mit dem Zaun auch noch Zeit hätte. Auf dem Weg nach Eiderstedt rief Lea noch Holger an und berichtete ihm, was geschehen war. Auch er war maßlos besorgt und versprach, Doro nochmals zu bitten, die Kinder, die immer noch nicht wieder in den Kindergarten gehen konnten, zu beaufsichtigen.

„Sie wird das schon irgendwie möglich machen. Und wenn ich hier alles geregelt habe, komme ich nach. Ich lasse dich auf keinen Fall mit den zwei alten Knilchen alleine. Zumindest solange nicht, bis wir wissen, was überhaupt passiert ist", sagte er, woraufhin sich Lea gleich besser fühlte.

10

Am Haubarg angekommen, meinte sie ihren Augen nicht zu trauen. Erstens, weil sich Lennarts Wohnung tatsächlich in ziemlicher Unordnung befand. Die wenigen Schubladen der Kommoden standen geöffnet und waren augenscheinlich durchwühlt worden. Eine dunkelbraune Lake irgendeiner Flüssigkeit, wahrscheinlich war es kalter Kaffee, überzog unschön den Fußboden. Einzelteile einer zerbrochenen Porzellankaffeekanne lagen auf dem Tisch. Inmitten dieses ganzen Chaos stand Fiete und versuchte, der Unordnung Herr zu werden, was ihm mehr schlecht als recht gelang. Zweitens, weil Lennart kaum wiederzuerkennen war, so sehr war sein Gesicht geschwollen. Mittlerweile lag er in seinem Bett und hatte sich die Decke über den Kopf gezogen. Nach Aufforderung ließ er sie einen kurzen Blick auf sein Gesicht werfen.

„Hat er schon was gesagt?", fragte sie Fiete.

„Nein. Bisher kein Sterbenswörtchen. Er liegt nur da und rührt sich nicht."

„Das ist doch verrückt. Was denkt er sich nur dabei?"

„Keine Ahnung", sagte Fiete schulterzuckend „vielleicht braucht er einfach ein wenig Zeit, um den Unfall, wenn es denn einer war, zu verarbeiten."

„Was meinst du mit ‚wenn es denn einer gewesen ist'?", fragte sie.

„Also mein gesunder Menschenverstand sagt mir, er hat ordentlich eins auf die Mütze bekommen. Ich kann mir beim besten Willen nicht vorstellen, dass er sich so ein geschwollenes Gesicht selbst beigebracht hat. Da muss schon jemand richtig zugelangt haben."

„Alles Quatsch!", zischte Lennarts Stimme zu ihnen herüber. „Bin gestürzt. Nichts weiter."

Augenblicklich waren Lea und Fiete an seiner Seite, fragten ihn, wie es dazu hatte kommen können und warum seine Wohnung so verwüstet war. Doch sie bekamen nichts weiter aus ihm heraus. Lediglich die Worte: „Ist meine eigene Schuld und nun lasst mich in Frieden", brummelte er und drehte sich auf die andere Bettseite. Daraufhin ließen sie ihn allein, schlossen die Schlafzimmertür und begannen damit, in der Wohnküche Ordnung zu schaffen.

„Ich glaube, er muss sich erstmal ausschlafen. Er kommt mir ein wenig verwirrt vor", sagte Fiete. „Wenn es ihm besser geht, wird er uns bestimmt alles genau erzählen."

„Wenn du meinst", wandte Lea ein. „Da wäre ich mir gar nicht so sicher. Auf jeden Fall kann er nicht allein die ganze Nacht hier in seiner Wohnung bleiben. Denn sollte er sich diese Verletzungen tatsächlich bei einem Sturz zugezogen haben, könnte das ja auch schnell nochmal passieren. Also ich schlage vor, wir richten ihm ein Nachtlager bei mir drüben her. Entweder auf dem Sofa, da liegt es sich ganz gut. Schließlich hat sogar meine Schwiegermutter eine ganze Nacht dort verbracht, und das soll schon was heißen", erklärte Lea. „Oder er schläft im Schlafzimmer, obwohl ich da allerdings nicht weiß, ob die Matratzen bequem sind. Ich habe ja bisher nur in einem der Schrankbetten geschlafen."

Fiete fand die Idee gut. Sie beruhigte ihn, denn er verspürte Angst um seinen Freund und auch um Lea. Aus diesem Grund bot er an, ebenfalls für ein paar Tage in den Haubarg zu ziehen, was Lea jedoch dankend ablehnte.

„Das musst du wirklich nicht, Fiete", sagte sie. „Außerdem wollte Holger auch später noch herkommen. Wer weiß, vielleicht bleibt er sogar über Nacht. Du kannst also unbesorgt sein und in deiner Wohnung in Tönning übernachten", versuchte sie, ihn zu beruhigen, da sie sich auch um ihn derweil Sorgen machte. Schließlich war auch er nicht mehr ganz der Jüngste, und sie nahm an, dass die Geschehnisse auch an ihm nicht spurlos vorbeigingen. Darüber hinaus hatte sie keine Lust, sich auch noch um ihn zu kümmern, sollte auch er schlappmachen.

„Nichts da, ob du es willst oder nicht. Ich werde auf jeden Fall hierbleiben, zumal ich gelernter Sanitäter bin. Sollte nochmal etwas mit Lennart sein, bin ich sofort zur Stelle. Aber jetzt mal Butter bei die Fische, wie man hier oben sagt. Glaubst du, er sagt die Wahrheit und hat seine Wohnung und sich selbst so zugerichtet?", fragte Fiete.

Noch während Lea überlegte, was sie glauben sollte und was sie ihm darauf antworten konnte, sagte er: „Vielleicht tischt er uns auch nur ein Märchen auf."

So kam es, dass Fiete vorübergehend zu Leas Schatten wurde. Er war auf Schritt und Tritt bei ihr und wich ihr nicht von der Seite. Wo sie hinging, ging auch er hin. Er folgte ihr sogar in den Garten, selbst wenn sie nur Kräuter aus einem der Beete holte. Als Holger am Haubarg erschien, entspannte sich die Lage ein wenig, und er blieb auch mal in einem der Wohnzimmersessel sitzen. Schließlich nahm er sich nach mehrmaliger Aufforderung ein Buch aus einem der Regale, begann darin zu lesen, wobei er Lennart, dem sie auf dem Sofa eine gemütliche Schlafstätte gebaut hatten, genau im Auge behielt. Des Lesens überdrüssig, nahm er dessen Fernrohr und spähte lange Zeit aus einem Fenster nach dem anderen. Mit dieser Überwachungsaktion beschäftigte er sich, bis die Dunkelheit über

Eiderstedt hereinbrach. Schlussendlich schlief er erschöpft und in aufrechter Sitzposition im Sessel ein.

Glücklicherweise hatte es Doro möglich gemacht, auf die Zwillinge aufzupassen. In der Annahme, dass die Klärung dieser Angelegenheit länger dauern würde, war sie gleich mit einem Koffer in Friedrichstadt aufgekreuzt. Dass es ihr Freude machte, bei den Kindern zu sein, stand ihr ins Gesicht geschrieben. Ebenso die Belustigung über Vera und Norman, die sich maßlos darüber aufregten, dass Holger gerade sie, die verrückte Dorothea, die außer Theaterspielen bisher nichts Außergewöhnliches im Leben auf die Reihe bekommen hatte, mit dieser vertrauensvollen Aufgabe bedacht hatte. Kleinkunst ergab nach Veras Dafürhalten noch keinen wirklichen Beruf. „Mit dem wenigen Einkommen, das du damit verdienst, kannst du dir doch noch nicht mal die Butter auf dem Brot leisten." Dergleichen ließ Doro oftmals über sich ergehen, wenn sie auf ihre Schwester und ihren Schwager traf. Anfangs hatte deren Missgunst sie noch in Grund und Boden geärgert, doch mittlerweile war sie das Gerede gewohnt, und es störte sie nicht mehr. Oder sie redete es sich ein, dass es sie nicht mehr störte.

Die Nacht tauchte den Haubarg in einen dunklen Sommermantel. Lea und Holger hatten sich in eines der Wandbetten gekuschelt, obwohl sie auch im großen Doppelbett im Schlafzimmer hätten schlafen können. Doch auch Holger wollte einmal testen, wie es sich in so einer Schlafnische schlief. Es dauerte nicht lange und er war, halb sitzend, halb liegend, eingeschlafen. Auch Fiete befand sich schon im Land der Träume. Lennart wälzte sich unruhig herum, wobei es an ein Wunder grenzte, dass er nicht vom Sofa fiel. Nur Lea war hellwach und saß mittlerweile aufrecht auf der Kante des Wandbetts. Schließlich griff sie zu Stift und Zettel und schrieb auf, was sich in den vergangen Tagen alles ereignet hatte. Zum einen hoffte sie, dadurch ihr Gedankenkarussell zum Stillstand zu bringen, zum anderen nahm sie an, dabei etwas zu entdecken, was ihr bisher entgangen war.

„Ich habe ein Haus auf Eiderstedt von einer unbekannten Frau geerbt. Sie hieß Swantje Jahn und ist vor einiger Zeit gestorben. Das Haus ist ein alter sanierungsbedürftiger Haubarg mit einem riesigen Garten. Die Wohnung der vor Jahren verstorbenen Bauersleute ist voll ausgestattet mit allem, was man zum Leben braucht. Im hinteren Hausteil wohnt Lennart Eilers. Er war der Lebensgefährte von Swantje. Sie waren nicht verheiratet. Warum sie mir das Haus vererbt hat, weiß ich nicht. Aber ich habe das Gefühl, dass Lennart den Grund dafür genau kennt. Unerklärlicherweise kann ich nichts aus ihm herausbekommen. Jetzt kann ich ihn nicht fragen, weil es ihm nach einem Sturz sehr schlecht geht. Zumindest behauptet er, dass er stürzte. Fiete, sein Freund, scheint genauso wenig über Lennarts und Swantjes Vergangenheit zu wissen wie ich.“

Lea legte den Stift beiseite und las das Geschriebene nochmal durch. Nichts von dem, was sie zu Papier gebracht hatte, brachte sie weiter. Doch fühlte es sich gut und richtig an, es aufzuschreiben. Nachdem sie sich davon überzeugt hatte, dass ihre Männer noch tief und fest schliefen, unternahm sie einen nächtlichen Rundgang durchs Haus. Dabei überprüfte sie sämtliche Türen darauf, ob sie auch abgeschlossen waren, und nahm zum wiederholten Mal alle Fenster in Augenschein. Aber auch diese waren fest verschlossen. Letztlich wärmte sie sich den übriggebliebenen Tee vom Vorabend in einem Topf auf dem alten Herd auf und setzte sich wieder an ihre Aufzeichnungen.

„Es macht mich nervös, dass ich nicht weiß, was hinter meinem Erbe steckt. Ich zermartere mir den Kopf auf der Suche nach der Lösung. Doch soviel ich auch schon darüber nachgedacht habe, konnte ich bisher nichts in meiner Vergangenheit aufspüren, was mir einen Hinweis hätte geben können, in welcher Verbindung Swantje zu mir gestanden hatte. Ein weiteres Rätsel gibt mir das Bild auf, das über Lennarts Sofa hängt und von dem ich annehme, dass ich es schon lange kenne. Dann ist da noch Helge Wittensen, und auch die Zeitungsartikel über ihn, die Freda im Archiv ausgegraben hat, schwirren mir im Kopf herum. Ich frage mich, ob das alles irgendwie zusammenhängt. Und Lennarts Sturz will mir auch nicht mehr aus dem Kopf gehen. Ganz zu schweigen von dem verrückten Verhalten, das Vera und Norman an den Tag legen. Ihre Einmischung in alles und jedes verbessert diese geheimnisvolle Angelegenheit in keinster Weise.“

Eigentlich hatte Lea gehofft, durch das Schreiben der Lösung ihrer Fragen zumindest ein Stück weit auf die Spur zu kommen. Doch nichts dergleichen stellte sich ein. Einzig das Gefühl, sich alles von der Seele geschrieben zu haben, führte dazu, dass auch sie endlich müde war, sich neben Holger in das Schrankbett legte und sofort einschlief.

So wie es aussah, hatte Lennart nochmal Glück gehabt. Außer einer Gehirnerschütterung, geschwollener Augen, lädierter Nase und einigen blauen Flecken hatte er keinen weiteren körperlichen Schaden davongetragen. Als es ihm besser ging, stand er von seinem Krankenlager auf. Er aß und trank, wenn auch nur sehr wenig. Mit Spannung warteten Holger, Fiete und Lea darauf, dass er endlich etwas von sich gab. Dass er erzählte, was passiert war. Doch noch immer wollte er in Ruhe gelassen werden, setzte sich in den am Fenster stehenden Lehnsessel und starrte aus kleinen Sehschlitzen zwischen seinen geschwollenen Augenliedern aus dem Fenster.

„Was wollen wir jetzt machen?", fragte Holger sichtlich genervt. „Wir können doch nicht nichts machen und nur warten, dass er sich endlich bequemt, mit uns zu reden. Wer weiß, wie lange er uns noch hinhält?"

„Jou", warf Fiete ein „er kann durchaus ein harter Brocken sein."

„Vielleicht sagt er auch niemals etwas", sagte Holger „und wir vertrödeln hier nur unsere Zeit."

„Kann sein. Kann auch nicht sein. Ich mag das nicht so recht einschätzen. Aber du hast recht. Sein Zustand könnte durchaus noch ein Weilchen anhalten", erklärte Fiete.

So ging es gleich einem Schlagabtausch noch einige Zeit hin und her. Solange, bis Lea sagte, dass diese ganzen Überlegungen zu nichts führten. Stattdessen schlug sie vor, ihn zwar im Auge zu behalten, aber im Großen und Ganzen in Ruhe zu lassen. Sie war davon überzeugt, dass er schon irgendwann von selbst auf sie zukommen würde.

„Das heißt, dass ich jetzt hier überflüssig bin, oder was?", fragte Holger sichtlich beleidigt, und Fiete schloss sich ihm an.

Doch darüber konnte Lea nur den Kopf schütteln.

„Nein, das soll es natürlich nicht heißen. Ich meine damit nur, dass wir ihn nicht drängen sollten. Ich glaube, je mehr wir ihn fragen, desto länger wird es dauern, bis er endlich was sagt."

Von dieser Warte aus hatten Fiete und Holger die Sache noch gar nicht gesehen. Schließlich stimmten sie Lea zu und überlegten gemeinsam, womit sie sich den Tag über beschäftigen konnten.

„Wenn ihr wollt, könnt ihr euch ja ein bisschen im Garten austoben", schlug Lea vor. „Unkraut ist genug da. Oder ihr schaut, ob ihr den Rasen irgendwie abgemäht bekommt. Vielleicht findet ihr einen Rasenmäher. Sowas müsste hier doch zu finden sein. Ich gehe jetzt jedenfalls erstmal rüber in die Wohnung und schaffe Ordnung. Viel haben wir beide ja noch nicht aufgeräumt bekommen", wobei sie Fiete ansah, der ihr zustimmend zunickte. „Schließlich soll Lennart beizeiten wieder in seinen eigenen vier Wänden wohnen. Gesund wird man ja bekanntermaßen immer am besten zu Hause."

Gesagt – getan. Lea verschwand in Lennarts Wohnung und machte sich dort zu schaffen, Fiete schnappte sich einen im Garten stehenden Eimer und versuchte, dem Kraut hinter dem Haus Herr zu werden, Holger begab sich auf die Suche nach einem Rasenmäher oder dergleichen.

Lennarts Wohnung sah aus, als wäre ein Tornado hindurchgefegt. Nichts befand sich mehr an seinem Platz. Es dauerte Stunden, bis Lea eine Grundordnung geschaffen hatte. Sogar das Schimmelreitergemälde war von der Wand gerissen worden. Glücklicherweise war es unbeschädigt. Nur der Rahmen hatte einige Kratzer abbekommen. Aber vielleicht waren die auch schon vorher dagewesen, und sie waren ihr nur nicht aufgefallen. Sie säuberte es und hängte es wieder an seinen Platz. Dann schaute sie es sich genauer an. Immer noch zweifelte sie nicht daran, es schon früher einmal gesehen zu haben. Konnte es denn sein, dass ihre Großeltern tatsächlich ein identisches Bild gehabt hatten? Gab es von derlei Gemälden mehrere? Oder spielte ihre Erinnerung ihr nur einen Streich. Lea wusste, dass sie diese Frage heute für sich nicht würde klären können. Blieb nur die Möglichkeit, ihre Mutter danach zu fragen, ob das Bild, das früher bei den Großeltern im Wohnzimmer hing, vielleicht nach deren Tod weiterverkauft worden war. Doch war ihre Mutter schon seit langem in ihrer eigenen Welt versunken. Die Demenz hatte sie vereinnahmt, und es gab nur noch wenige lichte Momente. Trotzdem wollte sie nichts unversucht lassen. Außerdem war ein Besuch bei ihrer Mutter so und so überfällig, und ihr schlechtes Gewissen plagte sie nicht erst seit gestern. Daher war es nun beschlossene Sache. Gleich am nächsten Morgen wollte sie ihre Mutter im Heim in Hamburg besuchen.

Allem Anschein nach war in Lennarts Wohnung nichts entwendet worden. Wobei sie das genau genommen gar nicht wirklich beurteilen konnte, da sie seine Wohnung bisher ja nur kurz gesehen hatte. Wer weiß, möglicherweise hatte er irgendwelche Schätze in seinen Schubladen, wenngleich Lea sich keine Kostbarkeiten bei ihm vorstellen konnte.

Kaum sah die Wohnung wieder manierlich aus, stand er auch schon in der Tür. Wie aus dem Nichts kommend, hatte er sich herangeschlichen und wanderte nun von seiner Wohnküche ins Schlafzimmer und wieder zurück. Sah aus den Fenstern, öffnete jede Schranktür und sah unter Kopfschütteln hinein. Schließlich murmelte er: "Ich muss jetzt erstmal in mein Bett" und verschwand ohne ein weiteres Wort in seinem Schlafzimmer, schloss die Tür hinter sich, und Lea blieb das Nachsehen.

„Also ich hab Rücken", rief Fiete Lea mit schmerzgeplagtem Gesichtsausdruck entgegen, als er sie aus Lennarts Wohnung kommen sah. „Ich dreh jetzt erstmal ne Runde und bringe dann was zum Essen mit. Da brauchst du dich nicht drum zu kümmern", dabei schwang er sich auf sein Fahrrad, winkte ihr zu und radelte los.

Holger hatte zwischenzeitlich schon einen Großteil der verwilderten Rasenfläche abgemäht. Gerade kämpfte er mit hochrotem Kopf mit dem Handrasenmäher, der immer wieder einmal im hohen Gras steckenblieb. Diese Tortur verlangte ihm einiges an Kraft ab, doch er gab nicht auf.

Leas Blick fiel auf eine an die Hauswand gelehnte Sense mit angerostetem Sensenblatt, woraufhin sie Holger sofort stoppte.

„Was hast du mit der Sense vor?", fragte sie ihn voller Sorge.

„Ich dachte, damit ginge es vielleicht schneller voran", sagte er, „aber ganz ehrlich, das muss man schon können. Und bevor ich mir damit noch ins Bein hacke, mache ich lieber mit diesem alten Teil hier weiter. Außerdem ist das Ding auch nicht mehr richtig scharf …"

„Da bin ich aber froh", entgegnete sie erleichtert.

„Übrigens, was ich da alles für altes Zeug in der großen Diele gefunden habe, ist ja unglaublich."

„Du meinst in der Tenne", berichtigte sie ihn, woraufhin er nickte.

„Hast du dir die beiden alten Traktoren schon angeschaut? Wie alt mögen die wohl sein? Also, die müssen wir unbedingt später mal zusammen unter die Lupe nehmen. Das sind bestimmt richtige Oldtimer. Schade nur, dass ich keine Ahnung von sowas habe. Aber was noch nicht ist, kann ja noch werden", sagte er schmunzelnd.

„Heißt, du sattelst jetzt auf Landwirtschaft um?", fragte sie ihn scherzhaft.

„Das nicht gerade, aber vielleicht wäre es ganz hilfreich, so einen Schlepper auch fahren zu können, wenn man schon einen hat. Gerade wenn ich mir überlege, was wir hier aus dem riesigen Garten in Zukunft alles für Grünzeug abzutransportieren haben."

„Ich sehe es schon vor meinem geistigen Auge, wie wir beide den Treckerführerschein machen", kicherte Lea drauflos.

„Bevor ich es vergesse, Fiete hat es wohl im Kreuz", sagte Holger, „ist so viel Gartenarbeit scheinbar nicht gewohnt. Aber er hat ordentlich was geschafft. Schau dir mal die Beete an, die sehen aus wie geleckt. Man muss die Kräuter gar nicht mehr suchen", und zeigte auf das von Buchsbaum eingefasste Kräuterbeet, das in neuem Glanz erstrahlte. „Die Buchshecke wollte er sich später vornehmen, hat er gesagt. Ich glaube, es macht ihm richtig Spaß, hier herumzuwerkeln."

„Na, dann wollen wir ihn uns mal warmhalten. Jetzt ist er jedenfalls erstmal mit dem Rad weg. Er sagte, dass er sich ums Essen kümmern wird. Bin gespannt, was er mitbringt."

„Hoffentlich was Vernünftiges. Mein Magen hängt mir schon bis in die Kniekehlen."

Fiete kaufte einen ganzen Berg frischer Brötchen, einen großen Klumpen Mett, Butter und ein Netz Zwiebeln.

„Bin wieder da!", tönte er fröhlich, als er sein Rad abstellte und die Einkäufe ins Haus trug.

„Das mit dem Radfahren war genau richtig. Meine Rückenschmerzen sind so gut wie weggeblasen", sagte er, als er Lea in der Küche traf. „Wenn ich jetzt noch was zu essen und einen Pott starken Tee bekomme, dann kann ich es heute auch noch mit der Hecke aufnehmen", dabei klatschte er hochmotiviert in die Hände und begann sofort damit, Brötchenhälften mit einer erschreckend dicken Butterschicht zu bestreichen. Lea schnitt mehrere Zwiebeln in Ringe und vergoss dabei eine Flut von Tränen.

„So eine Menge Zwiebeln braucht doch keiner auf seinem Mettbrötchen", eiferte sie sich, währenddessen sie erneut ihre Tränen trockentupfte, was allerdings nichts nützte, da der scharfe Zwiebelduft sie mittlerweile vollkommen eingenebelt hatte.

„Da gibt es gar nichts zu flennen, mien Deern", foppte er sie, „auf ein richtiges norddeutsches Mettbrötchen gehört eine ganze Handvoll Zwiebeln. Ohne Zwiebeln, das wäre ja so wie …", er überlegte angestrengt „wie dein Haubarg ohne Warft oder Westerhever ohne Leuchtturm. Und das möchte ich mir gar nicht erst vorstellen."

Der Brötchenberg schmeckte hervorragend und schrumpfte daher in Windeseile. Ebenso schnell leerten sich Tee- und Kaffeekannen.

„So ist das", begann Fiete, „nach getaner Arbeit ist der Hunger immer am größten", und biss herzhaft in sein drittes Brötchen. Lennart wollte immer noch nicht aufstehen. Daher stellte Lea ihm ein Brötchen mit extra viel Zwiebelbelag und eine Tasse Tee auf den Nachttisch, wobei ihm nicht anzusehen war, ob er das überhaupt wahrnahm.

„Also, wenn dieser Zwiebelgeruch ihn nicht wieder munter macht, dann weiß ich es auch nicht", sagte Holger. Doch Lennart war weder zum Essen und Trinken noch zum Aufstehen zu bewegen. Er blieb, wo er war.

„Irgendwann wird er schon aus seiner Höhle herauskriechen. Ich kann mir nicht vorstellen, dass er das noch einen weiteren Tag durchhält", sagte Fiete, womit er im Weiteren recht behalten sollte.

Mittlerweile war es Nachmittag geworden, die Sonne stand hoch am Himmel, und es war brütend heiß. Zu heiß für Gartenarbeit. Jedoch nicht zu heiß, um das Haus zu erkunden.

„Also, ich haue mich auf Lennarts Sofa ein bisschen aufs Ohr", verkündete Fiete, als er den allerletzten Brötchenrest verspeist hatte. „Mit der Hecke nehme ich es später auf. Jetzt brauche ich erst noch mal ein Päuschen."

Lea und Holger fanden seine Idee genau richtig. Schließlich gewannen sie nichts, wenn er auch noch aus den Latschen kippte.

„Machst du richtig", sagte Lea „ein Patient reicht uns hier auch fürs Erste."

Außerdem war er auf diese Weise gleich vor Ort, wenn Lennart Anstalten machen sollte aufzustehen.

„Und ihr? Was macht ihr beiden Hübschen?", fragte Fiete, wobei er einen unmissverständlichen Blick Richtung Schrankbett warf.

„Keine schlechte Idee", entgegnete Holger und sah Lea tief in die Augen, woraufhin sie bis zum Haaransatz errötete.

„Nix da!", wiegelte sie ab. „Ich schaue mich jetzt erstmal genauer im Haus um. Mal sehen, vielleicht entdecke ich ja etwas Aufschlussreiches in einem der Schränke."

„Okay. Verstehe. Schade eigentlich", antwortete er. „Dann sollte ich wohl auch nicht untätig herumsitzen. Ich fahre mal just auf einen Sprung nach Hause, sehe nach den Kindern und schaue, ob Doro und meine Mutter sich schon in den Haaren liegen. Wenn es möglich ist, versuche ich, mir noch den Rest der Woche freizunehmen. Du weißt ja, ich habe noch so viele Urlaubstage aus diesem und dem letzten Jahr, die kann ich unmöglich bis ins nächste schleppen. Wenn es klappt, rufe ich dich an", versprach er.

11

Für ein kleines Zeitfenster hatte Lea die Wohnung wieder für sich allein. Zwar kannte sie schon jeden Raum, doch hatte sie noch nicht jeden Winkel ausgekundschaftet. So war ihr der überwiegende Inhalt der alten Bauernschränke bisher noch ein Geheimnis, und auch die alten Gemälde, die in den Zimmern hingen, hatte sie noch nicht richtig betrachtet. Auf jeden Fall war die genauere Untersuchung ihrer neuen Wohnung, besser gesagt: der Wohnung, die sie vielleicht in nicht allzu ferner Zeit mit ihrer Familie beziehen würde, eine gute Möglichkeit, die Zeit, bis Lennart endlich wieder ansprechbar war, effektiv zu nutzen.

Die gerahmten Bilder, die in der Wohnung hingen, begeisterten sie. Es waren allesamt Skizzen, in denen der Haubarg selbst und das beschwerliche Leben früherer Zeiten festgehalten worden waren. Ob es sich bei diesen Zeichnungen um die eines bekannten Malers handelte, war nicht zu erkennen. Einige von ihnen waren mit einem Kürzel signiert, andere nicht. Doch gaben sie einen guten Einblick in das ländliche Leben früherer Zeiten. Am besten gefiel ihr das Bild, auf dem der Künstler den Haubarg frontal festgehalten hatte. Hier sah sie die Kopflinden, die auch heute noch rechts und links von der Vordertür standen. Allerdings waren sie auf dem Bild in einem besseren Zustand. Sie reckten ihre Äste gespenstisch in die Höhe, und dunkle Wolken schienen ein Unwetter anzukündigen. Ein anderes Bild zeigte die gleiche Ansicht, jedoch zu Frühjahrsbeginn. Unzählige Narzissen blühten am Weg zum Haubarg hinauf, und die Bäume, die das Grundstück umgaben, waren in ein Blätterkleid gehüllt.

In einem der Schlafzimmer hingen verblasste, unansehnliche historische Landkarten, mit denen Lea nicht sofort etwas anfangen konnte. Die Namen Buphever, Hersbüll und Trindermarsch stachen ihr ins Auge. Erst als sie eine der Karten von der Wand abnahm und damit an das vom Sonnenlicht beschienene Fenster ging, sah sie, dass es sich um eine Landkarte der sagenumwobenen Siedlung Rungholt und der Insel Strand handelte. Von deren Untergang in der verheerenden Sturmflut, der „Groten Mandränke", die auf die gesamte Nordseeküste getroffen war, hatte sie schon einmal gelesen.

Noch ein weiteres Bild befand sich im Schlafzimmer. Es hing direkt über dem Ehebett, und es erschütterte sie. Sogleich fragte sie sich, warum die Bauersleute sich gerade dieses Bild über ihr Bett gehängt hatten.

Es war ebenso verblasst wie die Landkarten, dennoch erkannte sie unzweifelhaft, dass hier ein ganzer Ort in einer Sturmflut versank. Menschen, die ihre Hände flehend gen Himmel reckten oder auf Hausdächern saßen, Holzboote, die dem Sturm nichts entgegenzusetzen hatten, mehrere entfernte Schiffe, die im Begriff waren zu kentern. „Schrecklich", sagte Lea vor sich hin. „Einfach schrecklich. Wie kann man sich so etwas nur übers Bett hängen?"

Das musste sie unbedingt später Holger zeigen. Sie war gespannt darauf, was er davon hielt. Sehr wahrscheinlich war ihm das Bild auch noch nicht aufgefallen, denn ansonsten hätte er sicherlich schon etwas dazu gesagt. Nachdem sie alle Wände begutachtet hatte, nahm sie sich den alten Eichenschrank und die Kommoden im Wohnzimmer, die Schränke und Truhen der Schlafzimmer sowie sämtliche

Schubladen und Fächer des Küchenschranks vor. Nicht zu vergessen den Sekretär, der in einer unscheinbaren Wohnzimmerecke stand.

Beim Öffnen einer der Truhen schoss ihr ein moderiger Geruch entgegen, der ihr fast den Atem raubte. Schon vorher war ihr aufgefallen, dass es in diesem Raum nicht besonders gut roch, doch hatte sie bisher nicht herausgefunden, woran es lag. Sogleich öffnete sie zwei der drei kleinen Sprossenfenster, um frische Luft einzulassen. Dann schaute sie wieder in die Truhe, die mit mehreren Stapeln Tischwäsche gefüllt war. Sie nahm die Stapel heraus und merkte, dass sie feucht waren. Der Boden der Truhe schien klamm. Sie räumte sie vollständig aus und rückte sie von der Wand ab. Dann sah sie das Malheur. Die Wand war feucht. Stockflecken überzogen die Stelle und den Dielenboden, wo die Truhe gestanden hatte. Irgendwo drang Feuchtigkeit in das Mauerwerk ein. Doch davon wollte sie sich ihre gute Laune nicht verderben lassen. Darum würde sie sich später mit Holger zusammen kümmern. Das eilte nicht. Schließlich würde das Haus durch das bisschen Feuchtigkeit nicht gleich in die Knie sinken.

Weiter ging es auf ihrer Entdeckungstour. Doch außer Mengen von Tisch- und Bettwäsche, Federbetten und Decken, Ess- und Kaffeegeschirr fand sie nichts besonders Aufregendes in den Schränken. Im Grunde genommen sah sie nur das, was sie an ihrem Anreisetag schon oberflächlich erspäht hatte. Sie musste daran denken, was Holger ihr über den Dachboden erzählt hatte. So wie er ihr sagte, gab es dort oben noch eine Unmenge Wäscheberge mehr. Auch die könnte sie sich später noch ansehen. Vorerst nahm sie sich die anderen Truhen vor und hoffte, hinter diesen nicht auch Feuchtigkeit zu finden. Glücklicherweise war dem nicht so.

Als sie den mächtigen, mit Ornamenten verzierten, in der Diele stehenden Schrank öffnete, staunte sie nicht schlecht. Hier warteten weder Wäscheberge noch Geschirrsammlungen auf sie. Stattdessen waren auf mehreren Einlegeböden verschiedenerlei kuriose antike Dinge aufgereiht, die sie bisher noch nie in einer Wohnung, sondern nur im Museum gesehen hatte. Sie fand Röhrenradios unterschiedlicher Größe und Ausführung, zwei Tischuhren, ein kleines Grammophon, zwei urige Wandtelefone, mehrere Schiffskompasse und tragbare Schiffslaternen. Im unteren Fach lagen mehrere lange Rollen aus stabiler Pappe. Lea nahm eine davon, sah hinein und holte das darin enthaltene aufgerollte Papier heraus. Zum Vorschein kam eine Flurkarte von Eiderstedt, die, dem Datum nach zu urteilen, dort schon mehrere Jahrzehnte lag. Die nächste Rolle enthielt ebenfalls mehrere Flurkarten. Nicht jedoch von Eiderstedt, sondern aus der Gegend von Husum. Auf allen Karten waren verschiedene Flurstücke markiert. Auf der Eiderstedter Karte waren das Flurstück, auf dem der Haubarg stand, sowie zwei weitere farblich kenntlich gemacht. Lea fragte sich, was sie mit dieser Information anfangen sollte. Sie verstaute die Karten wieder in den Rollen, schloss den Schrank und verschob deren weitere Ergründung auf die Zeit, wenn Holger zurück und Fiete und Lennart wach sein würden.

Bevor sie den Schrank schloss, schaute sie ein letztes Mal auf die Lücke, die zwischen zwei Kofferradios prangte und überlegte, was an dieser Stelle wohl einmal gestanden haben mochte und wer dieses Gerät, wenn es denn eines gewesen sein sollte, jetzt besaß. Hier in der Wohnung stand jedenfalls keine Kuriosität öffentlich herum. Im Sekretär, von dem sie sich einiges erhofft hatte, fand sie nichts. Er war gähnend leer. Gerade als sie die letzte Schublade schloss, klopfte es an der Vordertür.

Mit einem breiten Grinsen auf den Lippen stand Helge Wittensen vor der Haustür. Er begrüßte sie überschwänglich. Lea ihrerseits erwiderte seinen Gruß verhalten.

„Wo ich doch gerade mal im Lande bin, dachte ich, komme ich doch mal auf einen Sprung vorbei und frage nach, ob Sie sich schon entschieden haben", fiel er mit der Tür ins Haus.

„Ja, das habe ich", antwortete Lea mit fester Stimme „ich werde ihr Angebot nicht annehmen."

„Na, das habe ich mir doch fast gedacht. Und darum … habe ich auch gleich ein besseres Angebot in der Tasche", woraufhin er es aus seiner Aktentasche pflückte und ihr mit einem aufgesetzten Lächeln entgegenstreckte.

„Bitteschön. Hier ist es!"

Genau in dem Moment klingelte ihr Handy. Sie bugsierte es aus ihrer Hosentasche, sah, dass es Holger war, wendete sich ab und ging dran.

„Das ist jetzt echt schlecht", flüstere sie „der Wittensen ist hier gerade aufgekreuzt mit einem neuen Kaufangebot. Bin gerade dabei, ihn abzuwimmeln".

„Oh, Schreck. Auch das noch. Okay, ich mach es kurz. Wir können ja gleich nochmal sprechen. Wollte dich nur vorwarnen, dass mein Vater sich zu dir auf den Weg gemacht hat. Er will sich das Haus ansehen und …"

Was er noch sagte, ging in dem herannahenden Motorengeräusch von Normans Wagen unter.

Die beiden Männer verstanden sich auf Anhieb. Es kam Lea so vor, als kannten sie sich bereits. Während Norman sie nur mit einem kühlen Handschlag begrüßte und im Weiteren von ihr kaum Notiz nahm, plauderte er mit Wittensen angeregt über Grundstückspreise, freie Immobilien auf Eiderstedt, im Umland und dergleichen. Dann durchquerte er in dessen Beisein den Garten und besah sich den Haubarg von allen Seiten. Lea folgte ihnen und unternahm mehrfach den Versuch, sich in das Gespräch einzumischen, doch Norman reagierte nicht auf sie. Schließlich tat sie, was sie schon längst einmal hätte tun sollen. Sie baute sich vor ihm auf und rief ihn mit lauter Stimme zur Ordnung.

„Was denkst du eigentlich, wer du bist", blaffte sie ihn an. „Spazierst hier herum, als würde all dies dir gehören. Also ich wüsste nicht, dass ich dich darum gebeten habe."

„Nun mach aber mal halblang. Ich bin dein Schwiegervater und zudem noch Jurist. Ich werde mir doch wohl einen Überblick verschaffen dürfen, bevor mein Sohn und meine Enkelkinder sich mit dir hier ins Unglück stürzen", konterte er.

„Da bin ich ganz bei Ihnen", mischte sich Wittensen ein „man muss den jungen Leuten manchmal ein wenig Einhalt gebieten. Gerade, wenn es sich um solcherlei Erbangelegenheiten handelt. Da kennen wir alten Hasen uns einfach besser aus."

„Also ist es denn zu fassen? Ich erinnere mich nicht daran, Sie, Herr Wittensen, und dich, Norman, nach der Meinung gefragt zu haben. Und damit das ein für alle Mal klar ist: Ich werde dieses wunderschöne Haus nicht verkaufen", schrie sie mittlerweile.

„Bis jetzt kannst du das wohl auch gar nicht", sagte Norman mit besserwisserischer Mine. „Schließlich hast du das Erbe ja noch gar nicht angenommen, soweit ich weiß".

„Hat sie nicht?", fragte Wittensen.

„Nein. Deswegen bin ich ja hier", antwortete Norman. „Das wäre ja noch schöner, wenn du dir so eine baufällige Ruine aufbürdest. Bist du dir eigentlich im Klaren, dass die Kosten, die du dir mit dieser Baracke aufhalst, niemals in deinem Leben abbezahlt werden können? Guck dich doch hier mal richtig um. Das wird eine Unsumme kosten, dieses alte Gemäuer wieder herzurichten. Das schaffst du niemals. Und dabei habe ich mich ja noch nicht einmal drinnen umgesehen. Aber da wird sicher auch an allen Ecken und Enden der Wurm drin sein", warf er Lea an den Kopf.

Sie war außer sich vor Zorn. Ihr Gesicht war puterrot angelaufen, ihre Stimme zitterte und sie stand kurz vor einem Heulanfall. Sie wollte zu Holger, oder er müsste auf der Stelle herkommen. Vielleicht war er sogar schon unterwegs. Schließlich konnte er sich ausmalen, wie Norman sie gegen die Wand redete. Aber selbst wenn er ordentlich aufs Gas trat, würde er erst in einer halben Stunde hier sein können. Sie brauchte ihn jetzt. Ihn, oder irgendjemanden, der ihr zur Seite stand. Aber wen kannte sie hier schon außer Fiete und Lennart. Und die schienen immer noch zu schlafen und von dem ganzen Theater nichts mitzubekommen. Mit ihnen konnte sie nicht rechnen. Sie musste durchhalten und sich nicht kleinkriegen lassen, denn das war es, was Norman wieder einmal wollte. Und diesen Triumph gönnte sie ihm nicht.

„Jetzt ist aber Schluss", schrie sie daher darauf los. „Verschwindet. Beide. Auf der Stelle. Ich will euch hier nicht mehr sehen."

„Na, Ihre Schiegertochter hat aber kurze Nervenenden, wenn ich mir das erlauben darf zu sagen", amüsierte sich Wittensen.

„Nein", brüllte Lea. „Dürfen Sie nicht."

„Nun beruhige dich doch erstmal. Es ist doch alles halb so schlimm. Noch ist ja gar nichts verloren", begann Norman „ich kann das alles für dich regeln. Du wirst schon sehen. In allerkürzester Zeit bist du den alten Kasten los und wohnst wieder daheim bei uns in Friedrichstadt, wo du hingehörst."

Lea wusste sich nicht mehr zu helfen. Ihre Nerven lagen blank. Sie wollte, dass diese zwei Männer jetzt verschwanden, aber den Gefallen taten sie ihr nicht. Mehr noch, jetzt behandelte Norman sie auch noch wie ein dummes Schulmädchen. Also im Grunde genommen so, wie er sie behandelte, solange sie sich kannten.

Dann endlich nahte Hilfe heran. Fiete kam um die Hausecke gesaust und mischte mit, fragte, was los sei, erfasste die Situation sofort und komplimentierte Norman und den Hamburger Hotelier vom Grundstück. Doch auch durch ihn ließen sie sich nicht abschrecken. Mehr noch: Norman erdreistete sich zu fragen, mit welcher Befugnis Fiete ihn des Grundstücks verwies und verwickelte diesen in ein vollkommen anmaßendes Gespräch über die Stolpersteine des Erbrechts. Er belehrte ihn über Erben und Vererben, Annahme- und Ausschlagungsfristen von Erbteilen und den Verpflichtungen, die mit einem unbekannten Erbe verbunden waren. Lea meinte zu spüren, wie gemaßregelt sich Fiete fühlte, was sie nur noch ärgerlicher werden ließ.

Norman war wieder einmal ganz in seinem Element. Ohne darauf zu achten, ob ihm jemand zuhörte, führte er allerlei hochtrabende Möglichkeiten auf, die Lea passieren konnten, wenn sie das Erbe tatsächlich annahm. Er benahm sich, als stünde er in einem Gerichtssaal. Niemand schien ihn stoppen zu können. Bis Lennart sein Schlafzimmerfenster öffnete, sein Luftgewehr spannte und rief: „Jetzt ist aber mal Schluss mit lustig! Sie haben hier nichts verloren, meine Herren. Wenn Sie bei drei nicht verschwunden sind, schieße ich. Und das ist kein Spaß!"

Wittensen nahm als erster seine Beine unter die Arme. Seinem Gesichtsausdruck nach zu urteilen, hatte ihn tatsächlich die Angst um Leib und Leben gepackt. Norman tat das, was er oftmals tat. Er lachte.

„Sie tun doch nur so, als wenn … Sie wollen mir doch nicht weiß machen, dass Sie mit dem alten Ding auch nur noch einen Schuss abgeben können."

Daraufhin setzte Lennart zum Schuss an, zielte und schoss. Allerdings nicht auf Norman, sondern er hatte einen der Apfelbäume als Ziel ausgewählt. Gleich darauf fiel der anvisierte, noch nicht ausgereifte Apfel vom Baum.

„Sie sind ja komplett verrückt", fauchte Norman ihm entgegen, wobei Lea meinte, ein Zittern in seiner Stimme vernommen zu haben. Dann verließ er ohne ein weiteres Wort und ohne einen einzigen Blick für Lea zielstrebig den Garten, stieg in seinen Wagen und fuhr vom Grundstück.

Das war aber auch die einzige Regung, die Lennart an den Tag legte. Im Weiteren legte er sich wieder in sein Bett. Doch vorher verspeiste er noch die mittlerweile nicht mehr ganz knackfrischen Mettbrötchen, die noch immer auf seinem Nachttisch standen, und trank den bereitgestellten Tee. Dann mummelte er sich wieder in die Kissen, wollte in Ruhe gelassen werden und schlief bis zum späten Vormittag des nächsten Tages.

Lea, Holger und Fiete saßen noch bis spät in die Nacht zusammen und zermarterten sich über viele ungeklärte Fragen die Köpfe. Immer noch fragten sie sich, warum Lea Erbin des Haubargs geworden war und nicht Lennart. Weiterhin, in welcher Verbindung Swantje zu Lea gestanden und warum ihr das Anwesen überhaupt gehörte hatte. Schließlich müsste sie es dann von den Bauersleuten geerbt haben. Somit war auch fraglich, in welcher Beziehung sie zu ihnen gestanden hatte.

„Es ist eine verzwickte Geschichte", sagte Fiete „ich kann mir wirklich keinen Reim auf dies alles hier machen."

„Wir müssen die ganze Sache von unterschiedlichen Seiten aufrollen, glaube ich", begann Holger. „Eine andere Möglichkeit sehe ich nicht. Außer Lennart sagt endlich, was hier eigentlich los ist."

„Also, wenn er morgen wieder halbwegs fit ist, dann wird er uns Rede und Antwort stehen müssen. Länger halte ich das echt nicht mehr aus. Ich will jetzt endlich wissen, was dahintersteckt", sagte Lea mit festem Ton. „Wenn es euch recht ist, nehmen wir ihn uns morgen Nachmittag vor. Am Vormittag besuche ich erst noch meine Mutter im Heim in Hamburg. Dieser Besuch ist schon lange überfällig. Und dann will ich unbedingt noch nach den Kindern sehen. Ich habe schon ein ganz schlechtes Gewissen, weil ich nicht bei ihnen bin."

„Brauchst du nicht", beruhigte Holger sie „du weißt doch, bei Doro sind die beiden in den allerbesten Händen. Ich glaube, sie vermissen uns kein Stück. Doro tut alles, was in ihrer Macht steht. Als ich gestern dort war, bastelten sie gerade ein Figurentheater. Sie hat allen möglichen Krimskrams mitgebracht. Damit wird sie auch noch den Rest der Woche über die Runden kommen", versicherte er ihr.

„Und was ist mit Vera? Hast du sie auch gesehen?", fragte Lea.

„Klar. Sie ist nicht so gut gelaunt, kannst du dir denken. Ich bin ihr aus dem Weg gegangen."

„Wenn ich mich da eben mal einmischen darf?", fragte Fiete. „Vera ist deine Mutter und Norman dein Vater. Das habe ich ja nun spitzgekriegt. Und die beiden sind nicht begeistert von dieser Erbschaft. Für mich macht das den Anschein, als wollen sie dich ...", dabei sah er Holger an „einfach nicht loslassen. Aber ihr macht das ganz richtig. Ihr müsst zusammen entscheiden, wie und wo ihr leben wollt. Ihr dürft euch da jetzt von niemandem reinquatschen lassen. Ja, das wollte ich einfach mal gesagt haben", grinste Fiete.

Dann überlegten sie gemeinsam, wo sie am besten ansetzen konnten, um der Lösung näher zu kommen.

„Fangen wir mal bei dir an, Lea", sagte Holger.

„Stopp", mischte Fiete sich ein „wäre es nicht ganz gut, wenn wir das alles aufschreiben?" Sofort holte Lea Stift und Block und reichte beides Fiete. Dann begann sie, peinlichst genau zu erzählen, damit Fiete auch alles haargenau mitschreiben konnte.

„Okay, beginnen wir bei mir und meinen Eltern. Meine Mutter, Tessa Fischer, ist gebürtige Hamburgerin. Sie hieß vorher Burgmeister. Ihre Eltern waren schon tot, als ich geboren wurde. Sie hat keine Geschwister, soweit ich weiß.

Sie wohnt schon mehrere Jahre in einem Heim für Demenzkranke.

Mein Vater hieß Arne Fischer. Auch er war ein Einzelkind. Er ist nicht in Hamburg aufgewachsen, sondern hier oben, bei uns in Nordfriesland, in Husum. Seine Eltern waren Jan und Liljana Fischer. Sie wohnten immer in Husum. Ich glaube, bis ich ungefähr vierzehn Jahre alt war. Dann sind sie gestorben."

„Hm", machte Fiete „und was ist mit Geschwistern deiner Großeltern? Hast du da mal irgendjemanden kennengelernt?", fragte er.

„Nein. Da war nichts."

Fiete schien zu grübeln. „Das bringt uns nicht unbedingt viel voran, aber das ist erstmal egal."

Nur kurz sprachen sie über Lennart und Swantje, was zu nichts führte, da sie über sie nichts wussten. Noch nicht einmal Fiete konnte über Lennart etwas Interessantes beisteuern.

„Eigentlich haben wir uns nie wirklich über Familienangelegenheiten unterhalten. Das war nie unser Thema", brachte er zu seiner Verteidigung hervor.

Dann nahmen sie sich die Bauersleute, Thordis und Enno Bossen, denen der Haubarg ursprünglich gehört hatte, vor. Über sie etwas herauszufinden, war einfacher, da Lea auf ihrem Erkundungsgang durch die Wohnung außer den Flurkarten auch noch einen Stammbaum gefunden hatte. Längere Zeit steckten sie ihre Köpfe über dem Kartenmaterial zusammen und studierten den elendig langen Stammbaum der Familie, der einige Jahrhunderte zurückreichte. Dabei fanden sie heraus, dass die Vorväter der Bossens nicht nur den Haubarg und diverse Wiesen und Weiden auf Eiderstedt ihr Eigen nennen konnten, sondern dass auch etliche Flurstücke in der Umgebung von Husum zu ihrem Besitz gezählt hatten. Wem dieses Land zum derzeitigen Zeitpunkt gehörte, ging aus keiner der Unterlagen hervor. Thordis und Enno jedenfalls schien nur der Haubarg und mehrere Hektar Land auf Eiderstedt gehört zu haben. Wobei Lea nur den Haubarg erbte. Was mit dem einstmals dazugehörenden Land passiert war, offenbarte sich an diesem Abend nicht mehr.

Nach diesem ereignisüberfüllten Tag war Lea innerlich vollkommen aufgewühlt, und sie konnte erneut nicht in den Schlaf finden. Wie es Fiete ging, wusste sie nicht, denn er nächtigte bei Lennart nebenan. Holger schlief auch an diesem Tag genauso schnell ein wie tags zuvor. Zum wiederholten Mal schaute Lea sich Fietes Aufzeichnungen an. Doch konnte sie, so sehr sie auch nachdachte, daraus nichts Neues herauslesen. Beim Gedanken an ihre Großeltern griff sie zu Stift und Papier und ließ ihren Gefühlen freien Lauf.

„Als ich klein war, verbrachte ich meine Schulferien bei meinen Großeltern in Husum. Mein Vater setzte mich mit Koffer und Rucksack in Hamburg in den Zug, und Opa Jan holte mich am Husumer Bahnhof ab. Soweit ich mich erinnere, holte mich Oma Liljana niemals ab. Sie hatte anderes zu tun. Wie immer zu meiner Ankunft war sie damit beschäftigt, einen Berg Eierkuchen zu backen, den sie uns sofort nach meiner Ankunft auftischte. Eierkuchen mit selbstgemachtem Apfelmus. Bis heute gibt es kein besseres Essen für mich. Eierkuchen und meine Welt ist in Ordnung.

Und meine kleine Welt damals, bei meinen Großeltern, war in Ordnung. Mehr als das. Die Wochen, die ich bei ihnen verbrachte, waren für mich das Paradies auf Erden. Dieses kleine schnuckelige Häuschen mit seinen niedrigen Räumen und den alten Doppelfenstern war meine zweite Heimat.

Mir fällt es schwer zu sagen, wo ich mich damals wohler fühlte, bei ihnen in Husum oder bei uns zu Hause in Hamburg. Der größte Unterschied war wohl, dass meine Großeltern immer für mich Zeit hatten.

Opa Jan war Fischer, wie es schon sein Vater und sein Großvater gewesen waren. Nur mein Vater fiel aus der Rolle. Opa Jan hat es nie verstanden, dass mein Vater nicht wie er Fischer geworden war. Doch der Gedanke, mein Vater wäre Fischer geworden, bringt mich auch heute noch zum Lachen, denn er verabscheute Fisch. Er ekelte sich regelrecht davor. Wie er bei dem täglichen Duft nach Koch-, Brat- und Backfisch durch seine Kindheit gekommen war, ist mir bis heute unbegreiflich. Bei uns zu Hause in Hamburg gab es jedenfalls noch nicht einmal Fischstäbchen. Fisch bekam ich tatsächlich nur in den Ferien bei meinen Großeltern zu Gesicht.

Die meiste Zeit verbrachte mein Opa auf seinem Boot. Wie groß sein Fang war, erkannten wir an seiner Laune. Hatte er kaum etwas gefangen, verkroch er sich in seinen Schuppen und werkelte an angeblich reparaturbedürftigen Dingen herum und wollte in Ruhe gelassen werden. An Tagen, an denen die Netze gefüllt waren, pfiff er sich ein Liedchen. Oft schaute ich ihm zu, wie er den Fang zum Verkauf fertigmachte oder die Fische zum Räuchern in den Ofen hing. Danach malte ich täuschend echte Fische in meinen Zeichenblock. Ich zeichnete Opa Jan beim Netzeflicken, wie er in Arbeitskleidung auf dem Boot stand und in See stach, und sogar Oma Liljana musste als Zeichenobjekt herhalten. Sie hielt ich in der Küche vor dem Herd stehend oder bei der Gartenarbeit fest.

Diese Bilder jedoch sah ich nie wieder. Als Oma Liljana und Opa Jan starben, verkaufte mein Vater das Haus. Wo er all die schönen Dinge ließ, die mich durch meine Kindheit begleiteten, weiß ich nicht. Gerne hätte ich ein paar Erinnerungsstücke gehabt. Am liebsten den Lederkoffer, der in der Abstellkammer oben auf dem Schrank gelegen hatte und den ich nie öffnen durfte. Auch heute noch fühle ich mich um ein Stück meiner Kindheit beraubt.«

Mit diesen Gedanken an ihre Kindheit legte sich Lea schließlich aufs Wohnzimmersofa. Heute hatte sie keine Lust, in dem kleinen Schrankbett zu schlafen. Dort war es ihr in dieser Sommernachtshitze einfach zu warm. Wie Holger es darinnen aushielt, wusste sie nicht. Von Schlaf war bei ihr jedoch trotzdem keine Rede, denn immer wieder kehrten ihre Gedanken über die Ferienzeiten in Husum zurück. Wenn sie die Augen schloss, sah sie alles genau vor sich. Insbesondere den Binnenhafen, an dem sie mit ihrem Großvater oftmals entlangspazierte. Dort erklärte er ihr das Wechselspiel von Ebbe und Flut ein ums andere Mal. Sie sahen das Hafenbecken, wie es zu Beginn ihres Fußmarsches noch mit Nordseewasser gefüllt und, wenn sie später wieder daran vorbeikamen, es leergelaufen war. Einige Male verbrachte sie auch ihre Osterferien in Husum. Dann gehörte ein Spaziergang durch den mit einem lila Krokusteppich überzogenen Schlosspark selbstverständlich mit ins Vorzeigeprogramm. Rund fünf Millionen Pflanzen verwandeln alljährlich den Park in ein lila Blütenmeer, pflegte ihr Opa dann immer zu sagen. Wieso das so war, erklärte er ihr damit, dass einstmals an der Stelle des Schlosses ein Kloster gestanden habe und die Mönche die Krokusse angesiedelt hätten, um aus ihnen Safran zu gewinnen. Sie wollten den Safran nutzen, um ihre liturgischen Gewänder zu färben. Dass es noch eine wahrscheinlichere Theorie gab, enthielt er ihr nicht vor. Demnach sammelten zwei Herzoginnen im siebzehnten Jahrhundert exotische Pflanzen für ihren Garten. Mutmaßlich wollte eine der beiden Safran für die Zuckerbäckerei gewinnen.

Auch ins Theodor-Storm-Haus schleppte ihr Großvater sie, und das nicht nur einmal. Das Gedicht, das der Dichter seiner Stadt einst widmete, war ihr daher in Fleisch und Blut übergegangen, wobei sie selbst Husum niemals als graue Stadt in Erinnerung hatte. Ihr Husum aus Kindertagen war hell und klar, mit bunten Häuserreihen und einem Schloss, das zum Träumen gedacht war. Es roch nach Meer, schmeckte nach gebratenem Fisch und nach Eis in frischgebackener Waffel. Dennoch erinnerte sie sich auch gerne an Storms Zeilen:

„Am grauen Strand, am grauen Meer
und seitab liegt die Stadt;
der Nebel drückt die Dächer schwer,
und durch die Stille braust das Meer
eintönig um die Stadt.

Es rauscht kein Wald, es schlägt im Mai
kein Vogel ohn' Unterlass;
die Wandergans mit hartem Schrei
nur fliegt in Herbstesnacht vorbei,
am Stande weht das Gras.

Doch hängt mein ganzes Herz an dir,
du graue Stadt am Meer,
der Jugend Zauber für und für
ruht lächelnd doch auf dir, auf dir,
du graue Stadt am Meer."

12

Der Besuch im Heim tauchte den Sommertag in Traurigkeit, aus der sich Lea nur schwer befreien konnte. Aber so war es fast immer, wenn sie ihre Mutter besuchte. Wie so oft hatte Tessa ihre Tochter nicht erkannt und Lea nicht einen Funken Leben in ihren hilflosen Augen gesehen. Überhaupt hatte sie dieses Mal das Gefühl gehabt, dass ihre Mutter stark abgebaut hatte und kaum mehr etwas um sich herum wahrnahm.

Schuldgefühle nagten an ihr, und sie warf sich vor, ihre Mutter einfach zu selten zu besuchen. Auch hätte sie schon längst ein Heim für sie in der Nähe von Friedrichstadt suchen können. Doch hatte sie diesen Schritt bisher gemieden, da sie nicht einzuschätzen vermochte, wie ihre Mutter auf einen Umzug reagieren würde. Daher tröstete sie sich mit dem Gedanken, dass sie dort in Hamburg bestmöglich untergebracht war. Aufgrund der Entfernung von Friedrichstadt nach Hamburg plante Lea für einen Besuch immer mindestens einen halben Tag ein. Aus diesem Grund fand sie höchstens zwei Mal pro Monat ausreichend Zeit dafür. Des Weiteren verlangten ihr diese Besuche enorm viel ab. Die eigene Mutter in einem solch bedauernswerten Zustand zu sehen, ihr nicht helfen zu können und ein aufs andere Mal in ihrer eigenen Welt zurückzulassen, machte sie entsetzlich traurig. So versuchte sie bei ihren Besuchen, nicht nur ihre Mutter, sondern auch sich selbst auf andere Gedanken zu bringen. Manchmal las sie ihr vor, oder sie gingen ein paar Schritte durch den zum Heim gehörenden Park, wobei das tatsächlich nur an guten Tagen ihrer Mutter möglich war.

Während des heutigen Besuchs schaute Lea nach dem alten Fotoalbum, worin sie auch Bilder von ihren Großeltern vermutete. Sie fand es im Wäscheschrank unter den Hosen, wo es ganz sicher nichts zu suchen hatte. Im Schneckentempo blätterte sie von Seite zu Seite, wies ihre Mutter auf dieses und jenes hin, doch die erkannte nichts. Weder sich selbst, noch ihren Ehemann oder Lea. Zierlich wie sie war, saß sie, mit Kissen abgestützt und aus leeren Augen vor sich hinstarrend, in ihrem Sessel. Nicht einmal ein klitzekleines Gefühl, nicht die winzigste Regung konnte Lea im Gesicht der Mutter ablesen. Schließlich schlief Tessa ein, und Lea vertiefte sich in die alten Fotos. Schon fand sie sich in der Fischerkate ihrer Großeltern wieder. Sah die spärliche Einrichtung der Küche, die Großeltern, wie sie bei Kaffee und Kuchen am Küchentisch saßen und freundlich in die Kamera lächelten.

Großköpfige Studentenblumen zierten die Tischmitte. Die erkannte Lea sofort. Sie liebte deren herben Duft nach Spätsommer und frühem Herbst. Stinkblumen hätte Vera gesagt. Aber Vera hatte einfach keine Ahnung von den wirklich schönen Dingen des Lebens. Sie hätte es ganz sicher nicht verstanden, dass gerade diese Blumen für Lea Gemütlichkeit und die Liebe zu ihren Großeltern symbolisierten. Gerne hätte sie das Haus der Großeltern noch einmal gesehen, wäre ein letztes Mal darin umherspaziert, hätte von ihrer unbeschwerten Kindheit Abschied genommen. Doch dafür war es längst zu spät. Gierig sog sie alle Einzelheiten der Fotos in sich auf, genoss den Exkurs in ihre Kindheit und fühlte sich trotz der abgestandenen Luft im Zimmer eigentümlich erfrischt.

Dieses Gefühl stoppte abrupt, als sie zur nächsten Seite blätterte. Ungläubig starrte sie ins Album und wischte sich mit einem Taschentuch aufkommenden Schweiß von der

Stirn. Ein einzelnes Bild prangte auf der Seite und zeigte Opa Jan, wie er auf einer hellblauen Gartenbank vor dem geöffneten Wohnzimmerfenster saß und sich seine Pfeife stopfte. Das Bild erinnerte sie an Lennart. Auch ihn hatte sie Pfeife paffend auf seiner Bank sitzen sehen. Das Fenster, vor dem ihr Opa saß, war weit geöffnet, und sie konnte ins Innere des Hauses hineinsehen. Und obwohl dieser Blick im Gegensatz zu der weiß getünchten Hauswand des Haubargs einen großen Kontrast darstellte, meinte sie zu sehen, wonach sie gesucht hatte. Dort erkannte sie das Schimmelreiterbild an der Wand, das identisch mit dem Bild war, das bei Lennart über dem Sofa hing.

„Also doch", flüsterte sie vor sich hin „ich habe mich also nicht getäuscht."

Achtsam versuchte sie, ihre Mutter zu wecken. Wer weiß, vielleicht hatte sie Glück und sie erinnerte sie sich nach dem kleinen Schläfchen doch noch an irgendetwas. Aber es war zwecklos. Nur für einen kurzen Moment schlug sie die Augen auf, dann sackte ihr Kopf wieder nach vorne und sie dämmerte hinweg. Zu gerne hätte Lea sich mit ihr unterhalten wie früher, zusammen gelacht, zusammen geweint. Aber nichts davon ging mehr. Die Krankheit hatte ihrer Mutter das Gedächtnis geraubt. Leas Herz schmerzte, doch stand es nicht in ihrer Macht, die Situation zu ändern, so sehr sie das auch gewollt hätte.

Während Lea den Vormittag in Hamburg verbrachte, erkundeten Holger und Fiete die große Diele und den Dachboden.

„Kannst du Trecker fahren?", fragte Holger Fiete, als sie an den zwei in der geräumigen Dreschdiele abgestellten Oldtimern vorbeikamen.

„Na klar kann ich das. Bin doch ein richtiges Dorfkind", antwortete er.

„Lea erzählte, dass du aus Münster in Nordrhein-Westfalen kommst."

„Im Groben stimmt das. Ich komme aus einem kleinen Ort nahe Münster. Bin dort auf einem Bauernhof großgeworden. Da war es Usus, Trecker fahren zu können. Den Hof hat dann aber mein älterer Bruder übernommen, und ich bin Sanitäter geworden."

„Ach so", sagte Holger und nickte. „Heißt, du könntest diese beiden Maschinen von der Stelle wegbewegen?"

„Das will ich wohl meinen. Wobei wir natürlich nicht wissen, wie lange die hier schon herumstehen. Könnte sein, dass im Laufe der Zeit die Batterien schlappgemacht haben", erklärte er.

„Ja sicher. Aber, wenn du die beiden noch zum Laufen bekommst, dann kannst du alles damit machen", wobei er sich im Raum umsah und auf einen in die Jahre gekommenen Pflug zeigte.

„Ja, pflügen könnten wir natürlich auch. Fragt sich nur, was du damit umpflügen willst. Wenn du allerdings einen Acker besitzt, könnte ich es probieren", sagte Fiete.

„Nein. Das nicht. Ist alles nur theoretisch. Interessiert mich einfach, was wir mit diesen alten Maschinen so anstellen könnten."

„Also, was ist jetzt. Wollen wir mal probieren, ob die noch anspringen?" fragte Fiete ganz Feuer und Flamme.

„Nein, lass uns das später in Angriff nehmen. Das hat Zeit. Jetzt schauen wir erstmal auf dem Dachboden nach, was da zu finden ist. Aber sei vorsichtig mit der Leiter. Die war mir neulich schon nicht mehr ganz geheuer."

„Und was wollen wir da oben?"

Daraufhin erzählte Holger ihm, dass er dort Kisten, Kästen und alte, zerlegte Möbel gefunden hatte. Unter anderem eine Holztruhe, die ihm ziemlich neu vorgekommen und die von allen Seiten zugenagelt worden war.

„Na dann aber nichts wie hoch. Das ist ja mal eine spannende Sache", begeisterte Fiete sich.

„Gibt es hier im Haus wohl irgendwo Strahler, mit denen wir den Dachboden ausleuchten können?", fragte Holger und erzählte Fiete vom Malheur mit der Deckenbeleuchtung.

Daraufhin suchten sie die Regale der Diele nach Taschenlampen oder dergleichen ab, fanden jedoch nichts.

„Dann muss es eben auch so gehen. Wir machen einfach die Dielentüren weit auf, dann ist es da oben schon mal eine Kleinigkeit heller. Außerdem haben wir ja noch unsere Handytaschenlampen. Das wird schon gehen", mutmaßte Holger.

„Du sagtest, die Kiste ist ringsum zugenagelt. Dann brauchen wir so etwas wie einen Kuhfuß", sagte Fiete und sah sich in der Diele um.

„Was brauchen wir?", fragte Holger und sah ihn entsetzt an. „Einen Kuhfuß? Wozu das denn?", woraufhin Fiete augenblicklich in Gelächter ausbrach.

„Das ist ein Werkzeug, mit dem man Nägel heraushebeln kann. Sag bloß, du hast davon noch nie gehört. Kennst du vielleicht als Nageleisen oder Nagelheber", erklärte Fiete und fand tatsächlich einen, an der Dielenwand hängend.

Daraufhin stiegen sie die Treppe nach oben und knieten kurze Zeit später vor der geheimnisvollen Holzkiste. Sie stand noch an der gleichen Stelle, an der Holger sie gesehen hatte. Es war also zwischenzeitlich niemand auf dem Dachboden gewesen.

Mit vereinten Kräften machten sie sich ans Werk und schafften es, den Kistendeckel hochzuhebeln. Sie nahmen ihn ab und leuchteten in das Innere hinein.

„Ich glaube, es wäre sinnvoller gewesen, wenn wir die Kiste zusammen nach unten getragen hätten. Ist ja doch ziemlich dunkel hier", meinte Fiete „aber vielleicht hätte die Treppe so ein Gewicht gar nicht ausgehalten", wobei er die Kiste anhob, sie jedoch nach einigen Zentimetern wieder abstellte.

„Nee, du hast recht. Die tragen wir nirgendwohin", sagte er und nickte dazu.

Der Inhalt war mit einem Tuch bedeckt, das einen Duft nach Seife wie in einem Wäscheschrank verströmte. Allzu lange konnte es also noch nicht in der Kiste gelegen haben, so frisch, wie es roch. Wahrscheinlicher war, dass sie erst vor einiger Zeit auf den Boden geschafft worden war.

Gespannt nahm Holger das Tuch ab und legte es beiseite. Die Kiste war gefüllt mit eingewickelten Gegenständen unterschiedlicher Größe. Einen nach dem anderen nahm er behutsam heraus, reichte ihn Fiete, der jedes Päckchen mit äußerster Vorsicht auswickelte. Zum Vorschein kamen Bücher. Sie waren eingeschlagen in Geschirrhandtücher mit eingestickten Initialen „T.B.". Offensichtlich handelte es sich um Leinen aus dem Vorrat der verstorbenen Thordis Bossen.

Sie schauten sich das erste Buch an. Staunend starrte Holger auf den Einband, nahm es Fiete aus der Hand und strich über den Buchdeckel.

„Das ist ein Buch in Blindenschrift, Fiete", sagte er verwundert.

„Ja, ich seh es. Das gehörte dann wohl Swantje", entgegnete dieser.

„Wieso das? War sie denn blind?", fragte Holger.

„Ja, hast du das denn nicht gewusst? Sag bloß, Lennart hat euch noch nicht einmal davon erzählt? Na, das ist mir wirklich so einer."

„Nein, davon weiß ich nichts", reagierte er, wobei er nicht verbergen konnte, dass er mehr als perplex war.

Wie eine exotische Frucht hielt er das Buch in seinen Händen und beäugte es. Der Titel stand in Druckschrift obenauf, und darüber waren systematisch angeordnete Punkte eingestanzt. Er schloss die Augen und strich mit den Fingern langsam darüber, spürte die Einprägungen deutlich, hätte aber aufgrund dieser Punkte nicht auf den Titel des Buches schließen können. Das war eine Wissenschaft für sich, und er vermutete, dass es ebenso schwer war, diese Schrift zu lernen, wie eine Fremdsprache, wenn nicht gar noch schwieriger.

Ein Buch nach dem anderen wickelten sie aus. Auch ein abgegriffenes Exemplar zum Erlernen der Blindenschrift war dabei.

Immer noch geschockt über den Fund, fragte Holger Fiete, ob Swantje schon immer blind gewesen war.

„Das weiß ich nicht. Solange ich sie kannte, sah sie nichts. Oder zumindest fast nichts. Hell und Dunkel konnte sie wohl unterscheiden."

„Ist das nicht irgendwie komisch, dass Lennart nichts darüber erzählt hat? Ist doch eigentlich nichts, worüber er nicht sprechen kann", meinte Holger.

„Ja, schon seltsam. Aber im Moment verstehe ich ihn sowieso nicht. Er ist anders als sonst. Ich glaube, er versucht etwas geheimzuhalten."

Noch etwas Größeres beförderten sie aus dem Kisteninneren ins schummrige Dachbodenlicht. Es war eine kuriose Maschine für irgendetwas. Sie war mit grobem Leinen umwickelt, der offensichtlich von einem Ballen abgeschnitten worden war. Sie stellten die Maschine auf den Fußboden und betrachteten sie. Es war ein rechteckiger lackierter Holzkasten mit einem metallenen Aufbau. Holger hatte keine Ahnung, was für ein Gerät er da vor sich hatte, doch Fiete kannte es.

„Wenn mich nicht alles täuscht, ist das ein Phonograph. Also ein altes Aufnahmegerät. Fehlen nur noch der Trichter, die Kurbel und die Wachsrollen."

„Aha", sagte Holger und wunderte sich nicht zum ersten Mal an diesem Tag über Fiete, der offensichtlich einiges an verstecktem Wissen in sich trug.

Weitere gut verpackte Pakete nahmen sie aus der Kiste, und tatsächlich kamen ein Trichter, eine Kurbel und mehrere Wachsrollen zum Vorschein. Genau, wie Fiete es vorausgesagt hatte.

Für Holger sah der angebliche Phonograph eher wie ein Grammophon aus, wobei es jedoch offensichtlich war, dass man auf dieses Gerät keine Schallplatten legen konnte, denn dafür gab es keine Vorrichtung.

Als Fiete seinen Unglauben bemerkte, sagte er: „Komm, wir drehen das Teil mal um. Da muss ein Schild an der Unterseite sein."

Und exakt. An der Unterseite war ein kleines, kaum mehr lesbares Metallschild mit der Aufschrift „Phonograph" angebracht. Den Hersteller konnten sie mit bloßem Auge nicht erkennen. Dafür war die Schrift nun doch zu klein und der Lichteinfall zu gering.

Bis auf das abgegriffene Lehrbuch für Brailleschrift wickelten sie alle Bücher wieder ordentlich ein und legten sie zurück in die Kiste. Anschließend trugen sie den Phonographen, den

Trichter und das Lehrbuch nach unten und platzierten alles auf dem Wohnzimmertisch.

Als Lea aus Hamburg zurückkehrte, war sie vollkommen erledigt und fertig mit den Nerven. Wie immer hatte ihr der Besuch bei ihrer Mutter einiges abverlangt. Sofort nach ihrem Eintreffen im Haubarg sprudelten die Erlebnisse nur so aus ihr heraus. Erst berichtete sie, in welch schlechter Verfassung sich ihre Mutter befand und dass sie Lea auch diesmal nicht erkannt hatte. Danach erzählte sie von dem Foto, das sie in dem Familienalbum gefunden hatte.

„Ich hatte ja gleich ein eigenartiges Gefühl, als ich Lennarts Schimmelreitergemälde sah. Es war mir so vorgekommen, als kannte ich es bereits. Und tatsächlich … schaut her!", wobei sie das mitgebrachte Fotoalbum aufklappte und mit dem Zeigefinger auf die entsprechende Fotografie tippte.

„Seht ihr? Da hängt es. Bei meinen Großeltern an der Wand", und Holger und Fiete staunten nicht schlecht.

„Und du meinst, dass dieses Bild auf dem Foto genau das Bild ist, das bei Lennart in der Wohnküche hängt?", fragte Holger.

„Vielleicht gibt es davon ja mehrere?", warf Fiete ein.

„Das habe ich mir auch schon überlegt. Aber ist das nicht eher unwahrscheinlich? Wenn wir natürlich herausbekommen könnten, von welchem Maler das Bild ist und wie viele davon im Umlauf waren oder sind, dann könnten wir den Kreis eingrenzen", meinte Lea.

„Das hört sich ja nach ziemlicher Detektivarbeit an. Dazu müssten wir erstmal wissen, wer das auf die Leinwand gepinselt hat", sagte Holger, und Fiete warf ein, dass es sicherlich irgendwo, wo wusste er nicht, Künstlerkataloge gab, in denen sich solche Gemälde wiederfinden ließen. Natürlich nur, wenn sie von einem angesehenen Maler gefertigt worden waren.

„Wenn sich da nur ein Hobbymaler verewigt hat, könnte die Suche schwierig werden", schob Fiete nach.

Dann schwenkte Lea um und sagte ganz nebenbei, als wäre es nichts Besonderes, dass sie die Erbschaft im Übrigen angenommen und die Erteilung des Erbscheins beim Nachlassgericht beantragt habe.

„Echt jetzt?", rief Fiete freudig aus und klatschte sich auf die Oberschenkel.

„Ich bin wirklich mächtig beeindruckt von dir", sagte er zu Lea.

„Nur von ihr? Und was ist mir?", fragte Holger und grinste dabei.

„Hast du denn davon gewusst?", wollte er wissen.

„Natürlich, was denkst du denn. So etwas macht man doch nicht im Alleingang."

„Wie ich schon sagte, ich bin begeistert. Hut ab!", sagte Fiete.

Dann betätigte jemand den Türklopfer der Eingangstür. Es war Lennart. Endlich war er wieder auf den Beinen. Auf wackeligen Beinen gesellte er sich zu ihnen in die Küche.

„Ich bin jetzt wieder fit. Na ja, zumindest halbwegs", sagte er, wobei ein flüchtiges Lächeln über sein Gesicht huschte. Dann setzte er sich auf einen der freien Küchenstühle. „Sieht ja noch alles aus wie früher. Ihr habt nichts verändert. Stimmt's?", stellte er zufrieden fest.

„Ja. Wir haben erstmal alles so gelassen, wie es war", sagte Lea und fragte sich, was sie in dieser kurzen Zeit auch hätten verändern sollen. Zudem wohnten sie noch gar nicht fest darin. Im übrigen gefiel ihnen die alte Einrichtung recht gut. Natürlich würden sie hier und da alte Möbel gegen ihre eigenen austauschen. Wände müssten gegen eintretende Feuchtigkeit neu isoliert und gestrichen werden. Fenster würden eine neue Isolierung bekommen, im schlechtesten Fall müssten sie ausgetauscht werden. Die alten Leitungen waren zu überprüfen, ebenso würde ein Fachmann das Dach in Augenschein nehmen müssen.

„Übrigens Lenne, die Lea hat das Erbe angenommen", sagte Fiete.

Lennart schaute Lea an, und in sein immer noch sehr blasses Gesicht kehrte Farbe zurück. Er versuchte zu lächeln, was mit Schmerzen verbunden zu sein schien. Schließlich erhob er sich, ging mit tränengefüllten Augen auf sie zu und bedankte sich bei ihr von ganzem Herzen.

„Du weißt gar nicht, wie glücklich du mich damit machst. Ich habe es mir so gewünscht", verriet er. Dann klopfte er Holger auf die Schulter, nickte dazu und bedankte sich auch bei ihm.

„Ob ich auf diese gute Nachricht wohl einen starken Kaffee bekomme?", fragte er an Lea gewandt.

„Selbstverständlich kannst du das. Alles, was du willst. Wir sind ja nur froh, dass es dir wieder besser geht. Hast du vielleicht auch Hunger? Möchtest du was essen", fragte sie ihn, immer noch von Sorge um seinen Gesundheitszustand getrieben.

„Nein. Nur keine Umstände. Ich habe drüben schon eine Scheibe Brot gegessen. Das reicht vorerst."

Mangels einer Kaffeemaschine war das Kaffeekochen für Lea sowohl eine langwierige Prozedur als auch eine ungewöhnliche Herausforderung. Sie war es gewohnt, die Maschine mit

Wasser zu füllen, Schrot in den Filter zu löffeln und auf den Bedienknopf zu drücken. Nun sah sie sich der Geschwindigkeit eines Flötenkessels und eines alten Kaffeefilters unterworfen. Geduldig goss sie ein ums andere Mal heißes Wasser in den Filter und nutzte die Wartezeit dazu, Lennart von dem Phonographen zu erzählen, den Holger und Fiete auf dem Dachboden gefunden hatten.

„Ihr habt ihn also schon gefunden. Das ging ja schnell", sagte er.

Erstaunt blickten ihn drei Augenpaare an.

„Wen?", fragte Fiete verdutzt.

„Na, den Apparat", entgegnete Lennart.

„Du weißt von ihm?", fragte Holger erstaunt.

„Natürlich. Schließlich habe ich ihn auf den Boden gebracht", erklärte Lennart.

Er schien nicht nur einen unheimlichen Lebenswillen, sondern auch ungeahnte Kräfte zu haben, vermutete Holger, wobei er sich nicht vorstellen konnte, wie Lennart ganz allein die große Holzkiste die marode Treppe hinaufbekommen haben sollte. Mit dergleichen Gedanken beschäftigte sich auch Fiete.

„Dann musst du uns jetzt aber auch verraten, wie du diese große Kiste allein auf den Dachboden gewuchtet hast. Das kann ich mir nämlich gerade gar nicht vorstellen."

„Ich habe sie dort oben zusammengezimmert. Zum Hochtragen wäre sie wohl zu groß gewesen. Das hätte ich tatsächlich alleine nicht geschafft", gestand er.

„Und dann hast du die Bücher und den Phonographen da hineingetan und die Kiste ringsum zugenagelt?", fragte Holger.

„Ja. So habe ich es gemacht", antwortete er.

„Und warum das alles?", fragte Lea. „Warum baust du dort oben eine Kiste, schleppst Dinge heran und versteckst sie und vor allem vor wem?"

Zwischenzeitlich hatte Holger den Phonographen, den Trichter und die Wachsrollen aus dem Wohnzimmer in die Küche getragen und auf den Tisch gestellt. Das Lehrbuch für Brailleschrift nahm Lea ihm gleich aus der Hand.

„Und was ist damit?", fragte sie Lennart und streckte ihm das Buch entgegen.

„Das ist ein Lehrbuch für Blindenschrift", sagte er.

„Ach was! Das wissen wir tatsächlich bereits. Fiete hat uns sogar schon verraten, wem es gehörte."

Einen kurzen Moment gab sie ihm Zeit, um zu erklären, was es mit diesen Dingen auf sich hatte. Doch er nahm ihr nur das Buch aus den Händen und begann, darin zu blättern. Dabei schloss er die Augen und ließ seine Finger über die Ausstanzungen gleiten. Als er sie wieder öffnete, begann er zu sprechen.

„Es ist richtig. Swantje war blind. Und das schon immer. Sie konnte nur Hell und Dunkel unterscheiden. Ich lernte sie kennen, als ich hier auf dem Hof als Knecht in Stellung ging. Das ist also schon lange her. Swantje war die Tochter von Thordis und Enno Bossen. Anfangs lebte sie natürlich noch bei ihren Eltern, in dieser Wohnung hier, in die ihr hoffentlich einmal einziehen werdet. Später, als wir unsere Liebe nicht mehr verheimlichen wollten, ist sie zu mir gezogen.

Ihre Eltern waren davon nicht begeistert, das kann ich euch sagen. Schließlich war ich nur ein einfacher Knecht, der von einem Tag zum anderen lebte. Meine Wohnung sah damals nicht viel anders aus als heute. Ihr kennt sie. Sie ist klein. Eigentlich zu klein für zwei. Aber das störte uns nicht. Swantje fühlte sich in unserem kleinen Heim vom ersten Tag an wohler als in der Wohnung ihrer Eltern jemals. Was sicherlich auch daran lag, dass bei uns nicht viel herumstand. Alles war überschaubar, und so hatte sie schnell raus, wie viele Schritte sie für welchen Raum benötigte. Sogar wenn sie etwas suchte, saß jeder ihrer Handgriffe perfekt. Hier in der elterlichen Wohnung war es ihr immer schwergefallen, sich zurechtzufinden. Gerade auch, weil Thordis die Angewohnheit hatte, Möbel oftmals umzustellen, oder Dinge in andere Schränke räumte. So etwas geht natürlich nicht, wenn man mit einer Blinden zusammenlebt."

Dann schaute er Lea, Holger und Fiete an, die ganz Ohr waren und nur darauf warteten, dass er weitersprach.

„Du sagst, die Bauersleute fanden es nicht gut, dass sie zu dir zog. Aber dann haben sie sich damit doch arrangiert?", fragte Lea.

„Ganz recht. Und das, obwohl sie sich für ihre Tochter eine bessere Partie vorgestellt hatten", erklärte er.

„Da sind wir also schon zu zweit. Die Bossens wären sicherlich gut Freund mit meinen Eltern geworden. Die wollen ja auch immer nur das Beste für mich", sagte Holger und verdrehte dabei die Augen.

„Mag sein", sagte Lennart „aber das Beste ist nun mal nicht immer das, was man sich von Herzen wünscht. Jedenfalls sah die Sache schon anders aus, als wir ihnen erzählten, dass Swantje schwanger war. Dann hatten sie nichts mehr gegen mich", erklärte er.

„Swantje war schwanger? Ihr hattet ein Kind zusammen? Davon habt ihr mir nie etwas erzählt", staunte Fiete, schaute seinen Freund an und sah, wie diesem einige Tränen die Wangen hinunterrannen.

13

Obwohl Lea, Holger und Fiete mehr als neugierig darauf waren, was es mit dem Phonographen auf sich hatte, beschäftigte sie die Frage, was Lennart in der besagten Nacht zugestoßen war weitaus mehr.

„So, und nun erzählst du uns endlich, wer dir das angetan hat", forderte Holger ihn auf, und da Lennart sich mit seiner Antwort wieder einmal gehörig viel Zeit ließ, polterte Fiete ungehalten darauf los.

„Jetzt sag schon, Lenne! Meinst du nicht, du hast uns schon lange genug im Ungewissen gelassen? Was muss denn noch alles passieren, damit du den Mund aufmachst?"

Doch Lennart hüllte sich nur weiter in Schweigen, was Fiete nur wütender werden ließ. Schließlich schlug er mit der Faust auf den Küchentisch und fuhr seinen Freund grob an, was letztlich half.

Nun endlich berichtete er, dass er sich den ganzen Schlamassel selbst zuzuschreiben hätte. Erzählte, dass er die Einsamkeit in seiner Wohnung nicht mehr hatte ertragen können und immer an Swantje hatte denken müssen. Ganz egal, ob er sich in der Wohnung oder im Garten aufhielt, sie verfolgte ihn auf Schritt und Tritt. Den Anblick ihrer Braillebücher hatte er ebenso wenig aushalten können wie den des Phonographen, der seit geraumer Zeit seinen Platz auf der Schlafzimmerkommode gefunden hatte. Der Gedanke an ihre Stimme auf den Wachsrollen, in dem Bewusstsein, sie niemals wieder sehen zu können, sie niemals wieder spüren zu dürfen, brachte ihn auch jetzt noch aus der Fassung. Daher habe er die Kiste gezimmert und alles, was ihn zu sehr an sie erinnerte, darin verstaut.

„Als ich an dem Abend nochmal darüber nachdachte, ob es richtig gewesen war, alles auf den Boden gebracht zu haben, war ich mir auf einmal nicht mehr sicher. Außerdem hatte ich das Gefühl, dass ich nicht alle vier Wachsrollen eingepackt hatte. Das kennt ihr bestimmt, dieses Gefühl, wenn man meint, etwas nicht getan zu haben oder etwas vergessen zu haben, oder?", fragte er in die Runde.

„Ja", stimmte Lea ihm zu „das kenne ich zu genüge."

Dann berichtete er davon, wie er wieder auf den Dachboden gestiegen war, mit dem Vorsatz, die Kiste noch einmal zu öffnen.

„Aber ich hatte ganze Arbeit geleistet. Der Deckel saß fest. Dann war es mir auf einmal unsinnig vorgekommen, mich damit abzumühen, ihn wieder aufzuhebeln. Außerdem war ich mir zu einhundert Prozent sicher, dass ich wirklich nur drei Rollen reingelegt hatte und nicht vier."

Als er eine kurze Pause machte und sich nochmals Kaffee nachschenkte, erkundigte sich Fiete, was auf der vierten Rolle zu hören sei und warum es für Lennart so wichtig gewesen war, die vierte Rolle zu finden.

„Was wäre denn schlimm daran gewesen, wenn noch eine Wachsrolle irgendwo in deiner Wohnung herumgestanden hätte?", fragte er interessiert, aber Lennart antwortete ihm nicht, sondern setzte stattdessen an der Stelle wieder an, wo er in seinem Bericht unterbrochen worden war.

„Ich bin dann also los und habe meine Wohnung durchsucht, und zwar gründlich. Ich war echt wütend auf mich. Das Resultat habt ihr ja gesehen. Aber ich fand nichts.

„Du warst das selbst?", fragte Lea ungläubig. „Du hast wegen so einer antiken Aufnahmerolle solch ein Chaos angerichtet?"

„Dann bin ich noch überall im Haus herumgelaufen und habe weitergesucht. Erst in der Diele, danach in den alten Stallungen, weil ich mich dort vorher überall nach einigermaßen passablen Brettern für die Kiste umgeschaut hatte. Ich dachte, dass ich die Rolle vielleicht dort irgendwo abgelegt hätte. Aber ich konnte sie nicht finden, und das hat mich ganz verrückt gemacht."

„Und dann", fragte Holger „was dann?"

„Dann bin ich über irgendwas gestolpert, glaube ich. Es war ja schon ziemlich dämmerig, und meine Augen sehen nachts nicht mehr so gut wie früher. Bin mit dem Kopf irgendwo aufgeschlagen. Muss wohl auch ein Weilchen bewusstlos gewesen sein. Als ich wieder zu mir kam, war es jedenfalls stockdunkel. Ich habe natürlich versucht aufzustehen, bin aber nur ein paar Schritte weit gekommen. An mehr kann ich mich nicht erinnern. Das nächste, was ich sah, warst du, Fiete! Herrje! Du hieltest meine Hand. Dann lag ich plötzlich in einem Krankenhausbett. Tja, mehr gibt es dazu eigentlich nicht zu sagen."

„Das sehe ich aber anders", wandte Fiete ein und fragte Lennart erneut, mit welchen Heimlichkeiten Swantje die Wachsrolle denn besprochen hatte. Aber anstatt es bei dieser einen Frage zu belassen und Lennart die Chance zu geben, darauf zu antworten, frage er ihn auch noch, warum sie sich überhaupt ein derart antikes Aufnahmegerät ausgewählt und wo sie dieses aufgetrieben hatten. Woraufhin Lennart selbstredend nur einen Teil der Fragen beantwortete.

„Die Eltern von Swantje hatten schon immer einen Faible für alte Gerätschaften. Das ist euch sicherlich schon aufgefallen. Die haben vielen alten Kram gesammelt. Es waren zwar keine wertvollen Sachen, aber darum ging es ihnen auch nicht. Sie sammelten Dinge, die eine Geschichte erzählen konnten. Von landwirtschaftlichen Gerätschaften, ihr habt bestimmt die Oldtimer gesehen, über Waschzuber aus Zink, bis zu Röhrenradios, Grammophon und Phonographen. Da lag es doch nahe, dass wir uns einfach dort bedienten."

Lea erinnerte sich an den Schrank, in dem sie die Radios und das Grammophon entdeckt hatte. Dann erschloss sich für sie auch, warum zwischen diesen ganzen Sachen eine breite Lücke auf dem Regalbrett klaffte. Dort musste der Phonograph gestanden haben.

„Da wir gerade von alten Dingen sprechen", begann sie „ich habe in dem Schrank im Flur einige alte Flurkarten gefunden, auf denen verschiedene Grundstücke eingezeichnet sind", sofort flitzte sie los und holte das aufgerollte Kartenmaterial aus dem Schrank. Sie breitete eine Karte über der anderen auf dem Küchentisch aus.

„Hier schau!", sagte sie zu Lennart „das hier ist das Grundstück mit unserem Haubarg", woraufhin er nickte. „Und hier, gleich nebenan, sind zwei weitere große Stücke Land markiert. Was ist mit denen?", fragte sie. „Von denen war im Testament keine Rede", erklärte sie. Dann legte sie die Flurkarte des Husumer Umlandes obenauf und tippte auch dort auf mehrere Grundstücke.

„Und was ist das? Wem gehören diese Ländereien?", fragte sie wiederum.

„Das ist alles eine lange Geschichte", begann Lennart.

„Das glaube ich langsam auch. Mir würde es ja reichen, wenn ich endlich wüsste, warum ich dieses Haus hier geerbt habe. Aber mir scheint du willst es mir immer noch nicht sagen", setzte sie ihm die Pistole auf die Brust.

Betrübt schaute er Lea an.

„Ich würde dir wirklich gerne alles erklären, meine Liebe. Aber ich kann nicht", sagte er.

„Du kannst nicht?", fragte sie verwirrt.

„Ja, ganz recht. Ich darf nicht. Noch nicht!", schob er nach.

„Ganz ehrlich, ich verstehe dich nicht. Du willst es mir sagen, aber du darfst es nicht. Wer in Gottes Namen hindert dich daran? Hier sind doch außer dir und mir nur noch Holger und Fiete im Raum." Dann schaute sie Fiete an und fragte ihn, ob er mit der Sache irgendetwas zu tun habe. Aber das hatte er nicht, zumindest versicherte er es, und sie glaubte ihm. Holger war eh außen vor. Er hinderte Lennart ganz sicher nicht daran, sich zu erklären.

„Es ist Swantje", flüsterte Lennart in den Raum.

„Was?", fragte Holger.

„Swantje will nicht, dass ich etwas sage. Ich musste es ihr fest versprechen", erklärte er.

„Was musstest du ihr versprechen?", bohrte Lea nach.

„Dass ich dir solange nichts sage, bis du es entweder selbst herausfindest oder du dir die letzte Wachsrolle anhörst."

„Ach was", staunte Lea. „Und die verschwundene Wachsrolle ist jetzt genau die, die mich zur Lösung führen würde?", fragte sie, was er mit Blick auf die vorhandenen drei Rollen bejahte.

„Na bravo", sagte Fiete „da haben wir den Salat. Und was nun?"

„Nun wenden wir uns erstmal diesem Papierkram zu", sagte Lennart und begann zu erklären, dass die beiden Grundstücke, die nahe dem Haubarg eingezeichnet waren, ursprünglich zu dem Anwesen gehörten. Als die Bauersleute jedoch älter und gebrechlich wurden und ihnen klar war, dass Swantje und Lennart die Größe des Anwesens allein nicht würden bewirtschaften können, verkaufte Enno, ohne mit Swantje und Lennart darüber gesprochen zu haben, sein Acker- und Weideland an einen anderen Landwirt. Das Geld legte er an, damit alle, insbesondere Swantje, in Zukunft über die Runden kommen würden.

„Hat er es euch etwa nicht zugetraut, den Hof zu führen?", fragte Lea. „Ich dachte, es war schon immer dein Traum, so ein Anwesen zu bewirtschaften."

Mit einem Mal sackte Lennart in sich zusammen, als schien eine schwere Last ihn niederzudrücken. Dann fing er sich wieder.

„Das ist meine Schuld. Es ist alles meine Schuld, dass es so gekommen ist", sagte er.

„Wie sollen wir das verstehen?", fragte Holger neugierig und erhielt tatsächlich prompt eine Antwort, sodass er annahm, dass Lennart froh war, endlich darüber sprechen zu können. Kurze Zeit später schwirrte ihnen der Kopf vor Trauer, denn sie erfuhren, dass Swantje zwar schwanger gewesen war, sie das Kind jedoch verloren hatte. Sie hatte wie immer mithelfen wollen auf dem Hof. Sie hatte behandelt werden wollen, als gäbe es keine Schwangerschaft und ganz so, als wäre sie nicht blind. Und Lennart hatte ihren Wunsch akzeptiert und wie ein Luchs auf sie aufgepasst. Er bewunderte sie noch heute dafür, dass sie sich mit dieser immensen Einschränkung so tapfer durchs Leben geschlagen hatte. Doch dann kam der Tag, nach dem nichts mehr so war wie zuvor. Der Tag, an dem ein einfacher Schritt in die falsche Richtung ein Leben auslöschte und Zukunftsaussichten zunichte machte.

„Ihre Mutter hatte vergessen, die Luke zum Keller zu schließen, und Swantje fiel hinein", sagte er monoton.

„Was?", rief Lea aus. „Sie fiel in dieses Kellerloch, in das meine Schwiegermutter stürzte?", fragte sie entsetzt.

„Ja. So war das. Und dann verlor sie das Kind. Unser Kind. Es wäre ein Junge geworden", schluchzte er, und Lea, Holger und Fiete schauten ihn betroffen an.

Wenig später hatte er sich wieder gefangen und berichtete, dass Swantje danach keine Kinder mehr bekommen konnte und dass ihre Eltern das aus unerfindlichen Gründen nicht begreifen wollten. Schlimmer noch, sie schoben es auf ihn, auf Lennart. Sie warfen ihm vor, dass er nicht genug aufgepasst hatte auf seine Braut.

„Sie hatten sich so gefreut, als wir ihnen erzählten, dass sie Großeltern werden … und dann passierte so etwas. Enno hatte immer davon gesprochen, dass der Hof in der Familie bleiben sollte. Er hatte gehofft, dass es ein Junge werden würde. Er sprach von nichts anderem mehr und hatte sich bereits genau ausgemalt, wie er und Thordis eines Tages aufs Altenteil gehen würden, und ich mit Swantje und unserem Sohn den Hof bewirtschaftete. Doch so kam es ja leider nicht", sagte er traurig.

Weiter berichtete er, dass Enno stattdessen krank und über die Jahre hinweg immer weniger wurde und nur noch schwerlich seiner Arbeit nachgehen konnte. Schlussendlich wurde er so krank, dass er sich eines Tages nicht mehr imstande fühlte, am Tagesgeschehen teilzunehmen. Lange Zeit hütete er sein Bett, aß kaum und sprach außer mit Thordis mit niemandem.

„Sie war es auch, die Swantje und mir erzählte, dass er die Felder, die zum Haubarg gehörten und die wir im Schweiße unseres Angesichts bewirtschafteten, verkauft hatte. Das müsst ihr euch einmal vorstellen. Er hatte sie einfach verkauft und uns vorher nichts davon gesagt. Kurze Zeit später ist er gestorben."

Lea, Holger und Fiete staunten nicht schlecht.

„Wie müssen wir uns das vorstellen?", fragte Holger. „Er hat diese Flurstücke", dabei tippte er auf die entsprechende Stelle auf der Karte von Eiderstedt, „einfach verkauft – und dann? Wovon habt ihr gelebt?"

„Wir hatten noch die Kühe. Aber ohne die Wiesen, auf denen wir sie übers Jahr grasen lassen konnten, lohnte sich deren Haltung immer weniger und wir verkauften sie nach und nach. Ebenso die Schafe. Darüber hatte sich Enno scheinbar keine Gedanken gemacht. Er hat sein Land verkauft, um Geld für Swantje anzulegen, und dabei hatte er überhaupt nicht mehr an seine Tiere gedacht. Die Sorge um Swantje stand für ihn an erster Stelle."

Lennart schien sich Dinge und Erlebnisse, die ihn über Jahrzehnte begleitet hatten, von der Seele zu reden. Geschehnisse, über die er wahrscheinlich nie mit jemanden, außer mit Swantje, gesprochen hatte. Noch nicht einmal mit seinem besten Freund Fiete. Dieser war es auch, der ihn fragte, wer die Ländereien damals gekauft hatte.

„Kannst du dich daran noch erinnern", fragte er ihn gespannt.

„Und ob ich das kann", sagte Lennart. „Wie sollte ich das jemals vergessen", wobei seine Stimme einen wütenden Tonfall annahm und er lautstark zu erzählen begann:

„Schuld hat nur dieser Oke Wittensen. Der kreuzte hier lange Zeit immer einmal die Woche auf. Er wollte den Bossens den Hof abschwatzen. Anfangs tat er freundlich und schleimte sich bei ihnen ein. Manchmal brachte er Thordis sogar Blumen mit. Dann saßen sie bei Kaffee und Kuchen zusammen. Später, als Enno schon gesundheitlich abbaute, kam er fast jeden Tag und quälte die beiden mit seinen Kaufabsichten. Wittensen war ein sturer Zeitgenosse. Durch nichts ließ er sich abwimmeln, und es war ihm anzusehen, dass er nicht aufgeben würde, bis er sein Ziel erreicht hätte."

„Dann kann man davon ausgehen, dass er es war, der den Enno darauf gebracht hat zu verkaufen?", fragte Lea.

„Davon gehe ich aus", sagte Lennart und redete ohne Punkt und Komma weiter.

Schließlich hatten Lea, Holger und Fiete eine genaue Vorstellung, wie Oke Wittensen damals tickte. Des Weiteren fanden Lennarts Erzählungen exakte Übereinstimmung in dem, was Freda bereits über Wittensen herausgefunden hatte.

„Enno verkaufte ihm also schließlich, schweren oder leichten Herzens, das kann ich nicht so genau sagen, seine Ländereien. Aber, wie ihr es euch vielleicht denken könnt, war er damit nicht zufrieden und wollte den Haubarg natürlich auch noch", sagte Lennart.

Im Weiteren erzählte er, dass Wittensen den Bauersleuten einen derart lächerlichen Kaufpreis anbot, dass die gar nicht erst darüber nachdachten, zu verkaufen. Wobei Thordis diesbezüglich sowieso kein Mitspracherecht hatte.

„Der Hof gehörte Enno. Thordis hatte nur eingeheiratet. Sie war Hausfrau durch und durch und nichts anderes. Sie hatte sich nie zu Höherem berufen gefühlt. Schon gar nicht dazu, irgendwelche weitreichenden Entscheidungen zu treffen, auch wenn von diesen ihr zukünftiges Leben abhing. Sie hatte ihr Leben, seitdem sie mit Enno verheiratet gewesen war, in seine Hände gelegt und war zufrieden damit", sagte Lennart und wischte sich aufkommenden Schweiß von der Stirn. Das Aufrollen dieser alten Vergangenheitsgeschichten setzte ihm mehr zu, als es ihm lieb war. Trotzdem sprach er weiter.

„Er hat sich an Enno die Zähne ausgebissen, dieser Wittensen. Ein Hotel wollte er auf unserer Warft bauen. Das müsst ihr euch mal vorstellen. Abreißen wollte er den Haubarg. Alles dem Erdboden gleichmachen. Mehrstöckig mit Innen- und Außenpool, Liegewiesen und Golfanlage. Nur die alten Bäume, die wollte er stehen lassen."

„Wäre das denn überhaupt möglich gewesen?", fragte Fiete. „Der Haubarg steht doch sicher unter Denkmalschutz."

„So, wie ich ihn kennengelernt habe, hätte er das schon irgendwie gedeichselt. So etwas wie Denkmalschutz hätte ihn ganz bestimmt nicht von seinen Plänen abgehalten", erklärte Lennart.

Die Vergangenheit, die Lennart preisgab, berührte Lea, Holger und Fiete innerlich sehr. Gespannt hingen sie an seinen Lippen und freuten sich letztlich, dass Oke Wittensen es schließlich doch nicht geschafft hatte, den Bossens den Haubarg abzuluchsen. Dass es Lennart selbst war, der ihn im Endeffekt vom Hof vertrieb, darüber wunderten die drei sich mittlerweile auch nicht mehr.

„Enno war gerade erst wenige Tage unter der Erde, da stand dieser Schnösel hier schon wieder auf der Matte. Ich sage euch, da bin ich ausgerastet", was sie ihm aufs Wort glaubten.

„Ich habe Ennos Jagdflinte aus seinem Gewehrschrank genommen und ihm Beine gemacht. Daraufhin hat er sich nicht mehr blicken lassen", grinste er, ballte die Fäuste, reckte sie empor, als stünde Wittensen höchstpersönlich vor ihm. „Aber die Grundstücke von Ennos Bruder, die hat er in die Finger bekommen", sagte er. „Das ist uns allerdings erst einige Jahre später zu

Ohren gekommen. Ich weiß noch nicht mal, ob der Bruder noch lebt. Enno und er hatten keinen besonders guten Draht zueinander, müsst ihr wissen. Gesehen habe ich den hier jedenfalls nie", fügte Lennart hinzu, und dabei tippte er auf die Flurstücke aus der Husumer Region, die Oke Wittensen sich ergaunert hatte.

Nur kurz warf Holger die Möglichkeit ein, dass eventuell über das zuständige Grundbuchamt etwas herauszubekommen wäre, ob Wittensen tatsächlich den ganzen oder nur einen Teil des Besitzes von Ennos Bruder eingestrichen hatte. Doch verwarf er den Gedanken sogleich, als ihm einerseits bewusst wurde, dass es einer Privatperson sicherlich nicht möglich war, anderer Leute Grundbücher einzusehen, andererseits, weil das heute nicht mehr von Belang war. Selbstredend hätte Normen, als angesehener Anwalt und Notar, sich hier sofort mit Rat und Tat eingebracht, aber ihn wollte Holger damit auf keinen Fall konfrontieren. Denn das wäre für seinen Vater nur ein gefundenes Fressen, um weiter an Leas Erbe herumzumäkeln.

„Was für eine Geschichte", sagte Lea. „Und weiß man, was er mit den Grundstücken angestellt hat?", fragte sie interessiert.

„Man sagt, er hätte sie im Spiel verloren", berichtete Lennart. „Der hatte es faustdick hinter den Ohren, müsst ihr wissen. Glücksspiel und Betrug. Und als Ehemann und Vater soll er sich auch nicht mit Ruhm bekleckert haben."

Hier dockte Lea an und erzählte, was sie oder besser gesagt Freda über Oke Wittensen herausgefunden hatte. Natürlich kam dabei auch dessen Sohn Helge zur Sprache. Doch an dieser Stelle schaltete Lennart auf Durchzug und sagte nichts mehr.

Daher versuchte Fiete dem Gespräch eine andere Richtung zu geben und fragte: „Und was hat es mit dem furchtbaren Bild auf sich, dass im Schlafzimmer der Bauersleute über dem Ehebett hängt?"

Da Lennart auch darauf nicht sofort reagierte, führte er weiter aus. „Ich meine, das Bild mit dieser Weltuntergangsstimmung. Sturmflut, ertrinkende Menschen, Boote. Na, du weißt schon, welches ich meine", und wartete auf seine Reaktion.

„Rungholt", sagte Lennart „das ist das untergehende Rungholt."

„Ach! Also ich kann mir schönere Bilder vorstellen, die man sich übers Bett hängt", flachste Fiete und sah Lennart an, der sich mit einer Hand an die Stirn fasste und entweder Kopfschmerzen hatte oder konzentriert über etwas nachdachte. Dass Letzteres der Fall war, erschloss sich ihnen, als er mit düsterer Stimme zu sprechen begann.

„Heut bin ich über Rungholt gefahren", sagte er und schaute von einem zum anderen und fuhr mit einer Stimme fort, die Lea frösteln ließ.

> *„Die Stadt ging unter vor 600 Jahren.*
> *Noch schlagen die Wellen da wild und empört,*
> *wie damals, als sie die Marschen zerstört.*
> *Die Maschine des Dampfers schütterte, stöhnte,*
> *aus den Wassern rief es unheimlich und höhnte:*
>
> *Trutz, Blanke Hans*
>
> *Mitten im Ozean schläft bis zur Stunde*
> *ein Ungeheuer, tief auf dem Grunde.*
> *Sein Haupt ruht dicht vor Englands Strand.*
> *Die Schwanzflosse spielt bei Brasiliens Sand.*
> *Es zieht, sechs Stunden, den Atem nach innen*
> *und treibt ihn, sechs Stunden, wieder von hinnen.*

Trutz, Blanke Hans

Doch einmal in jedem Jahrhundert entlassen
die Kiemen gewaltige Wassermassen.
Dann holt das Untier tiefer Atem ein,
und peitscht die Wellen und schläft wieder ein.
Viel tausend Menschen im Nordland ertrinken,
viel reiche Länder und Städte versinken.

Trutz, Blanke Hans

Ein einziger Schrei – die Stadt ist versunken,
und Hunderttausende sind ertrunken.
Wo gestern noch Lärm und lustiger Tisch,
schwamm andern Tags der stumme Fisch.
Heute bin ich über Rungholt gefahren,
die Stadt ging unter vor 600 Jahren.

Trutz, Blanke Hans

Lennart starrte vor sich hin. Er schien seine Umgebung kaum wahrzunehmen, so sehr konzentrierte er sich. Er benahm sich geheimnisvoll, fast, als zitiere nicht er selbst die Strophen, die Detlev von Liliencron vor mehr als einhundert Jahren niedergeschrieben hatte, sondern als habe eine höhere Macht von ihm Besitz ergriffen und nötigte ihn dazu.

Fiete war es schließlich, der mit seinem Wunsch nach einer großen Tasse starken Kaffees die unheimliche Stille durchbrach und Lennart wieder in die Realität zurückholte.

14

Eigentlich hatten sie nach der verschwundenen Aufnahmerolle suchen wollen. Doch musste die Suche noch ein wenig warten. Einerseits, weil Lennart an diesem Tag bereits genug seiner neu entfachten Energie verpulvert hatte, andererseits, da Fiete ankündigte, in seiner Wohnung in Tönning nach dem Rechten zu sehen. Eben dies kam Lea und Holger wie gerufen, denn sie hatten Sehnsucht nach ihren Kindern. Dennoch fuhren sie nicht zusammen nach Friedrichstadt zurück, sondern nur Lea fuhr heim. Holger blieb bei Lennart im Haubarg.

„Gibt es noch irgendetwas, was ich hier heute tun könnte?", fragte er Lea, bevor sie losfuhr.

„Lass mich überlegen. Du könntest die Rolle, die zum Phonographen gehört, suchen. Musst du aber auch nicht. Wir können das auch morgen zusammen angehen, wenn ich wieder zurück bin. Auf einen Tag mehr oder weniger kommt es nun auch nicht mehr an. Ich werde schon noch erfahren, warum ich dieses alles hier geerbt habe."

„Bist du denn gar nicht mehr neugierig", fragte Holger verwundert.

„Natürlich! Aber mittlerweile habe ich mich schon daran gewöhnt, dass ich es nicht weiß. Mach am besten einfach das, wonach dir der Sinn steht. Vielleicht hast du ja auch Lust, in den Bücherregalen der Bauersleute herumzustöbern. Die haben etliche schöne Werke angesammelt. Hätte ich gar nicht erwartet, dass die so belesen waren. Oder du tust einfach mal nichts und genießt deine freie Zeit. Das geht natürlich auch. Ich muss zuhause erstmal in meinen Kalender gucken und schauen, welche Gartentermine ich für die nächsten Tage angenommen habe. Schließlich kann ich nicht alle bis zum Sankt Nimmerleinstag verschieben."

„Wird Zeit, dass du dir deine Termine in deinem Handy abspeicherst. Dann hast du immer alles parat und brauchst nicht dein Kalenderbuch mitzuschleppen. Das vergisst du doch eh immer zuhause", merkte Holger an.

„Ich weiß. Aber du kennst mich doch. Ich hänge an alten Gewohnheiten."

„War ja auch nur ein kleiner Tipp von mir. Sieh einfach nach, wie du deine nächsten Tage geplant hattest. Und mach dir bloß keinen Stress. Du musst jetzt nicht alle deine Aufträge verschieben. Ich bin ja hier. Ich passe auf Lennart auf, und vielleicht kann ich auch schon das eine oder andere reparieren, damit wir bald einziehen können."

Ein dickes Glücksgefühl breitete sich in Lea aus. Es wuchs in ihr wie ein Hefeteig. Warm und süß nahm es sie in Besitz und brachte sie zum Strahlen. Niemand würde das Recht haben, ihr dieses Gefühl madig zu machen.

In Friedrichstadt schienen die Uhren während Leas und Holgers Abwesenheit anders getickt zu haben. Ihre Wohnung war nicht mehr wiederzuerkennen. Überall lag Spielzeug herum, und sie musste aufpassen, wohin sie trat. Der Küchentisch war mit Bastelmaterial überhäuft. Das Wohnzimmer glich einer Kleinkunstbühne. Quer durch den Raum war ein Seil gespannt, an dem mit Wäscheklammern dunkelgrüne Vorhänge befestigt waren. An der Stelle, wo sonst der Wohnzimmertisch stand, waren Stühle für Zuschauer aufgereiht. Mehrere Kuscheltiere und Puppen hatten bereits ihre Plätze eingenommen. Doro hatte es innerhalb kürzester Zeit geschafft, der

Wohnung ihren ganz persönlichen Stempel aufzudrücken. Doch wo war sie eigentlich? Und wo waren Svenja und Malte? Außer dem Ticken der Standuhr war nichts zu hören. Alles war mucksmäuschenstill. Gerade als sie überlegte, bei den Schwiegereltern nachzufragen, wo die drei abgeblieben waren, hörte sie prustendes Gelächter hinter dem Vorhang. Doro lugte hervor und gab ihr durch einen Fingerzeig zu verstehen, sich auf einen freien Platz in der ersten Reihe zu setzen. Gleich nachdem sie saß, band Doro den Vorhang zur Seite, und schon begann die Vorstellung. Als Lea den kleinen Malte mit seiner Kinderstimme die Ansage sprechen hörte, schossen ihr Tränen in die Augen.

„Das Stück heißt ‚Der Umzug'", sagte er, und Lea hätte ihn am liebsten sofort in ihre Arme geschlossen. Doro hatte mit den beiden tatsächlich aus Stoffresten und Kniestrümpfen Theaterpuppen gebastelt, und nun hüpften Lea, Holger, Svenja und Malte als Strickschick-Figuren über die Theaterbühne und übten den bevorstehenden Umzug.

Als der Vorhang sich schloss, fehlten ihr die Worte, so gerührt war sie. Dann endlich drückte sie ihre Kinder an sich, ebenso Doro, die sich freute, dass die Überraschung geglückt war.

„Wie geht es den Kindern?", fragte Holger, als sie telefonierten und sie ihm von der Aufführung erzählte.

„Ich glaube, sie sind über den Berg. Sie sind quietschfidel und deine Tante übrigens auch."

„Meinst du, ihr könnt zusammen herkommen?", fragte er.

„Ich glaube, ein paar Tage sollten wir damit noch warten. Zumindest so lange, bis wir sicher sind, dass sie wirklich nicht mehr ansteckend sind", sagte sie.

„Also ich habe die nächsten Tage nichts weiter vor", mischte sich Doro in das Gespräch. „Ich habe alle Zeit der Welt. Und bisschen gespart habe ich auch", zwinkerte sie Lea zu. „Da kann ich es mir wohl mal leisten ein Päuschen einzulegen. Man kann ja schließlich nicht immer nur malochen. Dann verpasst man ja das halbe Leben."

So war es abgemacht. Am folgenden Wochenende stand eine Exkursion zum Haubarg an, und Doro stand Lea bis dahin auch weiterhin zur Seite. Wobei die Wohnung durch sie unablässig an Ordnung einbüßte, was Lea jedoch nicht störte. Nach Durchsicht ihres Kalenders wurde ihr schnell klar, dass es nicht schlau war, bestimmte Aufträge weiter zu verschieben. Schließlich wollte sie sich ihre Kunden nicht vergraulen. Und auch, wenn es sich bei diesen Terminen nur um kleine Arbeiten handelte, wusste sie, dass jeder einzelne für sich wichtig war. Zweimal Rasenmähen und Kanten schneiden, Grünalgen aus einem winzigen Gartenteich entfernen, einmal Terrassenplatten abspritzen, zwei Gärten von Kraut befreien und mit Rindenmulch versorgen. Zudem wollte sie bei Freda vorbeischauen und auch Solveigh Meberson einen Besuch abstatten, denn diese hatte schon mehrfach auf den Anrufbeantworter gesprochen. Was sie auf dem Herzen hatte, war dabei leider ungesagt geblieben. Jedoch hörte es sich wichtig an. Des Weiteren fiel auch noch ihr nächster Termin bei Frau Dr. Erikkson auf den nächsten Tag.

Mit Doros Unterstützung, die ihr den Rücken freihielt, und wenn sie sich sofort an die Arbeit machte, würde sie zwei ganze Tage brauchen, um alle Termine und Besuche zu erledigen. Hieß also, dass sie die nächsten zwei Tage nicht bei Holger und Lennart im Haubarg verbringen würde, was sie sehr bedauerte.

„Sei nicht traurig", sagte Doro. „Du kümmerst dich jetzt erstmal um deine Arbeit und alles, was du noch so zu erledigen hast. Um die Kinder brauchst du dich nicht zu sorgen. Ich bin ja da. Und dann, wenn du alles erledigt hast, ist auch schon Wochenende, und wir packen die Kleinen ein und düsen nach Eiderstedt. Was hältst du davon?", fragte sie und schleuderte noch ein fröhliches „mien Leevken" hinterher.

„Du bist einfach wunderbar. So machen wir es", freute sich Lea und fühlte sich in dem, was sie tat, bestärkt. Sie gestand sich ein, dass es ihr besser ging, seitdem sie den Haubarg besaß. Fast meinte sie, niemand, nicht einmal Vera und Norman, können sie aus ihrem Konzept bringen und ihr die frohe Stimmung verderben. Doch da hatte sie sich getäuscht, denn Veras Gespött über ihr Erbe und Normans Besserwissereien ließen nicht lange auf sich warten.

Beide traf sie, als sie am frühen Abend das Haus verließ, um Freda zu besuchen.

„Na, lässt Madame sich auch mal wieder blicken", giftete Vera sie an. „Ist dir endlich eingefallen, dass du zwei kranke Kinder zu versorgen hast? Du bist mir vielleicht eine schöne Mutter. Eine Schande für die ganze Familie. Aber ich habe es ja gleich gesagt. Nicht wahr Norman", und sie sah ihn auffordernd an. „Ich habe es doch gleich gewusst, dass unser Holger uns mit dieser Hamburgerin keine Ebenbürtige ins Haus geholt hat. Da konnte ja nicht viel von werden. Nicht studiert. Gärtnerin!", wobei sie die Augen verdrehte „Vater Busfahrer, Mutter Verkäuferin. Was für ein Desaster", klagte sie abwertend und sah Lea geringschätzend an.

So froh und glücklich Lea noch vor wenigen Minuten in ihrer Wohnung bei Doro und den Zwillingen gewesen war, so wutgeladen hörte sie nun ihr Herz bis zum Hals schlagen. Bisher hatte sie Vera nichts entgegnet, doch auch ohne nur ein Wort gesagt zu haben, zitterten ihr die Hände und ihre Beine waren wie aus Pudding. Damit nicht genug, schaltete sich auch Norman in Veras Monolog ein und zielte auf Lea ab.

Er traf punktgenau. Gleich einer Pfeilspitze trafen seine Worte auf ihre tagelange Unbeschwertheit und holten sie mit Wucht auf die hervorragend gepflasterte Einfahrt der Hansen-Villa zurück, auf der sie gerade stand.

„Nur damit du es weißt, du kannst das Erbe immer noch ausschlagen. Noch ist es nicht zu spät", begann er.

„Ich habe mich mal mit einem befreundeten Architekten zusammengesetzt. Wir sind überzeugt, dass du den Fehler deines Lebens machst. Solch ein altes Haus gehört in Hände von Leuten, die sich mit diesen Bauwerken auskennen und die dafür genug Geld auf der hohen Kante haben. Das ist bei dir ja nicht gerade der Fall. Oder siehst du das anders? Von dem bisschen, was du mit deinen Handlangerarbeiten erwirtschaftest, kannst du jedenfalls keine Sanierung nach Denkmalrichtlinien bezahlen. Dafür kriegst du nicht mal antike Nägel gekauft", sagte er gehässig und lachte dabei. „Aber eigentlich ist mir auch egal, womit du dir dein Leben ruinierst. Nur, dass du unseren Holger damit reinziehst, das steht auf einem anderen Blatt Papier. Das ist das eigentliche Problem."

Dann holte er seine Aktentasche aus seinem Auto, griff hinein und reichte ihr ein Schriftstück, dass mit goldenen Ösen zusammengeheftet war. Sofort nachdem sie die erste Seite überflogen hatte, entlud sich ihr Zorn in schallendem Gelächter. Dann zerriss sie die Seiten und ließ sie vor Norman auf den Boden fallen.

„Ich soll dir den Haubarg überschreiben? Das ist nicht dein Ernst. Warum sollte ich das tun? Nenne mir einen guten Grund dafür", blaffte sie ihn an.

„Ich habe das nötige Geld und auch das Wissen, um so ein Gebäude wieder flott zu machen", erklärte er.

Ins Lächerliche abdriftende Wut und Ungläubigkeit trumpften in Lea auf, raubten ihr die Beherrschung und sie brüllte: „Du willst dich mit so einem alten Kotten belasten? Einer baufälligen Ruine, wie du selber gesagt hast? Dass ich nicht lache. Ist wohl doch nicht ganz so übel, mein schäbiges Erbe, was? Hättest du wohl auch gerne. Kriegst du aber nicht", dann stieg sie in ihr Auto, hörte noch, wie er zerknirscht sagte: „Das werden wir ja sehen." Hitzig knallte sie die Fahrertür zu und schoss, ohne sich vorher umzusehen, rückwärts aus der Einfahrt, wobei sie nur von Glück sagen konnte, das die Straße gerade menschenleer war.

Frau Dr. Erikkson lachte, als Lea ihr in allen Einzelheiten von den Geschehnissen der letzten Zeit berichtete. Dann nickte sie ihr wohlwollend zu und sagte: „Merken Sie es? Sie haben es geschafft. Sie haben endlich wieder Mut gefasst. Sie haben Ihrem Leben eine neue Richtung gegeben. Wobei ich sagen muss, dass ihr unverhofftes Erbe an dieser Entwicklung einen nicht unerheblichen Anteil hat. Sie können der Verstorbenen … wie hieß sie noch gleich?"

„Swantje Jahn", sagte Lea.

„Ach ja, Sie können dieser Frau Jahn dafür dankbar sein. Selbst wenn Sie immer noch nicht wissen, in welcher Verbindung sie zu Ihnen gestanden hat. Aber das werden Sie auch noch herausfinden. Da bin ich mir sicher."

„Und wie verhalte ich mich nun meinen Schwiegereltern gegenüber?", frage Lea spontan.

„Um die machen sie sich mal als allerletztes Sorgen. Ich würde sagen, die haben Ihr Kopfzerbrechen gar nicht verdient.

Sie haben jetzt anderes zu bedenken. Ihre Schwiegereltern werden eher auf dem Boden der Tatsachen landen, als es ihnen lieb ist. Das glauben Sie mir. Mit solcherlei Phänomenen kenne ich mich aus. Und dann wird es an Ihnen sein zu entscheiden, in welchem Ausmaß Sie diese beiden Menschen noch an Ihrem Leben teilhaben lassen wollen. Aber das brauchen Sie nicht heute oder morgen zu entscheiden. Das wird die Zeit schon zeigen."

Fiete fand seine Wohnung in Tönning so vor, wie er sie verlassen hatte. Er lüftete durch, goss die wenigen Blumen, die auf seiner Küchenfensterbank standen und schon seit geraumer Zeit nach einem kühlen Nass lechzten. Dann duschte er ausgiebig. Später aß er eine Kleinigkeit. Hiernach packte er frische Bekleidung in seinen Rucksack, verließ die Wohnung wieder, schwang sich auf sein E-Bike und radelte zum Haus seiner Tochter. Er wollte nach seinem Enkelkind sehen. Das war überfällig. Durch die Geschehnisse der letzten Zeit hatte er ganz vergessen, ab und an bei Stella nachzufragen, wie es ihr, dem Baby und natürlich auch seinem Schwiegersohn ging. Inständig hoffte er, dass sie ihm das nicht übelnahm. Aber das tat sie nicht. Schon gar nicht, nachdem er ihr erzählte, was sich zugetragen hatte.

„Und nun", fragte sie „was hast du nun vor?

„Jetzt mache ich mich gleich wieder auf den Weg. Ich muss jetzt an Lennarts Seite sein. Ich glaube, er braucht mich", sagte Fiete. „Aber vorher fahre ich noch in die Stadt. Ich will ein Geschenk für Lea aussuchen. Möchte ihr gerne etwas schenken dafür, dass sie das Erbe angenommen hat. Ist ja eigentlich eine ganz schöne Last, die sie sich und ihrem Mann aufbürdet. Schließlich ist der Haubarg nicht gerade gut in Schuss."

„An was für ein Geschenk hattest du gedacht?", fragte Tessa.

„Tja, wenn ich das nur wüsste. Es müsste etwas Besonderes sein. Aber keine Blumen. Die kann ich auf meinem E-Bike so schlecht transportieren. Vielleicht eine Flasche Wein. Wobei ich aber nicht weiß, ob sie Wein überhaupt trinkt. Ein Buch über Eiderstedt ist sicher auch nicht das Richtige. Schließlich wohnt sie um die Ecke in Friedrichstadt. Da kann ich annehmen, dass sie sich hier schon einigermaßen auskennt. Ach, ich düse erstmal los und sehe mich um. In einem der Geschäfte werde ich ganz sicher etwas Schönes für sie finden."

Den Eiderradweg entlang fuhr er Richtung Zentrum. Er liebte diese Strecke und war sie schon hunderte Male gefahren.

Als er am Tönninger Grünstrand vorbeikam, warf er einen sehnsüchtigen Blick zur Badebrücke. Zu gerne hätte er sich auch heute hier erfrischt. So, wie er es an fast jedem Sommertag tat. „Nichts da", sagte er zu sich „das ist heute nicht drin", und er radelte weiter. Am Markplatz stellte er sein Rad ab. Während ihm der Fahrtwind um die Ohren geweht war, hatte er eine Idee, womit er Lea eine Freude bereiten konnte. Zielstrebig steuerte er das kleine Kaufhaus am Marktplatz an. Hier gab es Bücher und Schreibwaren, Geschenke zu allen Anlässen, Deko- und Haushaltsartikel, sogar Fahrradzubehör hatte er hier schon einmal gekauft. Alles in allem, so Dies und Das zu verschiedenen Anlässen. Auch diesmal wurde er fündig und verließ wenige Zeit später das Geschäft. Gut gelaunt wegen der schnellen Kaufentscheidung genehmigte er sich in der benachbarten Eisdiele noch eine Tasse Kaffee und zwei Kugeln Vanilleeis mit Sahne, bevor er wieder in die Pedalen trat.

Als Fiete den Haubarg erreicht hatte, war Holger vorerst bei Lennart abgeschrieben.

„Jetzt machst du erstmal Pause, Junge“, hatte er zu ihm gesagt. „Du hast dich schon genug um den alten Knaben gekümmert. Jetzt bin ich dran und werde ihm auf die Sprünge helfen.“

Dabei hatte er über das ganze Gesicht gegrinst, ihm freundschaftlich auf die Schulter geklopft, eine Pfeife aus seiner Hemdtasche hervorgeholt und sie ihm angeboten.

„Tut mir leid. Ich rauche nicht“, sagte Holger ablehnend.

„Ist das so? Und? Noch nie probiert?“

„Nein. Bisher nicht.“

„Na dann … käme es doch auf einen Versuch an“, versuchte Fiete es ein zweites Mal, öffnete eine kleine flache Tabakdose und hielt sie Holger unter die Nase.

„Wildkirsche“, sagte er. „Einfach herrlich. Vielleicht doch einen kleinen Zug gefällig?“

Aber da war bei Holger nichts zu machen, so dass Fiete seine Bemühungen einstellte.

„Wenn ich dich brauche, weiß ich ja, wo ich dich finde“, sagte Fiete stattdessen und ließ sich auf der ausgedienten Bank vor Lennarts Haustür nieder und begann, in aller Gemütsruhe seine Pfeife zu stopfen. Wenige Zeit später saß auch Lennart neben ihm und paffte Zigarre, als wenn es das Normalste von der Welt war und nicht wie einer, der noch vor wenigen Tagen mit geschundenem Gesicht im Krankenhaus gelegen hatte.

Holger verbrachte den Abend mit dem Stöbern im Buchvorrat der Bossens. Er fand Taschenbücher und Bücher mit festem Einband. Einige mit goldenen Schriftzügen auf dem Cover, die offensichtlich über einen Lesering bezogen worden waren. Allesamt waren es Romane, mehr oder minder bekannter Schriftsteller. Einige davon standen sogar bei seinen Eltern im Bücherregal, was sie, wenn sie es wüssten, weit von sich weisen würden. Gleichgesetzt zu werden mit den verstorbenen Besitzern des Haubargs, wäre wahrscheinlich das Letzte, was sie sich wünschten. Auch, wenn es nur um das Lesen von Romanen ging.

Er fand Lektüre mit historischem Hintergrund zu Eiderstedt und den umliegenden Regionen. An einem kleinen Bild- und Schriftband über die Halbinsel und Friedrichstadt blieb sein Blick hängen. Er blätterte darin herum und stieß auf eine alte Fotografie eines Haubargs, die ihn einfach nur begeisterte.

Das Schwarzweißfoto zeigte den Pastoratshaubarg in Poppenbüll Anfang der 1930er Jahre. Poppenbüll, das wusste er aus dem Stegreif, lag unweit von Oster- und Westerhever. Doch war ihm dieser Haubarg bisher nie aufgefallen. Nun allerdings, nachdem sie selbst einen Haubarg besaßen, würde er mit anderen Augen auf der Halbinsel unterwegs sein. Wahrscheinlich würde er dieses Stückchen Erde, das er eigentlich sehr gut zu kennen meinte, noch einmal ganz neu für sich entdecken.

Die nähere Beschreibung betitelte den gezeigten Haubarg sogar als historisch einmalig. Ein anderes Foto zeigte ihn erschreckenderweise fast vollkommen zerstört, nachdem er einem Brand zum Opfer gefallen war. Auf einem dritten Bild erstrahlte er in neuem Glanz nach seinem Wiederaufbau.

„Das werden wir auch schaffen", dachte er bei sich und durchsuchte die Regale nach weiteren Büchern oder Aufzeichnungen über Haubarge der Region. Doch er fand nichts dergleichen. Was er stattdessen fand, war ein Fotoalbum. Es hatte ganz hinten, hinter den Büchern, gestanden und war kaum zu sehen gewesen. Es war klein und unscheinbar. Es zeigte ausschließlich alte Fotografien. Einige waren vergilbt. Sie steckten in Fotoecken und wurden durch hauchdünnes Pergament geschützt. Holger blätterte sich durch die Seiten. Leider hatte sich niemand die Mühe gemacht, die Fotografien zu beschriften, daher konnte er nur mutmaßen, wer darauf abgelichtet war. Er nahm an, dass es wohl Thordis und Enno Bossen und deren Eltern waren. Vielleicht sogar noch eine frühere Generation der Hofbesitzer. Das konnte er nicht feststellen. Vielleicht kannte Lennart das Album und konnte etwas darüber sagen. Doch dafür war es an diesem Abend zu spät. Er würde ihn am nächsten Vormittag darauf ansprechen.

Nach und nach arbeitete Lea ihre Aufträge ab. Es tat ihr gut, sich einmal mit etwas anderem zu beschäftigen. So konnte sie in aller Ruhe ihre Gedanken ordnen und sich innerlich auf die kommende Zeit vorbereiten. Die Herrichtung des Haubargs, der Umzug, die Ummeldung der Kinder in einen anderen Kindergarten und vieles mehr: all das ging ihr durch den Kopf und wollte wohlüberlegt sein.

Als sie das Haus von Solveigh Meberson erreichte, stürzte diese schon aus der Haustür, bevor Lea ihren Wagen in der Einfahrt abgestellt hatte.

„Um Himmels Willen!", rief sie ihr erschrocken entgegen. „Ich habe gehört, Sie ziehen weg. Ist das so? Das kann doch nicht sein. Sie haben doch gerade erst bei mir angefangen im Garten. Dann muss ich mich ja schon wieder nach einer neuen Gartenhilfe umschauen. Und ich war doch so zufrieden mit Ihnen."

Daraufhin erklärte Lea ihr, dass sie ein Haus geerbt habe und nur nach Eiderstedt umziehe, also gar nicht weit entfernt.

„Dann helfen Sie mir also auch weiterhin?", fragte sie besorgt, was Lea ihrerseits bejahte. Dann erkundigte Lea sich danach, ob sie noch etwas anderes auf dem Herzen habe, da ihre Nachricht auf dem Anrufbeantworter so sehr dringlich geklungen habe.

Erst druckste Solveigh Meberson ein wenig herum, dann flüsterte sie: „Ich weiß nicht so recht, ob das jetzt richtig ist, aber Sie sind immer so freundlich und hilfsbereit und ..."

„Schießen Sie los", sagte Lea „um was geht es?"

„Also wir, mein Mann und ich, wir hatten vor kurzem Besuch. Und, wie man das mit seltenen Gästen hier eben macht, wir haben denen unser feines Städtchen vom Wasser aus gezeigt."

„Sie haben eine Grachtenfahrt gemacht", stellte Lea klar.

„Ja, genau. Wollten denen zeigen, was wir hier alles zu bieten haben. Den alten und neuen Hafen, die Schleuse ... Ach, was schnack ich da. Das kennen Sie ja alles. Also, wie wir da so auf dem Boot sitzen und den Ausführungen des Bootführers zuhören, sind hinter uns ein paar Frauen, die sich unterhalten."

Lea ahnte, was jetzt kam.

„Die Vera Hansen. Das ist doch Ihre Schwiegermutter, wenn ich mich nicht irre", sagte Solveigh.

„Ja. Das stimmt", antwortete Lea.

„Und soweit ich weiß, sind Sie mit der nicht immer ganz einer Meinung."

„Ja, das kann man so sagen. Das hat sich also schon rumgesprochen", stellte Lea fest.

„Ist eine Kleinstadt, meine Liebe. Da haben die Treppengiebelhäuser Ohren. Jedenfalls haben die die ganze Zeit nicht den Mund halten können. Und da ich nicht weit von ihnen entfernt saß, habe ich ein paar Sprachfetzen aufgeschnappt. War mir gar nicht möglich wegzuhören. Da hätte ich mir schon etwas in die Ohren stopfen müssen."

Lea wusste immer noch nicht, worauf sie hinaus wollte.

„Also, was ich sagen will, ist … Ihre Schwiegermutter war mit mehreren Freundinnen oder Bekannten, das kann ich nicht so genau sagen, ich kannte die Damen nicht, auf dem Boot und hat denen von dem Haus, das Sie auf Eiderstedt geerbt haben, erzählt. Dadurch habe ich das ja schon längst gewusst."

„Verstehe. Wahrscheinlich bin ich schon Friedrichstädter Stadtgespräch. Aber was hat sie denn nun über mich gesagt?"

„Über Sie, Kindchen, eigentlich nicht viel. Nur das, was man hier und da so hört. Aber auf solcherlei Gerede gebe ich nicht viel, da können Sie versichert sein. Ich bilde mir meine Meinung lieber selbst. Auf jeden Fall sagte sie, dass sie und ihr Ehemann Norman, so heißt er wohl, wenn ich mich recht entsinne … also, sie schon versucht haben, dass Ihnen jemand das Haus abkauft."

Leas Gedanken überschlugen sich.

„Hat sie auch einen Namen genannt?", fragte sie aufgeregt.

„Da muss ich überlegen. Nein, an einen Namen kann ich mich nicht erinnern. Nur, dass ihr Mann Kontakt zu einem Hotelier in Hamburg hat, der sich für das Haus interessieren sollte. Er kannte ihn wohl irgendwie von früher. Irgendeine Anwaltsgeschichte. Das habe ich nicht richtig verstanden."

Lea war geplättet. Sie traute Norman einiges zu. Aber, dass er ihr den Wittensen auf den Hals gehetzt haben sollte, war schon eine Unglaublichkeit sondergleichen.

„Und Sie sind sich sicher?", fragte sie nach.

„Natürlich. Sonst hätte ich bestimmt nichts gesagt. Die haben doch wirklich geglaubt, es sind nur Touristen auf dem

Boot. Und mich und meinen Emil kannten die Damen scheinbar nicht. Anderenfalls hätten sie sicher nicht so zwanglos drauflos gequatscht."

Dann nahm Lea noch das Gemüsebeet in Augenschein und versprach der alten Dame, schon in allernächster Zeit den Staketenzaun aufzustellen.

Es juckte sie in den Fingern, entweder sofort zu Norman in seine Kanzlei hineinzurauschen und ihn zur Rede zu stellen oder nochmals ihre Psychologin aufzusuchen und zu hören, wie diese die Neuigkeiten beurteilte. Weder das eine, noch das andere tat sie. Stattdessen ließ sie ihr Auto bei den Mebersons stehen und marschierte zügig Richtung Treeneufer. Sie musste jetzt zwingend notwendig aufs Wasser gucken. Das würde sie beruhigen. Das hatte sie schon früher beruhigt, wenn sie sich aufregte, und das würde es auch heute tun. Dort angekommen fläzte sie sich auf eine der hölzernen Relaxliegen, mit denen sie sich sogar im Kreis drehen konnte, was sie auch tat. Dann schloss sie die Augen und versuchte für Minuten, das Theater hinter sich zu lassen, das ihre Schwiegereltern hinter ihrem Rücken zelebrierten und von dem offenbar allerhand Leute in Friedrichstadt wussten. Doch es gelang ihr nicht. Genau wie die Liege, drehten sich auch ihre Gedanken permanent im Kreis. Sie sah ein Ruderboot auf das Ufer zukommen. Ein junges Pärchen saß darin. Beide hatten ein Paddel in der Hand. Im Gleichklang versuchten sie, die Paddel zu bewegen, was nicht funktionierte. So fuhr das Boot keine gerade Linie, und sie hatten Mühe, den Steg zu erreichen. Schließlich schafften sie es dennoch und machten das Boot fest. Dann kehrte wieder Ruhe am Steg ein.

Noch auf dem Fußweg zurück zu ihrem Auto ließ diese schwankende Bootsfahrt ihr keine Ruhe. Immer wieder kam ihr in den Sinn, dass es nicht immer gut sein musste, wenn zu viele Menschen im gleichen Boot saßen. Als problematisch sah sie es an, wenn die Besatzung nicht am gleichen Strang zog oder nicht im Gleichklang ruderte. All dieses war bei ihr zuhause der Fall. Vera und Norman, sie selbst, Holger, Svenja und Malte schwammen einfach nicht auf der gleichen Welle. Ihre Lebenseinstellungen waren grundverschieden. Letztlich kam sie zu dem Schluss, dass es besser sei, der Hansen-Villa in Friedrichstadt so schnell wie möglich den Rücken zu kehren. Mit diesem Gedanken fuhr sie nach Hause.

Der nächste Tag verging wie im Flug. Lea rauschte von einem Gartentermin zum nächsten und arbeitete auch noch einige kleinere Hilfsarbeiten der Folgewoche ab. Doro hatte die Zwillinge gut im Griff. Unter ihrer Obhut gesundeten sie sichtbar schnell und waren kaum mehr im Haus zu bändigen. Es wurde Zeit, dass sie endlich wieder nach draußen durften. Ihrer Schwester und ihrem Schwager ging Doro aus dem Weg, denn auch sie hieß es nicht gut, wie sehr die sich ungefragt einmischten. Lea widerstand ihrem Drang, ihren Schwiegereltern die Meinung zu sagen und ließ sie einfach links liegen, was denen ganz und gar nicht in den Kram passte und insbesondere Veras spitzer Zunge neue Nahrung gab.

Doros Reisetasche, Leas Wanderrucksack, zwei kleine Kinderkoffer, die Zwillinge in ihren Kindersitzen auf der Rückbank. Svenja mit gelbem Kuschelbären, Malte mit abgewetztem blauem Plüschmonster, das er gegen die Fensterscheibe presste, damit es etwas von der Fahrt sah: So fuhren sie dem Haubarg entgegen.

15

Wie ein Empfangskomitee standen Holger, Lennart und Fiete an der Einfahrt zum Haubarg und hielten seit geraumer Zeit Ausschau nach Leas Polo. Als er in Sichtweite kam, begannen sie zu winken. Bedächtig fuhr Lea die Auffahrt hinauf und genoss den Anblick ihres Haubargs. Dass sich hier während ihrer Abwesenheit einiges getan hatte, erkannte sie sofort.

Der Rasen war vollständig gemäht, und durch das geöffnete Wagenfenster drang der Geruch nach frischem Gras hinein. Die kopfsteingepflasterte Zuwegung war krautfrei. Wer auch immer damit beschäftigt gewesen war, hatte eine Mordsarbeit geleistet und es jetzt wahrscheinlich im Rücken, schoss es ihr durch den Kopf. Der Efeu über der Eingangstür war in Form geschnitten worden, wodurch die schmiedeeiserne Jahreszahl im Giebel wieder sichtbar wurde.

„Das ist das Haus, von dem du mir die ganze Zeit vorgeschwärmt hast?", fragte Doro, wobei ihr die Begeisterung für das Anwesen ins Gesicht geschrieben stand.

„Hast du mir nicht von einem verwahrlosten Garten erzählt, also davon sehe ich hier nichts, meine Liebe", sagte sie und ließ Lea keine Zeit, etwas darauf zu erwidern.

„Und warum haben Vera und Norman immer von einem heruntergekommenen Haus gesprochen? Also für mich sieht das alles perfekt aus. Ein bisschen verwunschen. Wie aus einer anderen Zeit. Aber auf so etwas stehe ich ja, das weißt du. Na gut, die Hauswand braucht wohl einen neuen Anstrich, aber ansonsten ist doch alles herrlich. Würde eine gute Filmkulisse abgeben", schwärmte sie.

Als Lea den Wagen abstellte, gab es für Malte und Svenja kein Halten mehr. Sofort tobten sie über den Rasen und flitzten um das Haus herum. Dabei quietschten sie vor Vergnügen. Die Windpocken gehörten eindeutig der Vergangenheit an.

Doro verstand sich mit Lennart und Fiete auf Anhieb. Dass es so sein würde, darauf hatte Lea gehofft und es sich von Herzen gewünscht. Schließlich würde Holgers Tante, wenn Lea mit ihrer Familie erstmal in den Haubarg eingezogen war, ganz sicher zum Dauergast werden. Vielleicht könnten sie ihr sogar ein eigenes Zimmer einrichten. Auch das zog sie in Betracht.

Den überwiegenden Teil des Tages verbrachten sie alle zusammen im und am Haus. Zuallererst stand selbstredend eine Hausführung für Doro auf dem Plan. Auch Lennarts kleine Wohnung bekam sie zu Gesicht. Später am Tag unternahmen sie einen Spaziergang in die nähere Umgebung. Schließlich fuhren Holger, Lea, Doro und die Zwillinge nach Ording zum Strand. Dort gaben Svenja und Malte nochmal Vollgas. Sie bauten Burgen, hoben Wassergräben aus, sammelten Muscheln, schöpften Nordseewasser in ihre Spieleimer und füllten damit ihre Burggräben. Glücklich und erschöpft fielen sie am Abend in eines der Schrankbetten und schliefen auf der Stelle ein.

Lennart, Fiete, Lea, Holger und Doro hingegen saßen noch bis spät in die Nacht zusammen. Die beiden alten Herren hatten am Nachmittag Tisch und Stühle, die sie irgendwo im Verborgenen im Haubarg gefunden hatten, unter die alten Apfelbäume getragen. Von Staub und Spinnweben befreit und mit einer Tischdecke bedeckt, die die zerschlissene Tischplatte unter sich verbarg, glich dieser Sitzplatz einem idyllischen Foto, das für eine Hochglanz-Gartenzeitschrift aufgenommen worden war. Als sie alles zu ihrer Zufriedenheit hergerichtet hatten, schwangen sie sich auf ihre E-Bikes und radelten los, um Räucherfisch, Schwarzbrot und noch einige andere Leckereien einzukaufen.

„Das mag jeder, dachte ich mir", sagte Fiete, bevor er herzhaft in sein dick belegtes Brot biss und sie sich alle die Eiderstedter Köstlichkeiten schmecken ließen. Als er den letzten Bissen aufgekaut hatte, begann er unter dem Tisch nach etwas zu suchen. Tatsächlich holte er eine Tüte hervor, der er ein Geschenk entnahm. Dass es ein Geschenk war, war unübersehbar, denn zu oberst prangte eine dicke Schleife. Feierlich überreichte er es Lea.

„Das hätte ich in dieser ganzen Aufregung jetzt fast vergessen", sagte er und strahlte dabei bis über beide Ohren.

„Für mich?", fragte sie verwundert.

„Eigentlich ja. Aber wenn ich es mir recht bedenke, haben wir letztlich alle etwas davon", erklärte er geheimnisvoll.

Gespannt packte sie es aus. Zum Vorschein kam ein in grünen Farbtönen gehaltenes dickes Buch mit festem Einband, auf dessen Cover ein baumbestandener Weg dazu einlud, das dahinterliegende Haus zu erkunden.

„Das ist das Beste, was ich finden konnte. Fast noch druckfrisch. Muss man gelesen haben, wenn man hier wohnt, sagte mir die Buchhändlerin in Tönning."

„Bauerngärten der Eiderstedter Haubarge – Das Geheimnis hinter den Bäumen. Schon der Titel hört sich vielversprechend an", sagte Lea.

„Darin erfährst du alles, was du wissen musst. Habe schon mal ein wenig darin herumgeblättert. Da kannst du Haubarge von vorn, von der Seite, von hinten, von oben und auf Fotos aus früheren Zeiten sehen. Und diese Gärten ... einfach eine Wucht! Ich dachte mir, das ist wie für dich gemacht."

„Aber, das wäre doch nicht nötig gewesen, Fiete", sagte Lea.

„Doch, doch. Das war absolut notwendig. Es war mir ein Bedürfnis, dir etwas zu schenken. Schließlich ist es nicht selbstverständlich, dass du dir diesen ganzen Kasten hier antust", dabei zeigte er auf das Haus. „Ist eine Menge Arbeit, die da noch reingesteckt werden muss. Aber das weißt du ja selbst."

Lea war begeistert. Der Bildband, den Fiete ausgesucht hatte, war wirklich fantastisch. Mit dieser Lektüre würde sie sicherlich viele Stunden verbringen. Vielleicht konnte sie sich sogar das ein oder andere aus dem Buch abgucken und in die Tat umsetzen. Mit einem Ruck schlug sie das Buch zu und schaute Lennart an, der gerade mit Schnapsgläsern und einer Flasche Aquavit aus seiner Wohnung in den Garten zurückkehrte.

„So, jetzt wird es aber mal Zeit, Lennart", sagte sie zu ihm, woraufhin er wie vom Donner gerührt stehenblieb, sämtliche Farbe aus seinem Gesicht wich und seine Gesichtszüge binnen Sekunden erstarrten.

„Was ist mit dir", fragte Fiete ihn irritiert. Doch statt zu antworten goss er sein Schnapsglas randvoll, führte es mit zitteriger Hand zum Mund und trank es gierig leer.

„Jou, ich weiß ja, dass das hier so nicht noch länger weitergehen kann. Ich habe dich, Lea, schon viel zu lange im Unklaren gelassen. Aber alles war gerade so schön hier mit euch. Und ich wollte, dass das auch so bleibt. Wenn ich mir nur vorstelle, dass ich vielleicht bald nicht mehr hier wohnen darf", stotterte er. „Wo soll ich denn dann hin?", fragte er mit gequälter Stimme.

„Wie? Du kannst hier nicht mehr wohnen?", sagte Fiete entsetzt und schaute Lea, Holger und Doro fragend an.

Lea zucke mit den Schultern. „Ich habe keine Ahnung, wovon er spricht. Ich möchte doch nur endlich wissen, warum ich das Haus geerbt habe. Und heute Abend ist, so scheint es mir, der absolut geeignete Moment, um diese ganze Geheimniskrämerei aufzuklären. Meinst Du nicht auch, Lennart?"

„Wie ich dir schon sagte, eigentlich solltest du das ja allein herausfinden."

„Das ist jetzt nicht wahr", mischte Holger sich ein. „Wie lange sollen wir denn noch herumsuchen. Wir haben doch schon das ganze Haus auf den Kopf gestellt, um irgendetwas zu finden, was uns in dieser Frage weiterbringen könnte."

„Stimmt. Ihr seid des Rätsels Lösung auch schon dicht auf den Fersen", sagte Lennart, der sich augenscheinlich wieder gefangen hatte. Vielleicht hatte der Schnaps dazu beigetragen, dass wieder Farbe in sein Gesicht zurückkehrte, vielleicht war es auch die Erkenntnis, dass das Geheimnis um den Hof und die Familienverhältnisse bald gelüftet werden würde.

„Dann schießt mal los. Was habt ihr bisher alles herausgefunden", forderte er Lea und Holger auf, woraufhin Lea, zerknirscht darüber, dass sie es immer noch nicht geschafft hatte ihn zum Reden zu bewegen, zu berichten begann.

„Na gut. Also, Swantje ist die Tochter von Thordis und Enno Bossen", wobei sie Lennart anschaute, um ihm zumindest ein Kopfnicken abzuringen. Doch noch nicht einmal das erhielt sie.

„Der Haubarg ist schon seit Generationen im Besitz der Bauersleute. Swantje lernte dich kennen, als du hier als Gehilfe auf den Hof kamst. Erst wohntest du allein in der kleinen Wohnung, später zog sie zu dir. Ihr habt nie geheiratet."

Da unterbrach er sie.

„Das werfe ich mir bis heute noch vor", sagte er kopfschüttelnd.

„Durch einen unglücklichen Unfall habt ihr euer Kind verloren. Dadurch gaben Swantjes Eltern alle Hoffnung auf, die sie in dich und das ungeborene Enkelkind gesetzt hatten. Später erbte Swantje den Haubarg, damit sie für ihr weiteres Leben abgesichert war. Ach so, fast hätte ich es vergessen. Swantje war von Geburt an blind. Sie sah kaum etwas. Als ihre Eltern alt und krank wurden, begann ihr Vater, die zum Haubarg gehörenden Ländereien zu verkaufen, und er legte das Geld für seine Tochter an."

Kurz stoppte Lea, schaute zu Lennart, der tatsächlich nickte und sagte: „Soweit richtig."

„Die Familie Bossen hatte früher einmal noch mehr Besitz gehabt. Das fanden wir anhand der Flurkarten von Husum heraus. Diese Grundstücke gehörten Swantjes Onkel, dem Bruder von Enno Bossen. Wir fanden einen Familienstammbaum. Darin sahen wir, dass die Familie Bossen über viele Jahrhunderte in Nordfriesland ansässig war. Doch ihren Ursprung hatte sie nicht hier auf Eiderstedt, sondern in der Nähe von Husum. Deswegen interessierten sich Swantjes Eltern sehr wahrscheinlich auch für alles, was mit der Geschichte des untergegangenen Rungholt zusammenhing. Daher auch das düstere Bild in ihrem Schlafzimmer. Was mit dem Bruder von Enno und den Grundstücken bei Husum passiert ist, darum haben wir uns noch nicht gekümmert."

„Das tut auch nichts zur Sache", sagte Lennart, nickte Lea zu und forderte sie auf, mit ihren Ausführungen weiter fortzufahren.

„Dann spielt noch irgendwie der Helge Wittensen und sein Vater Oke eine Rolle. Wir wissen, dass Oke hier in der Gegend als Glücksspieler bekannt war. Das las ich sogar in Artikeln aus einem Zeitungsarchiv. Von dir, Lennart, wissen wir, dass er den Bauersleuten den Haubarg hatte abkaufen wollen, es aber nicht schaffte. Warum sein Sohn Helge in seine Fußstapfen trat, war mir bis vor kurzem noch schleierhaft. Aber das hat sich jetzt auch geklärt." Dann wandte sie sich an Holger und sagte: „Das habe ich dir ja noch gar nicht erzählt. Das geht auf die Kappe von deinem Vater. Der hat ihn auf mich angesetzt."

„Wie kommst du darauf?", fragte Holger verwundert.

Daraufhin erzählte sie ihm von der Unterhaltung zwischen Vera und ihren Freundinnen auf der Grachtenfahrt in Friedrichstadt, die Solveigh ungewollt mitangehört hatte.

„Das kann ja wohl nicht wahr sein. Was kennt mein Vater eigentlich für Gangster", eiferte sich Holger.

„Er wird ihm sicher genug Bares angeboten haben. Und es kommt noch besser", sagte Lea. „Weil Helge Wittensen bei mir auf Granit gebissen hat, wollte Norman, dass ich ihm das Anwesen überschreibe. Er ist der Meinung, dass nur er das Zeug dazu hat, so ein altes Haus wieder instand zu setzen. Doch ich glaube, dass er es einfach nicht aushält, dass seine Schwiegertochter aus ärmlichen Verhältnissen so ein Anwesen geerbt hat. Das passt einfach nicht in seinen Lebensplan. Genau wie die Tatsache, dass du nicht in seine Fußstapfen in der Kanzlei trittst."

Nun meldete sich Fiete, der bisher aufmerksam zugehört hatte, zu Wort. „Ich weiß ja nicht, wie es euch geht, aber ich schenke jetzt noch einen ein. Soviel Familiengeschichte auf einmal ist ja kaum auszuhalten", und er schenkte eine ganze Runde ein.

„Das war es im Wesentlichen, glaube ich. Ich hoffe, ich habe nichts vergessen", sagte Lea.

„Aber warum du nun das Haus geerbt hast, weißt du immer noch nicht", stellte Holger fest und erinnerte an den Phonographen, den er zusammen mit Fiete in der Dachbodenkiste gefunden hatte und an die fehlende Wachsrolle, mit der der Heimlichtuerei angeblich ein Ende gesetzt werden könnte.

„Da fällt mir noch etwas ein", sagte Lea. „Dieses Bild mit dem Schimmelreiter, das bei dir, Lennart, über dem Sofa hängt. Das kam mir von Anfang an bekannt vor. Schon als ich es zum ersten Mal sah, dachte ich, dass ich es bereits irgendwoher kenne. Und tatsächlich. Ich fand in einem Fotoalbum meiner Eltern ein Foto meines Großvaters, bei dem genau so ein Bild an der Wand hing. Ist das jetzt Zufall? Oder ist es ein und dasselbe Bild. Wenn ja, wie kam es hierher?"

Endlich schaltete sich Lennart ein und setzte der Unwissenheit ein Ende.

„Es ist tatsächlich das Bild, das bei deinen Großeltern hing", sagte er schlicht, und alle Augen waren auf ihn gerichtet.

„Was?", rief Lea erstaunt. „Erzähl!", forderte sie ihn auf, und er erklärte, wie es dazu kam.

„Swantje war die Tante deines Vaters. Sie war die uneheliche Halbschwester deiner Großmutter. Und …", kurz kam er ins Stocken „ein uneheliches Kind, das zudem noch blind war, galt in früheren Zeiten nur als Ballast. Thordis und Enno adoptierten Swantje, als sie noch ein Baby war. Wo sie ihre ersten Lebensmonate verbrachte, bei ihrer eigentlichen Mutter oder irgendwo im Heim, das weiß ich nicht. Darüber wurde hier in der Familie nie gesprochen, und darüber findet sich auch nichts in dem Fotoalbum, das Holger im Bücherregal fand. Dieses Kapitel wurde totgeschwiegen. Jedenfalls konnten Thordis und Enno selbst keine eigenen Kinder bekommen. Swantje war alles, was sie hatten."

„Wahnsinn! Das hört sich an wie im Film", sagte Doro, die bisher schweigend zugehört hatte. „Und Swantje wollte nie wissen, wer ihre leiblichen Eltern waren?", fragte sie.

„Ja und nein", sagte Lennart. „Sie war hin- und hergerissen. Einerseits wusste sie, dass ihre Eltern sie aufgrund ihrer Behinderung nicht hatten haben wollten, andererseits sehnte sie sich danach, sie kennenzulernen. Als sie sich dazu entschloss, mit ihnen in Kontakt zu treten, waren sie bereits längst verstorben, und nur ihre Halbschwester, deine Großmutter Liljana, lebte noch. Das Dramatische daran war jedoch, dass deine Großmutter genau in der Woche starb, als wir ein Treffen mit ihr vereinbart hatten. Das hat Swantje fast das Leben geraubt. Wochenlang war sie nicht ansprechbar gewesen. Letztlich entschied sie sich, die Vergangenheit auf sich beruhen zu lassen und ihr Leben, so wie es war, hinzunehmen. Wir waren ihre Familie. Thordis, Enno und ich. Das Einzige, was ihr von ihren Eltern und ihrer Schwester letztlich blieb, war das Schimmelreiterbild, das über meinem Sofa hängt. Das habe ich bei der Haushaltsauflösung, die im Haus deiner Großeltern stattfand, gekauft. Swantje konnte es zwar nicht sehen, aber ich habe es ihr oft beschreiben müssen. Und sie konnte die Ölfarbe fühlen. Doch ohne, dass sie es wusste, habe ich immer die Augen offengehalten nach deinem Vater, deiner Mutter und dir. Ich konnte einfach nicht anders. Irgendwann habe ich ihr von dir erzählt, und dann sprach sie von nichts anderem mehr als davon, dass du eines Tages den Haubarg erben müsstest, damit die Familie wieder zusammenfindet. Das ist es, was du auf der Wachsrolle zu hören bekommen solltest. Es hat sie eine Unmenge an Kraft gekostet, darüber an dich zu sprechen, das musst du wissen. Zu schade, dass sie verschwunden ist."

Nun war es raus. Das Geheimnis war gelüftet, und Lennart lebte sichtlich auf. Als sei ihm eine zentnerschwere Last vom Herzen genommen worden, begann er zu strahlen.

16

Die Sonne stand hoch über dem Eiderstedter Sommerhimmel. Einträchtig wechselten sich Ebbe und Flut ab, und Schafe grasten auf und an den Deichen.

Zurück in Friedrichstadt holte der Alltag die junge Familie schneller ein, als ihnen lieb war. Svenja und Malte gingen wieder in die Kita, Holger zur Arbeit, und Lea versuchte weiterhin, dem Spagat zwischen Familie und Beruf gerecht zu werden. Das Zusammenleben im Haus mit Vera und Norman war auf dem Gefrierpunkt angelangt, und es wurde Zeit für den Umzug nach Eiderstedt, der kurz bevorstand.

Viele Arbeiten am Haubarg hatten Holger und Lea mit Hilfe von Lennart und Fiete tatsächlich selbst erledigen können. Für einiges, wie das Trockenlegen der feuchten Stellen im Mauerwerk sowie das Ausbessern des Daches, hatten sie fachmännische Hilfe in Anspruch genommen. In diesem Zuge erneuerten die Dachdecker auch die Dachbodenbretter, die Holger provisorisch ausgebessert hatte. Dabei kam unter einem der Bretter die fehlende Wachsrolle zu Tage. Lennart nahm an, dass er sie beim Hochtragen auf den Boden hatte fallen gelassen und dass sie in das Loch gerollt war, das Holger später schloss. Eine andere Erklärung gab es dafür nicht.

Dann war es soweit. Der Umzug stand an. Die Autos waren gepackt und die Türen des Möbelwagens verriegelt.

Vera und Norman ließen sich nicht blicken, obwohl sie zuhause waren. Sie pflegten genüsslich ihre Missgunst und machten auch keinen Hehl daraus. In den letzten Wochen hatten sie Gespräche mit Lea und Holger und auch mit den Kindern auf das Nötigste beschränkt. Dass sie mit Lea nichts zu tun haben wollten, machte ihr nicht allzu viel aus. Aber für die Kinder und für Holger tat es ihr leid. Sie konnten schließlich nichts dafür, dass sie geerbt hatte und alles so gekommen war.

So hoffte sie, dass sich ihre Schwiegereltern wenigstens zum Abschied versöhnlich zeigen würden und sie sich alle die Hand reichen könnten. Doch ihre Hoffnung zerschellte wie ein Schiff an einer Gletscherwand. Sie zersplitterte in tausend Teile, als Vera an der geöffneten Haustür erschien und schrie: „Will meine gnädige Schwiegertochter diesen ganzen ollen Plunder nicht auch noch mitnehmen?", woraufhin Lea sie fragend anstarrte und sah, wie Vera mehrere Kartons, die ihr gehören sollten, vor die Tür schob.

Es waren Kartons in unterschiedlichen Größen und auch ein alter Koffer war dabei, bei dessen Anblick ihr fast das Herz stehenblieb. So schnell sie konnte, spurtete sie die Eingangstreppe hinauf. Fassungslos starrte sie den Koffer an und stotterte: „Wo hast du den her? Das ist doch der Koffer meiner Großeltern!", woraufhin Vera ihre Schwiegertochter belustigt ansah und ihren Kopf hin und her wog.

„Och, die ollen Teile hat dein Vater damals zu eurer Hochzeit mitgebracht. Hab sie dann erstmal in den Keller gestellt. Wollte ich dir eigentlich längst gesagt haben, dass das Zeug da noch steht, muss ich aber wohl irgendwie vergessen haben", trällerte sie amüsiert und streckte Lea einen vergilbten Briefumschlag entgegen.

„Ach, und der hat auf dem Koffer geklebt. Ist wohl für dich. Habe ihn schon gelesen. Steht nur dummes Gesülze drin, sag ich dir. Nichts, was für dich wirklich wichtig gewesen wäre."

Das spottete jeder Beschreibung. Die Hochzeit lag Jahre zurück, und Lea konnte sich noch gut daran erinnern, wie verwundert sie damals gewesen war, von ihren Eltern kein Hochzeitsgeschenk bekommen zu haben. Zwar hatte sie genau gewusst, wie es um die finanziellen Verhältnisse ihrer Eltern bestellt gewesen war, dennoch hätte sie sich über ein paar liebevolle Zeilen gefreut. Wider besseres Wissen ließ sie dieses Thema damals unangetastet. Durch nichts hatte sie ihre Eltern in Verlegenheit bringen wollen.

Und jetzt das. Dreister ging es wohl nicht. Ein Blitzschlag hätte sie nicht mehr treffen können. Perplex über so viel Boshaftigkeit, würdigte sie Vera keines weiteren Blickes, nahm den Brief entgegen und hievte mit Holgers Hilfe den Koffer und die Kartons in die letzte freie Ecke des Möbelwagens.

Erst als Lea im Auto saß und Holger den Motor anließ, öffnete sie den Umschlag, faltete den Brief auseinander und begann mit zitternder Stimme zu lesen, was ihr Vater vor Jahren in seiner unverkennbar geschwungenen Handschrift geschrieben hatte. Holger und die Kinder hörten gespannt zu. Keiner wagte einen Ton.

Liebe Lea!

Dieser Tag ist Dein Tag und Du machst uns zu glücklichen Eltern und irgendwann einmal zu überglücklichen Großeltern.

Wir haben lange überlegt, was wir Dir und Holger zur Hochzeit schenken könnten. Es sollte etwas Persönliches sein, etwas, was Dich Dein weiteres Leben begleitet.

Wir wollten nichts Belangloses kaufen, was vielleicht eines Tages in der Ecke steht. Es sollte etwas Besonderes sein.

Wir wissen, wie sehr Du am Haus Deiner Großeltern gehangen hast. Wann immer Du von Deinen Ferien erzähltest,

tatest Du es mit solch einer Liebe, dass es uns als das Beste er-
schien, Dir einen Teil dieser Ferienzeit zum Geschenk zu ma-
chen. Unser Geschenk hat nichts gekostet und ist in Geld nicht
aufzuwiegen. Wieviel es für Dich wert sein wird, entscheide
selbst.

Es ist der alte Reisekoffer von Opa Jan, für den Du Dich
schon immer interessiertest. Er ist gefüllt mit allerlei alten Fotos
der Vergangenheit, die Dir sicherlich das ein oder andere Rät-
sel aufgeben werden.

Auch altes Küchengeschirr und andere Dinge haben wir ein-
gepackt. Aber siehe selbst und lass Dich überraschen, was alles
in den Kartons steckt.

Wir schenken dir nichts anderes als die Erinnerung an eine
schöne Zeit und hoffen, dass du dich immer gerne daran
zurückerinnerst.

Noch lieber hätten wir Dir und Deinem Holger das Haus
der Großeltern zum Geschenk gemacht, aber Du weißt selbst,
dass wir das nicht konnten. Wir mussten es verkaufen, wir
brauchten das Geld, um über die Runden zu kommen.

In Liebe, Deine Eltern

Kein Wort kam über Leas Lippen. Alles, was ihr im Herzen
brannte, kam Jahre zu spät. Ihr Vater war tot, und ihre Mutter
nur noch körperlich anwesend. Wie gerne hätte sie sich bei ihnen bedankt, ihnen gesagt, wie sehr sie sich über ihr Geschenk
freute.

Doch Vera und Norman hatten ihr einen gewaltigen Strich
durch die Rechnung gemacht, und dafür hasste sie sie. Zumindest in diesem Moment. Wie sie in Zukunft mit ihnen klarkommen sollte, wusste sie nicht.

Sofort nach Ankunft auf Eiderstedt packte sie die Kisten aus. Zum Vorschein kamen viele ihr bekannte und liebgewordene alte Dinge, die sie jahrelang schmerzlich vermisst hatte. Wobei sie nicht sagen konnte, dass sie ausschließlich auf alte Flötenkessel oder etwa Sechzigerjahre-Blumenvasen mit verblichenem Muster stand, doch machte sie all das einfach glücklich. Mehr denn je fühlte sie sich mit der Vergangenheit verbunden, die unauslöschlich die Gegenwart und die Zukunft ihrer Familie zu formen schien.

EPILOG

Das Leben auf Eiderstedt brauste über die Halbinsel hinweg.

Der altehrwürdige Haubarg stand fest und stolz auf seiner Warft und hielt allen Stürmen, die über ihn hereinbrachen und die in ihm ausgetragen wurden, stand. Er war zu neuem Glanz erwacht und sich seiner Wiedergeburt bewusst.

Noch viele Jahrzehnte könnte er, wenn er tapfer den Unwegsamkeiten des Lebens die Stirn bietet, hoch erhobenen Hauptes auf seiner Warft thronen. Er würde Generationen von Menschen kommen und gehen sehen. Dürfte fühlen, wie sich Efeuranken mehr oder weniger tief in seine Haut graben. Beim Gedanken an seine Zukunft versucht er vergeblich, die Maueranker seiner Giebelstirn in Falten zu ziehen. So bleibt ihm nichts weiter übrig, als zu hoffen, dass ihm auch zukünftig immer genügend Fürsorge zuteilwerden möge, damit er als bedeutendes Eiderstedter Kulturgut noch lange Zeit seinen Platz auf der Halbinsel wird bewahren können.

Beim Schreiben dieses Romans habe ich auf folgende Quellen zurückgegriffen:

Theodor Storm, Am Grauen Meer, Gesammelte Werke, Bertelsmann Lesering

Im Meer vergangen, Rungholt und die Insel Strand, Boyens Buchverlag

Kleines Husum-ABC, Thomas Steensen, Husum Druck- und Verlagsgesellschaft

Haubarge, Ludwig Fischer, Verlag Nordfriisk Instituut

Bauerngärten der Eiderstedter Haubarge, Halke Lorenzen, Selbstverlag Halke Lorenzen